L'ORGANISATION

Du même auteur

Négo, Calmann-Lévy, 2021

LAURENT
COMBALBERT

L'ORGANISATION

THRILLER

CALMANN
LÉVY
NOIR

Couverture
Maquette et illustration : Stanislas Zygart

ISBN 978-2-7021-8363-2

Chapitre 1

Prague. Février 2020

Le corps presque maigre est cassé en deux. Plié. Comme un manteau froissé qu'on aurait négligemment jeté sur le dossier d'une chaise. Astana a du mal à respirer. Elle est assise, les mains attachées dans le dos, poitrine collée contre les genoux. La jeune femme tente de remplir ses poumons, pour retrouver ses esprits. Pour émerger de ce cauchemar qui dure depuis des heures. Des jours. Elle prend de petites inspirations, précieuses, fraîches, puis expire doucement. La douleur lancinante côté droit est presque devenue acceptable. L'homme qui l'a frappée au sol lui a certainement fracturé une côte. Ou deux.

Dans la pièce où elle se trouve, la lumière est constante. Blafarde. Crémeuse à vous donner la nausée. La pièce n'est pas chauffée et le froid est mordant. Mais la jeune Hongroise ne souffre plus de cet environnement hostile. Les premières heures ont été terribles. Des images à jamais gravées dans sa mémoire : l'arrivée de la police chez elle, les coups, les insultes. Les objets qu'on fracasse au sol. On l'a traînée par les cheveux, giflée, frappée pendant des heures. Désormais, Astana est résignée. Elle va mourir dans cette pièce. C'est peut-être mieux ainsi.

Un grincement sort la jeune femme du semblant de sérénité dans laquelle elle essaye de s'emmitoufler. Le bruit de la porte qui s'ouvre, c'est le signal des coups qui pleuvent. Des insultes. Des attouchements. Il y a quelques secondes, elle s'imaginait mourir. Maintenant, elle veut vivre. Plus que tout. L'instinct de survie. Ça vient vous chercher dans le gouffre. Au plus profond de soi, la rage de vivre reprend le dessus. Et avec elle la peur de mourir. La peur de souffrir. Astana ne voulait plus supplier, ne plus implorer que les coups s'arrêtent. Mais les mots qu'elle parvient désormais à prononcer disent tout le contraire. D'une voix fluette, presque inaudible, elle sanglote :

— Laissez-moi. S'il vous plaît. Laissez-moi…

Autour d'elle, des pas. Plusieurs personnes se rapprochent lentement. Astana ouvre les yeux, qu'elle garde fermés depuis des heures pour se protéger de la lumière de la pièce. Elle voit les pieds de celui qui vient se placer devant elle. Des chaussures noires. Montantes. Des chaussures de flic. Et une voix qu'elle ne connaît que trop :

— Chut. Arrête de parler.

Une voix rauque. Froide. Astana sait ce que cela veut dire : il va encore la frapper. Elle inspire profondément, gonfle ses poumons malgré la douleur qui traverse son côté droit comme une dague affûtée. Et elle bloque sa respiration, se crispant d'un seul bloc. Les poumons pleins, les muscles gainés, Astana a compris que les coups étaient moins douloureux. Mais rien. Aucun poing ne vient se fracasser sur son corps. Et l'homme reprend :

— Lève-toi.

En même temps qu'on lui parle, Astana sent quelqu'un la saisir par les épaules et la tirer en arrière pour la redresser. Elle se retrouve assise, les mains toujours ligotées dans le dos. Devant elle, le policier s'approche de son visage.

— Tu vas ressortir. Aujourd'hui. Malheureusement, le juge ne veut pas te mettre en prison. Crois bien que je le regrette. Alors, si tu recommences, je te retrouverai et je m'occuperai encore de toi.

L'homme se redresse et quitte la pièce avec son collègue, laissant Astana seule. Assise. Attachée. Tuméfiée. La jeune Hongroise sent un sanglot monter dans sa gorge. Pour vomir sa peur. Les larmes envahissent ses yeux gonflés par les coups et le manque de sommeil. Comment aurait-elle pu imaginer que sa passion l'aurait amenée à vivre cet enfer ? Elle s'effondre une nouvelle fois sur sa chaise.

Chapitre 2

Asnières. Septembre 2021

Le froid du béton. Tranchant. Perfide. France ne connaît que trop ces réveils. Les pieds gelés. L'âcreté du vomi dans la bouche. La sensation humide de ses cheveux collés sur son front. La moiteur de son corps malgré le froid. Et le dégoût. De son corps. D'elle tout entière.

La pièce est éclairée, mais la lumière n'est pas désagréable. Pas question d'empêcher celui qui s'y trouve de dormir, au contraire. Cette cellule est le lieu du retour au calme. Du retour à la vraie vie. Du retour à l'enfer de la réalité, parfois.

France s'est déjà retrouvée en cellule de dégrisement. Vieille mauvaise habitude. Mais la question qu'elle se pose en ce moment est celle du lieu. Où est-elle ? Commissariat de police ? Gendarmerie ? Comme souvent, elle n'a aucun souvenir de ce qui s'est passé. Pas encore. Elle ne regrette pas encore d'avoir bu. Trop bu. Trop vite. Des alcools trop forts. De la vodka cette fois. Parce qu'il faut que ce soit de plus en plus fort. Pour oublier.

La femme jette un regard rapide autour d'elle. Première bonne nouvelle, elle est seule. Les fois où elle a été enfermée avec les clochards de la nuit se sont rarement terminées dans le calme. Seconde bonne nouvelle, la cellule est propre. Elle n'est pas chez les sauvages. Mais la question reste en suspens. Police ou gendarmerie ?

Un bruit de clé dans la serrure. On dirait que la réponse à l'interrogation de France n'est plus qu'une question de secondes. La lourde porte de la cellule de dégrisement s'ouvre en grinçant, et un jeune homme apparaît. Chemise bleue. Galons de gardien de la paix sur les épaules. C'est la police. L'homme entre dans la pièce.

— C'est bon, vous êtes réveillée ?

France lève la tête vers le fonctionnaire. Elle grimace, en confirmant d'un signe de tête. Le flic poursuit :

— Désolé, on ne savait pas que vous étiez de la maison, capitaine. Quand on a fouillé vos vêtements, il n'y avait pas de carte de police. C'est quand on a passé votre nom au fichier qu'on a vu. Mais c'était après le signalement au procureur, alors…

— Alors, je vais avoir des ennuis, lâche France dans un souffle. Ce ne sera pas la première fois.

Chapitre 3

Saint-Germain-en-Laye. Mars 2022

Le vent est aussi fort que l'ambiance est lugubre. Il est encore tôt ce matin, et la lumière semble ne pas vouloir se lever sur Saint-Germain-en-Laye. Elia vient toujours très tôt. Pour ne pas croiser les vieilles qui sont là chaque jour. Pour se retrouver seule, avec ses pensées, avec ses souvenirs. Avec sa colère.

Cinq bonnes minutes qu'elle n'a pas bougé. Ses pieds commencent à s'engourdir. Ses cheveux mi-longs ne sont qu'une maigre protection contre la morsure du vent, qui s'engouffre sous son manteau. Quelques boucles blondes s'échappent de son bonnet en laine et lui caressent les joues. Elle entame un léger mouvement d'un pied sur l'autre. Lancinant, rythmé. Qui ne sert absolument à rien pour se réchauffer, mais qui donne l'illusion qu'on ne s'abandonne pas au froid piquant de cette toute fin d'hiver. Cela fait trente ans aujourd'hui. Trente ans que quelque chose s'est cassé. Trente ans que le souvenir hante la petite fille qui se cache toujours au fond d'Elia. Trente ans, c'est un bel anniversaire. Mais il n'y aura personne, aujourd'hui. Elle est seule devant cette pierre nue sur laquelle sont gravés les noms et prénoms de ses parents. Parmi les proches de la jeune femme, aucun ne sait ce qui s'est passé il y a trente ans. Même pas Stan, son mari. Celui contre lequel elle vient se blottir quand elle sent la colère monter.

Personne ne vient jamais se recueillir devant cette tombe. Il n'y a ni fleurs ni artifices ridicules. D'ailleurs, à quoi bon continuer à venir ? Elia s'est souvent interrogée sur cette habitude morbide qu'ont les humains d'aller régulièrement, en procession, incliner la tête devant des boîtes en bois enfouies sous la terre dans lesquelles pourrissent des corps décharnés. Aucun autre animal ne fait cela. À quoi cela peut-il servir ? À expier ? À regretter ? Pour Elia, cela lui sert à entretenir sa colère. À la maintenir à son juste niveau. À ne pas lâcher. Parce que ce qui s'est passé il y a trente ans va décider de sa vie aujourd'hui. Et de celle de beaucoup d'autres.

Le crissement du gravier ramène Elia à la réalité. Quelqu'un vient de s'engager sur la travée bordée de pierres tombales. Une vieille. En noir. Une de celles qui sont là tout le temps. Elia s'aperçoit qu'une larme finit de couler le long de sa joue. C'est le signe qu'il faut partir. Ses petits patients ne vont pas tarder à arriver à l'hôpital.

Chapitre 4

Golfe de Guinée. Mars 2023

La lumière s'étale sur l'eau telle une nappe huileuse. Le bruit des vagues qui s'écrasent contre le navire est à peine perceptible tant le vacarme des machines qui tournent vingt-quatre heures sur vingt-quatre occupe tout l'espace. Et puis, à trente mètres au-dessus du niveau de l'eau, il est plus facile d'imaginer le bruit des vagues que de l'entendre.

Déjà deux semaines que le capitaine McHollister a repris son rôle d'officier en second à bord du FPSO[1] *Angbo One*, de la compagnie pétrolière Oct'Oil. Une gigantesque usine de pétrole en pleine mer, au milieu du golfe de Guinée. À près de cent vingt kilomètres des côtes du Nigeria, cinquante minutes d'hélicoptère, ce colosse marin tangue de manière presque imperceptible au rythme de la houle.

Harold McHollister, connu par tous sous le surnom de Mac, n'est pas un débutant. Après quinze ans au

1. FPSO : acronyme pour *floating production storage and offloading*, « unité flottante de production, de stockage et de déchargement ».

sein de la Marine de Sa Majesté, ce colosse de presque deux mètres a décidé d'aller gagner un peu d'argent dans l'extraction du pétrole. L'uniforme vert sombre barré de rouge d'Oct'Oil est moins seyant que le bleu de la Royal Navy mais la fiche de paye a bien meilleure mine : avec une femme et quatre enfants qui l'attendent à Glasgow, il ne peut se permettre de lésiner sur les heures supplémentaires et les rotations de service. Depuis onze ans, il passe cinq semaines tous les deux mois sur un bateau-usine ou une barge pétrolière. Cinq semaines au cœur de l'enfer pour trois semaines à la maison. Cela vaut bien de pactiser un peu avec le diable.

Mac est soudain interrompu dans ses pensées, les grésillements de la radio le ramènent à la réalité :

— Mac ? Tu reçois ?

Le capitaine en second tire une dernière fois sur sa cigarette, jusqu'au filtre, puis jette le mégot dans la mer avant de répondre.

— Oui, ici Mac. Qu'est-ce qui se passe ?

— Tu peux venir à la CCR ? Un appel de Big Mama. Urgent.

— Ok, j'arrive.

Il ne faut pas traîner, Big Mama n'appelle jamais pour rien. Le marin fait pivoter une large poignée, peu maniable, et tire la lourde porte métallique pour pénétrer dans le navire : une bouffée nauséabonde le prend à la gorge, comme un mélange de gasoil et d'acide. Les entrailles de la bête. Une lumière puissante, agressive, l'oblige à plisser les yeux. Il ne fait jamais noir à l'intérieur du FPSO. Sécurité oblige.

Quelques mètres dans les coursives exiguës, et Mac arrive face à une porte grise. À l'intérieur, un semblant de calme. Quand il referme la porte derrière lui, les bruits se sont étouffés. La lumière adoucie. Seule l'odeur persiste. Avec celle de la sueur en plus. Deux hommes sont assis devant une immense console et, face à eux, se dressent des dizaines d'écrans, de toutes tailles. La CCR, la *control and command room*, c'est le cerveau du navire. Mac s'approche de l'un des deux opérateurs.

— Alors, que nous veut donc Big Mama ?

— Te parler. Je n'en sais pas plus.

Mac connaît bien l'homme sur l'épaule duquel il vient de poser une main. Bashar, ingénieur syrien, appelé Bash par tout l'équipage. Cinquantaine bien pesée, ventre arrondi, crâne dégarni, Bash est un virtuose du compteur barométrique et de la jauge de pression. Officier de quart au sein de la CCR, il s'assure que le FPSO fonctionne de manière optimale.

Bashar saisit le combiné du terminal satellite pour appeler Big Mama. Ou plutôt celle qu'il faut appeler Smart Room : le navire pétrolier assure lui-même le contrôle de ses opérations, mais il est en permanence suivi par un back-up, une salle de contrôle sur terre qui reçoit les mêmes données que lui. Un Big Brother. Une Big Mama comme l'ont surnommée les officiers du bord.

— Smart Room, Angbo, j'écoute.

— Bonjour, Smart Room. McHollister sur *Angbo One*. Vous avez demandé à me joindre.

— Oui, capitaine. Depuis une bonne heure, des données incongrues arrivent des systèmes de mesure de pression sur les ombilicaux des puits 1, 2 et 3. Nous avons des pics de pression annoncés dans les risers qui vous remontent le pétrole, alors que les mesures en sortie des têtes de puits sont normales.

Le capitaine en second interroge Bashar du regard, qui fait non de la tête.

— Ici, nos mesures sont normales. Aucun pic de pression, tout roule.

— Oui, mais de notre côté, les mesures augmentent encore.

Mac reste dubitatif. Dans la salle de contrôle, tout est au vert. Bash regarde l'officier en second et esquisse en souriant le geste de quelqu'un qui aurait trop bu.

— Vous avez relancé votre système de mesure ? Peut-être un bug ?

— Nous avons relancé les mesures sur le puits numéro 1, et nous avons toujours les mêmes données.

— Possible que nos systèmes de bord soient défaillants ?

— Aucune idée, capitaine. Et nous avons trois nouvelles alertes de surpression sur les puits 4, 5 et 6 !

— Vous déconnez ?

— Non. Mêmes informations que sur les trois premiers : pressions en hausse constante sur les risers de remontée. Et les données des puits 1, 2 et 3 sont brusquement redevenues normales !

— Mais comment est-ce possible ?

— Je n'en sais absolument rien.

Bashar ne rigole plus et se retourne rapidement vers sa console. Il glisse quelques mots à son collègue, puis se met à taper frénétiquement sur son clavier. Des données s'affichent, aucune alarme ne retentit. Mac ne sait pas comment réagir.

— Bon, qu'est-ce qu'on fait ?

— Il faudrait mettre tous les systèmes de pompage et d'injection à l'arrêt, répond l'ingénieur de la Smart Room.

— Quoi ? Tous les systèmes ? Vous savez combien cela coûte en perte d'exploitation d'arrêter ce joujou ?

— Et combien, si tous les puits se mettent en surpression et que ça explose ?

Chapitre 5

Paris, la Défense. Mars 2023

La plupart des tours de la Défense sont encore éteintes, hormis quelques bureaux qui surgissent comme des carrés de lumière au milieu de la nuit noire et des immeubles sombres. Il n'est pas encore quatre heures du matin, et on s'agite au soixante-dixième étage de l'imposante tour Oct'Oil. La lumière de la salle de gestion de crise est agressive, blanche. Une vingtaine de personnes s'affairent devant des ordinateurs, sur des téléphones portables. Têtes baissées. Aux murs, des écrans. Partout. Identiques à ceux de la salle de commande du FPSO *Angbo One* et de la Smart Room.

Dans la pièce voisine, l'ambiance semble plus détendue. Plus feutrée. La lumière plus douce. Mais tout cela n'est qu'apparence. Nathalie est concentrée, presque crispée. Elle fixe Stan, assis en face d'elle. Il a les yeux fermés, il réfléchit. Vite. Les micromouvements de ses paupières trahissent la tension qui l'étreint. Ou le motive. Devant lui, son ordinateur portable est ouvert, un fil de discussion s'étire sur l'écran. Entre Nathalie et Stan, Moïse. L'expert du renseignement. Des années passées au sein du Mossad lui ont appris à trouver presque tout sur les réseaux. Lui aussi fixe Stan, en se balançant doucement sur sa chaise.

Le négociateur ouvre enfin les yeux. Pour revenir au contact de la réalité et du reste de son équipe. Nathalie, la psychologue qui l'accompagne sur les négociations les plus tendues, peut enfin s'exprimer :

— En matière de profil, nous pouvons avoir affaire à n'importe qui. À ce stade des échanges, difficile de savoir si c'est un criminel aguerri qui veut de l'argent ou un geek qui s'amuse en forçant les sécurités de la compagnie. Durant mes dernières années au sein de la police de Québec, j'ai eu affaire aux deux. Statistiquement, c'est 50/50.

Stanislas tourne la tête vers l'arrière de la pièce où se trouvent deux autres personnes. À droite, Douglas. Jeune ingénieur nigérian, RSSI[1] d'Oct'Oil. L'homme doit avoir une trentaine d'années. Athlétique. Et stressé. Parce qu'à sa gauche se trouve Marc du Jonchay, le PDG d'Oct'Oil. Le grand patron. Et le grand patron a du mal à cacher sa frustration, tout dans son attitude la révèle. Stanislas s'adresse à Douglas :

— Et vous, qu'en pensez-vous ? Criminel aguerri ou geek ?

L'ingénieur jette un regard rapide vers son patron, qui ne bronche pas, puis se retourne vers Stan.

— Geek aguerri. Il est entré dans nos systèmes sans qu'on sache ni quand ni comment.

— Et il faut être bon pour faire ça ?

— Plus que bon. Les systèmes de la sécurité informatique d'Oct'Oil sont parmi les meilleurs du monde.

1. Responsable sécurité des systèmes d'information.

— Visiblement pas assez, lâche Marc du Jonchay entre ses dents.

L'ancien géologue qui a fait sa carrière sur le terrain peine à réfréner ses envies de prendre le contrôle des opérations. D'ordonner aux équipes ce qu'il faut faire. Mais il le sait : son rôle est de prendre les décisions, pas de piloter la cellule de crise. Et encore moins la négociation. Marc du Jonchay poursuit :

— Où en sommes-nous ?

— Douze millions, répond Stanislas.

— Et nous sommes partis de combien ?

— Douze millions.

— On progresse, ponctue ironiquement Jonchay.

Moïse intervient :

— Il y a du nouveau, alerte-t-il en montrant du menton l'ordinateur du négociateur et le fil de discussion qui s'anime.

Stan se retourne immédiatement et annonce :

— Contact !

Une vieille habitude du temps où il était négociateur de police. Un mot court, sec, pour dire à tous de se taire et lui permettre de se plonger dans la négociation. Nathalie et Moïse se concentrent à leur tour. Les échanges reprennent.

« Douze millions pour que tout s'arrête. »

Le pirate revient à la charge. Il s'exprime en français, sans aucune faute. Rien d'étonnant pour Stan, les groupes de hackers ont toujours quelqu'un qui négocie dans la langue de la société victime. Pour plus de clarté, certainement. Et c'est toujours plus impressionnant d'être menacé dans sa langue maternelle.

— Pourquoi douze millions ? interroge naïvement Douglas.

Sans le regarder, Marc du Jonchay répond à voix basse :

— *Angbo One* produit cent mille barils par jour. À cent vingt dollars le baril au cours d'aujourd'hui, cela nous fait douze millions de dollars de perte d'exploitation par jour d'arrêt du FPSO.

Stan arrondit les épaules, comme quand il faisait de la boxe. Il se positionne devant son clavier, et tape :

« *Qu'est-ce qui s'arrête ?* »

Quelques secondes s'écoulent et la réponse s'affiche.

« *La prise de contrôle d'*Angbo One *et de la Smart Room.* »

Jonchay confirme à l'attention de l'équipe de Stan :

— Ils connaissent nos procédures. En cas de données incohérentes, nous devons mettre tous les systèmes à l'arrêt. On stoppe les pompages, et on commence à perdre de l'argent.

— Ils vous connaissent de l'intérieur pour demander comme rançon le montant exact de vos pertes sur une journée, précise Stan.

Moïse, qui a gardé le silence jusqu'à maintenant, entre dans la discussion.

— Pas besoin d'être à l'intérieur. Sur le site Internet d'Oct'Oil, on trouve un article qui présente le projet *Angbo One* et qui indique sa capacité de production. Ce n'est pas difficile de faire le calcul.

Le PDG de la compagnie pétrolière poursuit :

— Qu'est-ce que vous en pensez ? Il faut que l'on paye ? Vous êtes des négociateurs professionnels, vous allez faire baisser le montant de la rançon ?

— Négocier ne veut pas dire payer, précise Stan.

— C'est-à-dire ?

— La question n'est pas de faire baisser le montant de la rançon mais de savoir si nous devons payer ou pas. Douglas, vous pensez pouvoir arrêter l'attaque et rétablir la cohérence des données entre le FPSO et la salle de commande à terre ?

Comme un lapin qui se retrouve dans les phares d'une voiture, Douglas se fige quand toute l'équipe se tourne vers lui. Et quand son patron penche la tête vers la droite pour attendre sa réponse.

— Non. Nous sommes aveugles, répond l'ingénieur. Techniquement, nous ne savons pas comment les pirates sont entrés dans le système de contrôle. Par le siège. Par le FPSO. Par un fournisseur. Et nous ne parvenons pas à arrêter l'attaque, alors impossible de reprendre le contrôle.

Marc du Jonchay lisse ses cheveux gominés en arrière et tourne la tête vers Stan et son équipe.

— Qu'est-ce que vous préconisez ?

— Nous allons poursuivre la négociation. Pour laisser le temps à vos équipes de trouver la faille et d'arrêter l'attaque.

— Et si nous n'y parvenons pas ?

— Soit on paye, soit vous assumez l'arrêt du navire et la perte d'exploitation qui va avec.

— C'est un choix que je n'aimerais pas avoir à faire.

Douglas a compris le message. Il quitte rapidement la pièce où se mène la négociation pour retourner dans la grande salle contiguë dans laquelle se gère la crise. Nathalie croise le regard de Moïse et chuchote :

— Pas commode, le patron d'Oct'Oil.

— Un lion dans une cage.

— Il transmet son stress à ses équipes, ça ne sert pas à grand-chose.

Stan, lui, a repris le contact et poursuit la discussion avec les pirates.

« Le montant que vous demandez est colossal, vous devez vous douter que nous ne disposons pas d'une telle somme. »

Gagner du temps. C'est ce qu'il a promis à Jonchay. Mais le pirate n'est pas dupe, et sa réponse tombe comme un couperet.

« Vous allez me faire pleurer. Nous vous laissons une heure. Après, c'est l'arrêt total des systèmes de contrôle sur le FPSO. À vous de voir. »

Chapitre 6

Bièvres, CRS 8. Mars 2023

La colonne de véhicules pénètre dans le cantonnement. Lentement. Comme pour ne pas faire de bruit. Il est à peine plus de cinq heures du matin, et à part au poste de police à l'entrée, il n'y a encore personne à la compagnie.

Le véhicule de tête s'immobilise devant le bâtiment en pierres claires. L'ancienne résidence de Mme de La Vallière. Aujourd'hui le cantonnement de la CRS 8. L'escadron royal, comme certains l'appellent. Par jalousie. Par admiration. Ou un peu des deux, parce qu'elle est l'unité d'élite des CRS.

La porte coulissante s'ouvre bruyamment, pour laisser sortir la capitaine France Colombani. Officier adjoint de la 8. Une des rares femmes officiers en maintien de l'ordre. Le retour de déplacement a été long, cela fait une trotte entre Bayonne et Bièvres. France s'étire de tout son long, en levant les bras bien au-dessus de la tête. Il y a quelques années, elle n'aurait jamais osé s'étirer de la sorte. Aujourd'hui, elle s'en fout. Elle sait très bien que ces hommes sont en train de la regarder. Mais cela n'a plus d'importance. Elle inspire. Longuement. Non pas que l'air est plus pur ici, mais il n'est plus encombré des odeurs de transpiration comme l'était celui de son véhicule de commandement.

En haut des marches, un des gardiens de la paix du service général sort du bâtiment.

— Capitaine ! Le commandant Tromsky est déjà dans son bureau. Il voudrait vous voir.

Sans attendre de réponse, le policier retourne à l'intérieur, comme un fantôme. France soupire. Cinq heures, et le Bill est déjà là. Putain, il n'a rien d'autre à foutre ? Elle aurait tellement aimé aller prendre une douche et se mettre sous les plumes quelques heures. Au lieu de ça, elle monte les marches quatre à quatre jusqu'au bureau du commandant de compagnie, au premier étage. La porte est ouverte, et le patron est assis derrière son bureau. En civil. Sans lever la tête, il tonne :

— Entrez, Colombani.

La capitaine de police s'exécute, ôtant son calot bleu, laissant apparaître le chignon blond qu'elle essaye tant bien que mal de faire tenir sous sa coiffe.

Après avoir terminé d'écrire, le commandant lève les yeux.

— Asseyez-vous. Bien passé, le retour ?

S'il y a une chose qui caractérise le commandant Tromsky, c'est son manque d'humour. Il est plutôt du genre rigide. Froid. Pas le style à vous pousser du coude. Mais pas le mauvais bougre non plus. Un CRS à l'ancienne, un vieux de la vieille. France s'installe dans le fauteuil devant le bureau, et lâche :

— Long et pénible. Mais ça va, les hommes sont contents de rentrer.

Tromsky enlève ses lunettes de son nez, et les pose sans bruit sur le bureau.

— Colombani, vous avez encore déconné. J'ai reçu hier une note de la direction centrale, vous vous êtes fait contrôler il y a deux semaines avec une alcoolémie trop élevée sur la voie publique.

— Je n'étais pas en service, commandant.

— Mais vous portiez votre arme de service, capitaine.

— Ce n'est pas illégal.

— Non, mais ça la fout mal. C'est la septième fois depuis que vous êtes arrivée à la compagnie. C'était la dernière. La direction centrale me demande un avis sur une mise à pied.

France s'attendait à ce que cela arrive. Mais pas aussi vite. Elle accuse le coup. Et puis, la DCCRS demande un avis. Ce n'est pas encore une sanction. Tromsky reprend :

— Je sais que votre fille vous manque.

— Vous ne savez rien, commandant. Votre fille a été enlevée ?

Le commandant se reprend.

— Je suis désolé, ce n'est pas ce que je voulais dire. Je sais que vous buvez pour essayer de ne pas y penser.

— Il est impossible de ne pas y penser. Je bois pour ne pas me mettre une balle quand je vois son lit vide.

— Hé ! je ne peux pas vous laisser parler comme ça ! Normalement, avec ce que vous venez de dire, je devrais vous prendre votre arme immédiatement et vous retirer de la voie publique. Et je sais que vous n'êtes pas du genre à vous flinguer sans vous battre. Alors arrêtez de dire ce genre de connerie !

Le ton est sec. C'est celui d'un père qui parlerait à sa fille. Une fille en détresse. Au bout du rouleau. La compagnie, c'est la famille. Et le linge sale n'en sort pas. Tromsky continue :

— Vous en êtes où, de la procédure ?

— Ça n'avance pas. Son père est turc, et pour la justice turque, je n'ai aucun droit. Ma fille est retenue loin de moi et j'ai juste le droit de fermer ma gueule.

— Le Quai d'Orsay n'a pas de nouvelles ?

— Non. La famille de son père fait partie d'une communauté proche du pouvoir. Alors, une fille qui va finir par oublier qu'elle a une mère, cela n'a que peu d'importance.

Des larmes de colère montent aux yeux de France. Mais pas question qu'elle pleure. Elle serre ses poings. Le vieux commandant ne manque pas de le voir.

— Capitaine, je vais vous mettre en arrêt pour quelques jours. Pour vous laisser le temps de vous requinquer.

— Non, s'il vous plaît, commandant. C'est le boulot qui me fait tenir. Si je reste chez moi, c'est l'enfer.

Tromsky bougonne. Se lève lentement pour aller à la fenêtre de son grand bureau, tandis que l'aube commence à poindre sur le parc du château de Mme de La Vallière.

— Vous m'emmerdez, France ! J'aurais dû me douter qu'avoir une femme comme officier adjoint, c'était le début des problèmes !

France sourit. Elle sait que le Bill n'en pense pas un mot.

— Ok. Vous restez en service. Je fais mon affaire de la direction centrale. Mais à la moindre incartade, je vous vire. C'est compris ?

— Bien reçu, commandant.

— Allez ! Allez vous doucher, vous puez la sueur.

Sans un regard, France se lève et s'éclipse du bureau. Dans l'escalier qui la mène dans la cour, elle pense :

— Rester en service. Quoi qu'il arrive. Pour le jour où le Duc demandera de passer à l'action.

Chapitre 7

Paris, la Défense. Mars 2023

« Douze millions. À prendre ou à laisser. »

La dernière phrase sur le fil de discussion ne laisse aucun doute sur la détermination du pirate. Il ne cédera rien, ne bougera pas d'un pouce. Stan essaye depuis quarante-cinq minutes de lui démontrer que cette somme sera difficile à payer, mais rien n'y fait. Un bruit à la porte de la pièce où se mène la négociation : Douglas entre en silence, sur la pointe des pieds. Le négociateur en profite pour en savoir un peu plus sur sa partie de la gestion de crise :

— Alors ? On avance ?

Douglas pince les lèvres et fait non de la tête. Visiblement, les ingénieurs d'Oct'Oil sont moins efficaces que les pirates qui ont pris le contrôle de leur système sur *Angbo One*. Stan se devait de poser la question, même s'il avait déjà la réponse en regardant l'air dépité du jeune Nigérian. Heureusement, Marc du Jonchay n'est pas dans la pièce, Douglas n'aura pas à subir ses sarcasmes.

Stanislas se tourne vers Moïse. Devant lui, deux ordinateurs, et des dizaines de données qui s'affichent. Le négociateur interroge son expert du renseignement :

— De ton côté ?

— Les données sont toujours incohérentes entre le bateau et la terre ferme. *Angbo One* et Big Mama se tirent dans les pattes. Cela doit commencer à bien stresser sur place.

— Et pour le mode opératoire ? Tu retrouves des traces d'autres attaques de ce type ? Contre des bateaux, ou des barges pétrolières ?

— Rien de ce type. On dirait qu'on a affaire à des inventifs. C'est malin : ils ont pris le contrôle des systèmes d'information d'*Angbo One* et font tout ce qu'il faut pour nous rendre aveugles, nous déstabiliser et laisser planer le doute sur un risque, au mieux de détérioration des risers, au pire d'explosion du FPSO.

Tandis que Stan acquiesce d'un signe de tête, Marc du Jonchay entre dans la pièce. Sans prêter attention au retour du patron d'Oct'Oil, le négociateur interroge des yeux Nathalie, qui reprend la main :

— Je pense qu'on a affaire à un techos plus qu'à un négociateur. L'ego plus que l'argent.

— Un techos ? demande Jonchay, comme pour marquer son retour dans la pièce.

— Un expert en informatique. Un technicien, répond Nathalie. Le gars jubile, cela se voit dans sa façon de s'exprimer. Les phrases sont courtes, directes. Comme des coups de poing. Je pense que nous avons affaire avec celui qui a monté l'attaque. La personne qui négocie avec nous est aussi celle qui contrôle le côté technique de la prise en otage de votre système informatique. Il se fiche de l'argent, il veut montrer à la fin qu'il est le meilleur.

— Je suis d'accord, poursuit Stan. Un criminel qui voudrait de l'argent aurait accepté de minorer sa demande. Pour être sûr d'être payé, ou pour être payé plus vite. Lui veut nous montrer qu'il commande, qu'il domine, et que nous sommes des pions sur un échiquier qu'il maîtrise. Il va nous faire tourner en rond.

Marc du Jonchay s'approche de la table centrale.

— C'est un aveu de faiblesse, monsieur Monville ?

— Non. Pour négocier, il faut être deux à vouloir trouver une solution. Là, le pirate veut juste être récompensé pour son intelligence, vous faire payer le prix fort parce que vous êtes moins malin que lui. Ce n'est pas de la négociation. Soit vous décidez d'arrêter cette discussion stérile et vous prenez le risque de ne pas stopper *Angbo One*, soit vous payez. En espérant que cela suffira pour que le pirate arrête son attaque. Parce que nous ne sommes même pas certains qu'il arrêtera si on paye.

Chapitre 8

Paris, hôpital Necker. Mars 2023

Elia est assise sur le banc du vestiaire, au milieu des odeurs d'hôpital. Les yeux dans le vague, dans la presque pénombre de la pièce. Il est un peu plus de six heures du matin, mais elle n'a pas eu le courage d'enlever sa blouse de bloc après l'opération. Cinq heures pour opérer en urgence. Cinq heures à observer sa collègue chirurgienne mener à bien une greffe pulmonaire sur son petit patient. Hakim. Sept ans. Beau comme un cœur, mais des poumons qui ne fonctionnent pas. Ou pas bien. Espérons que la greffe réglera le problème et qu'Elia n'entendra plus de sifflement à chaque inspiration du petit garçon.

La porte du vestiaire s'entrouvre, laissant pénétrer un peu de la lumière du couloir. Cendrine, la chirurgienne qui a greffé l'enfant, entre à son tour dans la pièce.

— Qu'est-ce que tu fais encore là ? demande-t-elle doucement, comme si elle s'adressait à quelqu'un d'endormi.

— Rien. Je souffle un peu.

En jetant un œil sur sa montre, Elia s'aperçoit que cela fait plus d'une heure qu'elle est assise sur ce banc inconfortable. Cendrine continue :

— Stan n'est pas là ?

— Non, il est en mission.

— C'est ça d'être mariée avec un négociateur de crise. Il y a toujours quelqu'un à sauver. Vous êtes un peu pareils, tous les deux.

— Je crois que je le voyais plus quand il était dans la police que depuis qu'il a monté sa boîte.

— La rançon du succès. Il est où ?

— Je ne sais pas. Il ne dit rien de ses missions. Je crois qu'il est à Paris, mais je l'ai entendu parler d'un truc en Afrique.

— Moi, ça m'emmerderait que mon mec se barre sans que je sache où il est. Je le harcèlerais jusqu'à ce qu'il me le dise.

— Et du coup, tu n'as plus de mec.

— Ouais. C'est peut-être pour ça.

Tout en parlant, Cendrine a jeté sa blouse opératoire sur le sol et a ouvert son vestiaire pour prendre un paquet de cigarettes et un briquet. En quelques secondes, elle tire sur sa première bouffée de tabac.

— Tu sais que c'est interdit de cloper dans l'hôpital ?

— Oui. Mais je m'en fous. Faut bien mourir de quelque chose. Cette semaine, j'ai perdu une patiente qui ne buvait pas, ne fumait pas, mangeait bio. Et pourtant, elle est morte d'un cancer et on n'a rien pu faire.

— Du coup, tu traites le mal par le mal.

— Ouais. Rien à foutre de la mort, conclut Cendrine en tirant sur sa cigarette.

Chapitre 9

Paris, la Défense. Mars 2023

Le jour s'est levé depuis plusieurs heures sur le quartier d'affaires. À la fenêtre, Marc du Jonchay regarde les milliers de petites fourmis qui vont et qui viennent. Presque désabusé, le PDG interroge Stan, pour la forme.

— Ils ont trouvé comment a débuté l'attaque ?

Le négociateur sait que son client connaît déjà la réponse.

— Non, toujours pas.

— Cela fait douze heures que nous sommes sur le coup, et le pirate s'amuse toujours avec nos données.

— Toujours. Attaques séquentielles, sur le même rythme.

Le PDG d'Oct'Oil contient sa colère. Mâchoires serrées. Sifflantes dans la voix. Il se retourne brusquement.

— Bon. Il est temps que je reprenne le contrôle, vous ne croyez pas ?

Marc du Jonchay réajuste sa veste et son col de chemise, avant de se racler la gorge et de pousser la porte qui sépare le bureau dans lequel il se trouve de la salle bruyante où s'agitent ses équipes.

— Bien ! Messieurs ! S'il vous plaît, je vous demande un peu d'attention.

Le silence se fait rapidement. Chacun retient son souffle. Le PDG enchaîne sans perdre de temps.

— Nous allons mettre fin à tout cela. Ce que nous vivons depuis plusieurs heures est en réalité un exercice. Je le répète : c'est un exercice !

Personne ne bouge. Aucun signe de soulagement sur les visages. Apparemment, personne n'y croit. Stan, entré juste après Jonchay, regarde Moïse qui a levé la tête comme les autres. Il lui fait un signe en croisant ses deux mains devant lui, en signe de X, pour lui signifier que la partie s'arrête. Immédiatement, l'Israélien lui confirme avoir reçu l'instruction en levant le pouce vers le haut et saisit son téléphone portable pour adresser un message sur Signal :

« Matthias. Fin d'exercice. Confirme-nous que tu mets fin aux attaques. »

Quelques secondes plus tard, la réponse du pirate tombe :

« Ok. J'arrête. Dommage, je commençais à m'amuser. »

Stan croise le regard de Douglas, qui a l'air complètement désemparé. Le négociateur lui fait un signe de la main, pour lui indiquer qu'ils se verront tout à l'heure. De son côté, Marc du Jonchay donne ses instructions pour mettre fin à cet échec patent. Douze heures de gestion de crise, et aucun moyen d'arrêter l'attaque. D'ailleurs, les mines déconfites des membres de la DSI[1] ne laissent aucun doute sur les pensées qui occupent leur esprit : il y aura des coups à prendre lors du débriefing, et

1. Direction des systèmes d'information.

ils seront en première ligne. Le patron n'est pas du genre à faire de cadeau quand on ne répond pas à ses attentes.

Pendant que tout le monde s'affaire, Marc du Jonchay est retourné dans le bureau qui lui a servi de base arrière pendant la gestion de la crise. Il souffle fortement, et s'affale dans le canapé, devant une table basse encombrée de gobelets en carton pleins de café froid. Il va faire son débriefing à chaud, en tête à tête avec Stan qui l'a suivi dans la pièce et qui a fermé la porte derrière lui.

— Bon, Stanislas, cela nous coûte combien finalement ?

— Douze millions. Soit en rançon, soit en perte d'exploitation si vous mettez *Angbo One* à l'arrêt.

— Vous pensez que je devrais peut-être embaucher un nouveau directeur des systèmes d'information avec ce budget ?

— Je ne crois pas. Matthias, le pirate à qui j'ai confié la mission d'attaquer la Smart Room, est l'un des meilleurs au monde. Je l'ai recruté à la DGSE.

Marc du Jonchay se lève brusquement, agacé.

— Comment a-t-il pu entrer dans les systèmes de la Smart Room ? Nous avons toutes les mesures de sécurité possibles ! Aucun accès extérieur non sécurisé, aucune entrée de données non contrôlées !

— Oui, mais il y a Vanessa.

— Vanessa ?

Stan s'est levé à son tour.

— À Warri, là où se trouve basée votre Smart Room, il y a un bar. Le *Lolly Bar*, sur Ogudu Road. À boire, de la musique, des filles. Bref, tout ce qui attire un expatrié loin de chez lui et qui s'ennuie depuis plusieurs semaines, le nez rivé sur ses écrans.

— Aucun membre de la Smart Room ne peut ramener de filles dans l'enceinte sécurisée. C'est absolument interdit.

— Qui parle de fille ? Vous nous avez demandé de monter cet exercice il y a deux mois. Depuis cette date, nous avons fait déposer, régulièrement, des clés USB dans le bar. De belles clés USB. Disséminées dans les salons, à l'arrière. Avec une étiquette : *Vanessa*. Nous avions l'espoir qu'un jour, un des opérateurs de la Smart Room trouverait la clé et que, taraudé par la curiosité d'en savoir plus sur Vanessa, la brancherait sur un des postes de Big Mama.

— Et ça a marché…

— Nous avons dû attendre un peu, et bingo ! La clé s'est activée. Des tas de photos suggestives, des lettres, bref, de quoi donner envie à quelqu'un de tout savoir de la vie de Vanessa. Et le temps pour notre logiciel pirate de s'installer dans le système de contrôle de la salle. Dès que Matthias a reçu l'information de l'activation de la clé, il a commencé à visiter la configuration de vos équipements, et quand il a pu en prendre le contrôle, nous avons déclenché l'exercice. Une *smart lady* pour venir à bout d'une Big Mama.

— Douze millions de dollars pour regarder des photos pornos, cela aurait été cher payé si cela n'avait pas été un exercice.

En quittant le bureau où se trouve Marc du Jonchay, Stan croise Douglas, le regard perdu de celui qui va payer les pots cassés. Le négociateur s'approche de lui.

— Alors, content que ce soit fini ?

— Déçu, répond le jeune Africain. Pas que ce soit fini, mais que nous n'ayons pas trouvé la faille.

— Notre hacker est un des meilleurs, tu avais peu de chances. Et sa Vanessa est très forte.

Moïse rejoint Douglas et Stan.

— Allez, tu n'y es pour rien. Serre les fesses, cela va tonner dans le bureau de ton patron dans quelques heures. Et puis les choses vont reprendre leur cours.

Douglas esquisse un sourire désabusé, qui laisse peu de doute sur sa déception. Moïse enfonce le clou :

— Si tu t'ennuies chez Oct'Oil, viens faire un tour à l'agence.

Moïse prend une carte de visite dans la poche arrière de son pantalon, et la tend vers Douglas, qui s'en saisit sans illusions.

Chapitre 10

Golfe de Guinée. Mars 2023

Mac vient de raccrocher le téléphone satellite qui le relie à la Smart Room. Il garde le silence, malgré les regards interrogateurs de Bash et de son collègue. Le capitaine écossais semble dubitatif. Bash ne tient plus :

— Bon, tu vas nous dire ce qui se passe ?

Mac a l'air ailleurs. Le regard fixe. Mais il finit par répondre :

— Big Mama a subi une panne des systèmes. Tout vient de rentrer dans l'ordre. On se remet au travail comme si de rien n'était.

— Quoi ? Une panne ?

— C'est ce qu'ils ont dit.

— Comme ça, sans plus d'explications ? Tu déconnes ?

— Non. Et tu en sais autant que moi.

— Panne, mon cul ! Comment tu expliques ces données incohérentes remontées avec des phases séquentielles, et qui passent d'un groupe de puits à un autre, trois par trois, comme à la parade ?

— Je ne me l'explique pas. En tout cas, c'est terminé. Tu peux passer la main à l'équipe de jour.

Les deux hommes sortent de la CCR rapidement. En quelques pas, ils ont traversé la coursive jusqu'à la lourde porte donnant sur la passerelle bâbord. Au pas de course. Pour aller chercher de la lumière. De l'air frais. Le soleil est déjà haut sur l'horizon, et le faible vent du large atténue à peine la chaleur qui commence à monter et qui se combine à la moiteur lourde générée par les machines qui ne s'arrêtent jamais. Le capitaine en second tend son paquet de Marlboro à son collègue puis lui propose un briquet pour allumer sa cigarette.

— Ton avis ? Franchement.

— C'est tout sauf une panne. Big Mama nous prend pour des lapins de six semaines. L'ingénieur-contrôle qui panique, ils sont dans le brouillard pendant des heures, et après tout s'arrange. D'un coup. Je n'y crois pas une seconde.

— Oui, je suis d'accord. Tu dirais quoi ?

— Une attaque informatique. Un hacker. Je pense qu'à Paris, ils ont dû passer une très mauvaise nuit. Et ce n'est pas fini, à mon avis.

— Tu crois que ça continue et qu'ils nous le cachent ?

— Non, sinon on ne nous aurait pas dit d'aller voir ailleurs. Mais je pense qu'on va droit vers des nuits compliquées. Imagine qu'un hacker arrive à prendre le contrôle des *quicklatch*[1] des têtes de puits. Et qu'il les déconnecte ? Tu imagines la marée noire ? Trente-neuf tuyaux qui pissent du pétrole à gros débit.

— Tu penses que c'est possible ?

1. Système de verrouillage et de déverrouillage rapide.

— C'est géré par des systèmes informatiques. Alors oui, c'est possible. Probable, même. Et si un pirate s'attaque au geopositioning du FPSO ? S'il nous fait dériver ? S'il déconnecte les ancres ? On arrache tous les risers et on se retrouve au milieu d'un gros bordel.

— Tu es rassurant…

— Je suis réaliste. Et je crois que toi et moi, on n'a pas fini de fumer des clopes sur cette putain de coursive en croisant les doigts pour que ce gros bordel n'arrive jamais.

Chapitre 11

Budapest. Septembre 2023

Astana ne peut s'empêcher de sourire. Un sourire rayonnant. Ce n'est pas le magnifique soleil sur Budapest qui la rend d'humeur joyeuse, ni le regard appuyé de ce jeune homme qu'elle vient de croiser rue Váci et qui l'a dévorée des yeux. Non, ce qui la met en joie, c'est qu'elle a enfin trouvé un lieu. Le lieu. Celui qu'elle cherche depuis des mois. Certes, ce n'est pas la porte à côté : presque cinq heures de vol, avec une escale à Varsovie. Mais c'est le lieu parfait. Si seulement ceux qui ne voient en elle qu'une femme superficielle, avec un cerveau d'oiseau, savaient ce qu'elle sait faire avec sa tête, ce qu'elle peut concevoir, et surtout ce pour quoi elle le fait. Bientôt, on la verra telle qu'elle est vraiment.

Il est le loin le temps où elle se laissait blesser, malmener, humilier. Ces trois dernières années, elle s'est battue pour survivre. Continuer malgré l'enfer qu'elle a vécu et elle se sent plus forte que jamais. Elle ne sera plus la proie. C'est elle qui tient désormais les rênes.

Astana tente de masquer son enthousiasme. Il faut rester discrète, ce serait bête d'attirer l'attention maintenant.

Mais après tout, qui pourrait se douter de quelque chose ? Ce couple, qui la regarde bizarrement ? Ou cette femme pressée, qui rentre chez elle ? Même s'ils lisaient l'e-mail qu'elle a reçu il y a moins d'une heure pour lui confirmer la disponibilité du lieu, personne ne pourrait imaginer ce qu'elle va y faire.

Le téléphone d'Astana vibre dans sa poche. Elle le saisit du bout de ses doigts, pour voir apparaître un message :

« Alors ? C'est bon ? »

Son visage s'illumine d'un sourire encore plus large. Elle répond :

« Oui ! Lieu idéal. Salle de marchés d'une banque en faillite. Ça sent bon. »

Une nouvelle question apparaît sur l'écran :

« Je préviens le Duc ? »

Mieux vaut rester prudent pour l'instant, Astana ne le sait que trop. Elle joue des pouces :

« Non, attends que j'aie pu vérifier la faisabilité technique. »

Ce serait dommage de décevoir le Duc à cause d'une euphorie trop hâtive.

Chapitre 12

Paris. Septembre 2023

La petite fille est assise au bord de la route. Presque prostrée. Elle n'a pas l'air d'avoir froid, malgré la température matinale de ce début d'automne. Devant elle, un champ blanchi par la rosée qui n'a pas encore séché au soleil, levé il y a peu. Aucun bruit. Si ce n'est celui de la roue de la voiture. Elle n'en finit pas de tourner, avec un drôle de grincement. Comme une complainte répétitive. Derrière elle, une grosse voix, celle de l'automobiliste qui vient de s'arrêter :

— Hé ! Petite !

Elia s'éveille en sursaut. Le corps en sueur. Depuis plusieurs mois que ses cauchemars sont revenus hanter ses nuits, elle ressent la même crispation dans tout son corps. Elle s'enroule sur elle-même et saisit ses genoux avec ses mains puis serre ses bras, du plus fort qu'elle peut, pour étirer son dos. En boule sous la couette, elle reprend son souffle. Tente de se réchauffer. Son mari est en mission depuis hier, mais c'est comme s'il y était depuis un mois. Le lit est trop froid. Trop grand. Trop vide de Stan.

Elle a toujours su qu'en épousant un négociateur de crise, elle devrait accepter son métier. Son rythme. Ses risques. Elle a longtemps espéré que Stan raccroche. Mais il a la négociation dans le sang. Dans les tripes. On ne commande pas aux tripes. Stan ne va plus sur les terrains « chauds », comme il dit. Mais il continue à partir. Un peu. Un peu trop. Et cela tombe mal, parce qu'elle se pose des questions. Pas sur eux, non. Eux, c'est une certitude. Mais sur tout le reste. Pourquoi fournir tant d'efforts à essayer d'humaniser le monde alors que finalement, tout le monde s'en fout ? Il manque un scanner à l'unité pédiatrique de Necker. Pas de budget. Pendant ce temps, on envoie des cons de touristes dans l'espace pour faire des selfies. Où est la vérité ? Qu'est-ce qui est juste ? Elia aimerait pouvoir dire à Stan ce qui la hante, ce qui la rend à la fois folle et forte. Mais il n'est pas là quand elle en aurait besoin. Et quand il est contre elle, il l'apaise tant qu'elle n'a pas le courage de vider son âme. À nouveau ses larmes de tristesse et d'impuissance qui montent. Pas question de pleurer. À la douche !

Chapitre 13

Île Maurice, aéroport Seewoosagur-Ramgoolam.
Septembre 2023.

Stan a quitté la fin de l'été pour retrouver la fin de l'hiver, en moins de onze heures de vol. De l'hémisphère Nord à l'hémisphère Sud. De Paris à Maurice. Mais de l'autre côté de la planète, en plein océan Indien, l'hiver n'en est pas vraiment un.

Le négociateur n'a pas eu à passer les longues files de contrôles fastidieux réservés aux non-résidents, ni les contrôles sanitaires anti-Covid. Il ne lui a fallu que quelques minutes pour s'extraire de l'aéroport Seewoosagur-Ramgoolam. En accompagnant une délégation diplomatique, on évite pas mal de contraintes. Et le mal de dos classique de ces voyages long-courriers : un siège à cent quatre-vingts degrés dans un des avions de la République française, cela change des vols traditionnels. Quelques inspirations profondes pour laisser la chaleur lourde de l'île Maurice remplir ses poumons, et le retour à la réalité.

— Mon cher monsieur Stanislas Monville, voulez-vous monter dans mon véhicule ?

Le négociateur n'a pas besoin de se retourner pour identifier son interlocuteur. Pascal Argenton, le ministre de la Transition écologique français, a une voix particulièrement reconnaissable.

— Avec plaisir, monsieur le ministre. Arthur est-il des nôtres ?

— Bien sûr ! Je ne peux pas me passer de mon dircab, comme tout bon ministre incapable de lacer tout seul ses chaussures !

Stan aurait pu juger cette phrase sarcastique s'il n'avait pas constaté, lors du voyage en avion, l'estime que portait le ministre à son directeur de cabinet. Celui-ci apparaît brusquement, devant le capot du van noir.

— On parle de moi, j'ai les oreilles qui sifflent.

— Mon cher Arthur, tu as toujours les oreilles qui sifflent. Allez, montons, on va crever de chaud, termine le ministre.

L'officier de sécurité prend place sur le siège avant : le convoi peut faire route vers Port-Louis et l'hôtel Labourdonnais. Dans l'habitacle, un froid polaire. Pascal Argenton ne rate pas l'occasion :

— Messieurs, je crois que pour montrer notre engagement vers l'inéluctable transition énergétique, nous devrions commencer par couper cette clim infernale.

Sans attendre, l'officier de sécurité s'exécute et remonte la température de l'air climatisé de seize degrés à vingt et un. Le ministre poursuit :

— Mon cher Stanislas, je suis très touché de l'assistance que vous allez nous apporter lors de cette phase de négociation. Vous participez au rayonnement et à la grandeur de notre pays, ne l'oubliez pas.

Arthur, assis sur la banquette tournant le dos à la route, fait mine de jouer du violon avec ses bras.

— Pascal, ne perds pas ton temps en flatteries. Stan a été fonctionnaire pendant dix ans, il connaît toutes les roucoulades et les discours sucrés des hauts fonctionnaires. Il y est imperméable, et je dirais même réfractaire. Je crois que tu as cassé la gueule d'un énarque, il y a quelques années, non ?

Stan lâche un sourire, en niant :

— Je ne vois pas du tout de quoi tu parles.

Le ministre intervient immédiatement en faveur du négociateur :

— Il devait l'avoir mérité. Si je comprends bien, vous vous connaissez depuis longtemps, tous les deux ?

Arthur choisit de répondre le premier.

— Plus de dix ans. C'est Elia, l'épouse de Stanislas, qui nous a présentés. C'est une amie d'enfance. À vrai dire, elle est plus qu'une amie. Ma petite sœur, en quelque sorte. Nos pères étaient médecins dans le même hôpital. Quand les parents d'Elia sont décédés dans un accident de voiture, elle a grandi chez nous. Quand Stan l'a demandée en mariage, j'ai dû donner mon autorisation.

Stan ne peut s'empêcher de rire.

— Vous voyez, monsieur le ministre, moi non plus je ne peux rien faire sans Arthur.

— Laissez tomber les « monsieur le ministre ». Appelez-moi Pascal et je vous appelle Stanislas, c'est plus simple. D'autant que nous sommes presque incognito, ici.

— Vu le dispositif de sécurité à l'aéroport et les avions officiels posés sur le tarmac, cela va être difficile de rester incognito.

— Je m'entends : nous venons représenter la France pour une réunion sur l'accélération de la transition écologique. Mais c'est du flan. Ce n'est pas le fond de notre mission ici. Ni le fond de la mission que je vais vous confier, si vous êtes d'accord.

Argenton se penche au plus près de Stan.

— J'ai besoin de vous pour maintenir la paix sociale. Ça vous dit ?

Le rire d'Arthur vient accompagner la surprise de Stan. Le ministre poursuit :

— Depuis le début de la crise ukrainienne, le prix du pétrole flambe. Le pétrole russe sous embargo nous pénalise fortement, et si les prix à la pompe continuent à monter, nous ne pourrons pas empêcher une crise sociale majeure.

— J'habite à Paris. Autant vous dire que je vis les manifestations en direct. J'ai l'impression que la crise sociale est déjà là.

Pascal Argenton sourit. Malicieux, le ministre. Il fixe Stan dans les yeux, profondément, pour aiguiser sa curiosité. Avant de poursuivre :

— Nous avons besoin de vous pour nous aider à négocier avec les Russes la livraison de pétrole dans la plus grande discrétion. Je dirais même le plus grand secret. Avec l'aval des Américains, cela va sans dire.

— Rien que ça ?

— Voilà. C'est pour cela qu'Arthur a pensé à vous. Vous êtes de la partie ?

Chapitre 14

Paris, rue Saint-Guillaume. Septembre 2023

Lara est bien la fille de son père. Stan serait fier d'elle : il ne lui a pas fallu plus de trois minutes pour savoir qui, dans son groupe d'élèves, était digne de confiance et qui pipeautait tout le monde. À commencer par Antoine, trop imbu de lui-même pour être honnête. Trop bien habillé, aussi. On est à Sciences Po, c'est vrai, mais il a déjà la tenue du jeune politicien aux dents longues. Et le discours du même acabit : ampoulé, abscons, il parle pour ne rien dire en faisant croire qu'il comprend tout mieux que les autres. Sarah-Lou, elle, a la franchise accrochée aux lèvres. Cela se voit, s'entend. Elle est directe. Et n'a pas manqué de remettre à sa place Antoine. Ni Paul, d'ailleurs, qui la drague sans vergogne… après avoir fait les yeux doux à Lara, sans plus de succès. Il reste Mia, qui ne parle pas beaucoup. Certainement parce qu'elle est allemande, et que son français n'est pas parfait. Un groupe éclectique, qui va devoir se mettre en ordre de bataille pour répondre au sujet qui leur a été proposé par leur professeur de sciences politiques : « Existe-t-il une cause politique qui puisse justifier, à vos yeux, le recours à la violence ? »

Le débat s'est installé depuis de longues minutes. Antoine est partisan de l'ordre, ce qui implique pour lui que seul l'État peut avoir recours à la violence légitime. À l'inverse, Sarah-Lou et Mia affirment que c'est souvent face aux États totalitaires ou en voie de l'être que la violence peut se légitimer.

Antoine s'accroche :

— Arrêtez de penser que tous les États sont totalitaires, les filles. Il faut bien qu'il y ait des lois, et des forces de l'ordre pour les faire respecter !

Lara riposte :

— Et toi arrête de penser que c'est parce que tu fais partie des forces de l'ordre ou que tu agis au nom d'un pouvoir soi-disant démocratique que tu peux faire usage de la répression dès que quelqu'un s'oppose à tes idées !

Paul observe, amusé. Ou perdu.

Lara voit bien dans leurs discours qu'aucun d'entre eux n'a eu à affronter cette question dans la réalité. Lara, elle, a dû le faire. Il y a un peu plus d'un an. Elle a rencontré des militants, prêts à tuer pour des idées, pour une cause. Les EcoWarriors. L'écologie violente pour sauver la planète. Ou se sauver eux-mêmes. Elle n'en garde pas un bon souvenir. Même si elle était prête à partager leurs idées, leur engagement quasi fanatique a failli lui coûter la vie. Et celle de son père.

Sarah-Lou s'approche de Lara, qui semble ailleurs.

— Je crois que je t'ai déjà vue, en fait.

— Ah bon ? répond Lara.

— Oui. Tu n'étais pas sur les manifestations pour le climat en Italie, l'an dernier ?

Lara marque un temps d'arrêt. Stupéfaite. S'il y a des souvenirs qu'elle a voulu effacer de sa mémoire, les manifestations italiennes en font partie. Mais il faut croire que cette étape de sa vie ne souhaite pas se faire oublier. Sarah-Lou perçoit le malaise.

— T'inquiète, cela reste entre toi et moi. Je me suis fait arrêter, moi aussi. Mais c'était magique, non ?

Lara esquisse un sourire, discret, pour ne pas attirer l'attention des autres membres du groupe. Oui, elle a eu la trouille de sa vie. Mais c'était magique.

Chapitre 15

Île Maurice, hôtel Labourdonnais. Septembre 2023

Sur la terrasse du centre d'affaires où se réunissent les participants à la réunion sur le climat, Pascal Argenton tente tant bien que mal de trouver un peu de fraîcheur. Sa chemise jaune pâle et ses manches relevées le font plus ressembler à un touriste qu'à un ministre de la Transition écologique. Même français. Avec son mètre soixante-quinze et ses cheveux courts poivre et sel, il est plutôt passe-partout. Peut-être aussi à cause des Ray-Ban qu'il porte sur le nez. À côté de lui, son clone. Ou presque. Même taille, même coupe de cheveux, même attitude faussement détendue pour laisser penser que tout est sous contrôle. Un ministre, son directeur de cabinet. Même promotion de l'ENA. Les deux hommes se connaissent depuis vingt ans, et Arthur a toujours été l'éminence grise de Pascal. Jusqu'au sommet.

Stan ne peut s'empêcher de les dévisager, de les scanner. Pour voir ce qui se cache derrière ces animaux à sang froid, cyniques, joueurs. Parfois jusqu'à l'absurde. Le négociateur voit que le ministre l'observe aussi à travers ses lunettes noires. Argenton l'apostrophe :

— Qu'est-ce que cela veut dire, tous vos tatouages sur les bras ?

Stan regarde ses avant-bras sur lesquels se dessinent des tatouages japonais. Les avant-bras, juste une partie du décor qui court sur la moitié de son corps.

— Une vieille histoire.

— Arthur, tu la connais ? demande le ministre en se tournant vers son dircab.

— Non. Je ne suis même pas sûr que sa femme la connaisse non plus. Si ? Elia sait ce que cela signifie ?

— Elia sait tout de moi. Mais elle ne dira rien.

Pascal Argenton se racle la gorge.

— Bon, on a encore dix minutes avant de retourner dans la salle. Stanislas, observez les réactions des uns et des autres autour de la table. J'ai besoin de savoir qui sait quoi et sur qui, et qui joue avec et contre qui. Et surtout qui pourrait jouer pour nous. Vladimir Oulianoff est la personne à convaincre, il est le conseiller du président russe, il peut défendre notre position.

— Pour bien négocier, il faut que je comprenne les enjeux des parties prenantes, répond Stan.

— Les gens avec qui nous négocions se connaissent presque tous. Depuis longtemps. Il y aura des représentants des banques les plus importantes dans le business du pétrole. Seront aussi présents les patrons des plus grosses compagnies pétrolières, dont Marc du Jonchay, le PDG d'Oct'Oil. Arthur m'a dit que c'était un de vos clients ?

— Arthur parle trop. Je ne communique jamais le nom de mes clients. Mais oui, je connais Jonchay.

— Bien, bien. Essayez de lui tirer les vers du nez sur la possibilité de nous soutenir dans l'importation de pétrole russe. Peut-être en le faisant transiter dans des dépôts d'Oct'Oil ?

— Pascal, je suis négociateur. Je ne suis pas là pour faire du renseignement. Surtout quand il s'agit de faire parler quelqu'un que je connais. Posez directement la question à Jonchay, il vous répondra avec sa franchise habituelle.

Le ministre marque un temps d'arrêt, comme s'il avait perçu que sa dernière remarque était déplacée. Sans rebondir, il poursuit :

— Depuis plusieurs mois, certaines des personnes qui seront autour de la table jouent un jeu dangereux. Peut-être toutes. Ce jeu, dont nous avons du mal à comprendre les rouages et les motivations, vise à faire monter le cours du baril. Ce n'est pas que pour l'argent. Tout cela fait monter la tension sociale en Europe, et on ne peut pas se le permettre.

Chapitre 16

Paris, à l'agence. Septembre 2023

Aujourd'hui, Moïse est tranquille à l'agence : seule Monica, l'assistante de Stan, est au bureau, et la salle de réunion du sous-sol est rarement occupée, surtout quand le patron est en mission. Généralement, Moïse préfère travailler depuis sa chambre d'hôtel. Mais il a rendez-vous ce matin avec quelqu'un qu'il n'a jamais rencontré, si ce n'est par messagerie et écrans interposés.

Le bruit de la porte et la voix de Monica, là-haut, lui font penser que celui qu'il attend est arrivé. Un jeune homme, plutôt grand, cheveux très courts, descend l'escalier. Élancé, athlétique. Il porte un pull clair, avec un blouson kaki qui descend sur ses hanches, une capuche derrière la nuque. L'allure de la génération geek. L'Israélien l'accueille :

— C'est marrant, tu ressembles exactement à l'idée que je me suis faite de toi. Bonjour Matthias, bienvenue à l'agence.

Le jeune homme sourit, ses grands yeux bleus plongent dans ceux de Moïse.

— Alors, c'est toi Moïse. Tu ressembles à la description que Stan m'a faite de toi, assène Matthias en baissant son regard vers l'embonpoint de l'expert en renseignement, qui répond par une moue.

— Bon, je pense que je ne souhaite pas savoir ce qu'il t'a dit. En tout cas, je suis content de te rencontrer.

— Moi aussi. Stan m'a dit que tu étais un virtuose.

— À voir ce que tu as fait avec le dossier *Angbo One*, je crois savoir que toi aussi.

Moïse sourit. On dirait son patron, en plus jeune. Il entre tout de suite dans le vif du sujet :

— Comment tu l'as rencontré ?

— Stan ? C'est un ami commun qui nous a mis en relation.

— De la DGSE, c'est ça ?

Matthias incline la tête, pour regarder l'Israélien du coin de l'œil. Moïse enchaîne :

— Écoute, on ne va pas se raconter d'histoires. Ici, on se dit tout. Mais si le sujet te gêne, on passe à autre chose.

— Non, rien ne me gêne. Mais tu as bossé pour une maison d'en face, je crois, alors tu sais ce que je veux dire : le droit d'en connaître.

Matthias sourit. Il poursuit :

— Un ami de la DGSE, effectivement. Stan m'a testé, puis m'a proposé la mission *Angbo*.

— La fameuse mission *Angbo*. Et Vanessa. On peut dire que tu as un gros bagage technique pour ton âge. Tu m'impressionnes. Je ne savais pas que les écoles d'ingénieurs hongroises avaient un tel niveau.

— Merci du compliment, surtout venant de ta part. Tu sais, la Hongrie pourrait te surprendre. J'ai fait aussi une école de cryptographie. Une très bonne école.

— Ton français est parfait. Pas une touche d'accent.

— Mon père était hongrois, mais ma mère est française.

— Bon, il y a des choses que tu voudrais savoir sur l'agence ?

Matthias fait mine de s'interroger. Mais sa question arrive vite.

— J'ai entendu parler d'une affaire, la dernière fois que je suis venu ici. Un truc qui s'est passé il y a quelque temps et qui a visiblement mis tout le monde en danger.

Moïse se fige, une microseconde. Certainement pas assez longtemps pour que le jeune hacker l'ait vu.

— Toi, tu laisses traîner tes oreilles. Ce n'est pas toujours très bon.

— Tu m'as dit qu'il n'y avait pas de tabou. Si je travaille avec vous, c'est normal que j'écoute ce qui se raconte. Mais si le sujet te gêne, on passe à autre chose.

Moïse sourit en entendant Matthias reprendre les mots qu'il employait tout à l'heure. Et il se surprend à faire de même.

— Rien ne me gêne. Je vais essayer de t'expliquer en quelques mots.

L'ancien agent du Mossad se racle la gorge, fait une moue de côté : par où commencer ? Et jusqu'où raconter ?

— Stan avait rencontré un gars bizarre, nommé Joshua. Scandinave. Intelligent. Riche. Il a proposé au patron de l'aider à négocier la concession de trois grands parcs de biodiversité au Laos pour le compte d'une famille pleine aux as, à la tête d'un gros empire financier. Mais le truc s'est emballé, et on a failli y laisser notre peau. Nathalie, Stan et moi.

— Ce qui explique que tu n'étais pas très chaud pour en parler ?

— Écoute, je ne sais pas tout. Le boss nous a dit ce qu'il voulait nous dire, mais il en a gardé sous le pied. Et il est resté marqué. Je connais Stan depuis très longtemps, il sait faire le ménage dans sa tête après n'importe quelle affaire. Mais celle-là, elle lui a laissé quelque chose.

— À toi aussi, visiblement, ajoute Matthias en montrant les mains de l'Israélien d'un coup d'œil.

Moïse réalise que ses mains sont très agitées. Des microdémangeaisons qui trahissent une nervosité soudaine. Doué, le gamin. Apparemment, rien ne lui échappe.

— Je suis vieux. J'ai vécu pas mal de trucs. De toutes sortes. Mais cette affaire m'a bien ébranlé, c'est vrai. Comme toute l'équipe, d'ailleurs.

— Et vous avez fini par trouver les responsables ?

— Une très vieille famille japonaise, pleine aux as. Ce sont eux qui ont déclenché tout ce bordel.

L'Israélien a prononcé ces mots en baissant le ton de sa voix. Il est temps pour lui de sortir de ce souvenir.

— Mais bon, tout s'est bien terminé, c'est ce qui compte, claironne Moïse sur un ton faussement enjoué.

— Merci de m'avoir raconté. On boit un café ?

Chapitre 17

Prague. Septembre 2023

Le réveil est brutal. Horrible. Astana s'est endormie sur son canapé, et des coups à la porte viennent de l'arracher à son sommeil. Instantanément, elle a compris ce qui se passait. La police est devant chez elle, ils viennent la chercher. Encore. L'histoire se répète. Le cauchemar va recommencer. En un bond, elle est sur ses jambes. Avant même de penser à enfiler un pantalon, elle a saisi son ordinateur qu'elle jette sous le canapé. Cachette dérisoire. Ils vont tout retourner, comme la dernière fois.

Les coups recommencent. Sans réfléchir, elle s'approche de l'entrée.

— J'arrive ! Attendez !

En panique, la jeune femme regarde autour d'elle. Comme un animal traqué qui cherche un trou où se jeter pour échapper à son prédateur. Elle tremble de tout son corps. Son esprit est incapable de trouver une solution. Des idées contradictoires s'entrechoquent. Ouvrir la porte ? Se sauver par la fenêtre ? Elle est en culotte, sans chaussures. Elle n'ira pas loin. Appeler quelqu'un avant qu'ils n'entrent ? Mais qui ? Et pour faire quoi ? Une voix, derrière la porte.

— Astana ! C'est Micha. Ça va ?

Putain ! Micha, la voisine du dessous.

— Astana, j'ai de l'eau qui suinte de mon plafond. Tu n'aurais pas laissé ta douche couler ?

La jeune femme respire, réalisant qu'elle retient son souffle depuis de longues secondes. Rassurée comme quand on sort d'un cauchemar et que l'on réalise que rien de ce qu'on vient de vivre n'est réel. Elle reprend ses esprits.

— Merde ! Désolée, Micha ! Je vais couper l'eau !

Chapitre 18

Île Maurice, hôtel Labourdonnais. Septembre 2023

— Je ne suis pas en train de vous demander de le crier haut et fort ! Ni une déclaration écrite ! Mais j'ai besoin de votre engagement à nous livrer du pétrole. Vous pouvez même nous le vendre au prix fort !

Cette phrase d'Argenton résonne dans la tête du négociateur. S'il n'avait pas été prévenu, il aurait été estomaqué par l'énergie déployée par le ministre français de la Transition écologique pour acheter du pétrole russe. Sous embargo. Le ministre poursuit :

— Une crise sociale majeure en Europe n'est pas dans les intérêts de la Russie. Vous avez besoin de notre argent pour soutenir l'économie de votre pays, qui est exsangue. Vos opérations militaires vous coûtent une fortune, nous le savons tous. Nous avons besoin de votre pétrole pour juguler la crise sociale, vous avez besoin de notre argent pour rester à flot. Bref, nous devons nous serrer les coudes. Laissons la politique court-termiste de côté, et soyons pragmatiques.

Autour de la table, une douzaine de personnes. Presque uniquement des hommes. Le Texan Bradley

Adams. D'après la fiche qu'Arthur a donnée à Stan, il a fait toute sa carrière dans l'or noir. Millionnaire. Et maintenant conseiller à l'énergie du président américain. Le russe Vladimir Oulianoff, ami personnel du président russe, devenu son conseiller spécial. Un élément-clé de la négociation. À Argenton de le convaincre. Seule exception à la règle de la masculinité : Teresa Cadiz. Banquière espagnole, brillante, fine, brune, Stan l'a tout de suite reconnue. Elle aussi, d'ailleurs. Mais tous deux ont fait mine de ne s'être jamais rencontrés. Marc du Jonchay est lui aussi présent, et il n'a pas pris de précaution particulière quant à la teneur de la relation qu'il entretient avec Stan : il s'est immédiatement dirigé vers le négociateur.

Hans Schuller, ministre de la Transition écologique et de l'Énergie allemand, arrivé en retard à la réunion, prend à son tour la parole.

— Madame, messieurs, excusez mon retard, je raccroche à l'instant d'avec le chancelier, qui m'a demandé de vous saluer et de vous rappeler l'importance de cette rencontre. Je n'ai entendu que la fin de l'introduction faite par mon collègue Argenton, et je ne peux qu'y souscrire. Il y a ce que nous voulons montrer aux médias, et il y a la réalité de la crise majeure qui gronde dans nos pays. Nous sommes prêts à mettre gros sur la table pour que vous ouvriez à nouveau les vannes. Et pour que cela ne se sache pas.

Deux ministres européens qui proposent la botte à la Russie pour briser un embargo international, sous le regard des Américains. Stan ne peut s'empêcher de se pencher vers Arthur, et de lui souffler à l'oreille :

— Nous sommes peu de chose. Tout cela n'est qu'un grand théâtre, et je sais déjà qui va perdre à la fin.

Car Stan a un mauvais pressentiment : derrière les discussions, derrière les sourires de façade, il y a quelque chose d'étrange. Quelque chose qui lui échappe. Pour l'instant.

Chapitre 19

Paris, hôpital Necker. Septembre 2023

Le bruit de la roue n'a pas changé depuis trente ans. Comme si certains souvenirs étaient immuables. Inaltérables. Cette roue qui tourne, qui grince, la complainte répétitive qui rythme ses cauchemars.

Une alarme de monitoring, quelque part à l'étage, fait sortir Elia de ses pensées. Mais la voix résonne encore dans sa tête : *« Hé ! Petite ! »* Encore ce souvenir. Il faut le chasser, ce n'est pas le moment. Est-ce qu'elle parviendra un jour à réparer ? À ne plus vivre avec ses images ?

Elia respire, s'enfonce dans le fauteuil inconfortable de son bureau de l'hôpital Necker. Il est bientôt quinze heures, et elle n'a toujours pas mangé. Presque vingt consultations depuis ce matin, et juste une pause de quelques minutes. Le job de pédiatre n'est pas de tout repos. Aucun job ne l'est, d'ailleurs. Surtout quand on le pratique comme un sacerdoce.

Dans la salle d'attente, encore quelques gamins qui attendent. Des toux. Quelques pleurs. Toujours la hantise de la Covid. Et ces pluies qui chargent l'atmosphère d'humidité chaude. Avec la peur du médecin, tout ce qu'il faut pour que les petits braillent.

Elia sort une barre protéinée de son tiroir. Insipide, dure à mâcher, impossible à avaler, mais cela devrait la caler pour quelques heures. Tout en tentant de venir à bout de sa première bouchée, elle saisit son téléphone. Sur le fil WhatsApp qu'elle partage avec son mari, une photo de l'île Maurice : Stan à côté d'Arthur, son ami d'enfance, son complice, son grand frère. Certainement les deux hommes de sa vie. Elle répond avec un smiley en forme de baiser, avec un *« Je vous aime »* avant de jeter son téléphone sur son bureau. Elle s'enfonce encore plus profondément dans son siège. Plonge dans ses souvenirs. Ceux des années d'adolescence, quand Arthur venait la défendre à la sortie de l'école parce qu'une grande lui avait tiré les cheveux. Ou qu'il jouait les durs devant ses premiers amoureux.

Elia n'a jamais eu aucun doute sur le fait qu'Arthur et Stan s'entendraient bien. Dès le début. Dès qu'elle les a présentés. Alors, rien d'étonnant à ce qu'Arthur le sollicite pour accompagner Pascal Argenton.

Elia sort encore une fois de ses pensées, l'infirmière frappe à la porte.

— Docteur Monville ? J'ai Mme Azouzi pour sa fille. Je la fais entrer ?

Elia souffle, vide ses poumons, pour passer d'un monde à l'autre. Quitter sa peau de femme pour se glisser dans celle de la pédiatre.

— Oui, Aline, bien sûr…

Chapitre 20

Île Maurice, hôtel Labourdonnais. Septembre 2023

Stan s'impatiente devant les ascenseurs. La porte s'ouvre enfin. Il y pénètre. Il sent les gouttes de sueur couler le long de son dos, et sa chemise colle à sa peau depuis trop longtemps. Il lui faut une douche. Vite. Quelqu'un bloque la porte avant qu'elle se referme. Marc du Jonchay. Qui entre dans l'ascenseur.

— À quel étage allez-vous, Marc ?

— Le même que le vôtre.

Stan sourit. Apparemment, Marc du Jonchay veut discuter. Le négociateur appuie sur le bouton de fermeture de la porte. Le patron d'Oct'Oil entame l'échange :

— Alors, vous conseillez la France ?

— Je conseille Argenton. C'est déjà suffisant.

— Pour briser l'embargo sur le pétrole russe. Je croyais que vous aviez une éthique ?

— Vous connaissez ce que l'on appelle l'état de nécessité en droit pénal ? Transiger sur un intérêt inférieur pour sauvegarder un intérêt supérieur.

— La paix sociale contre le parjure ?

— Je soutiens Argenton en ce sens.

— La paix sociale. Le combat du moment pour Argenton. Le combat pour devenir Premier ministre ? Qui sait ?

L'ascenseur ralentit sa course. On dirait qu'il arrive à destination. Jonchay s'approche du négociateur.

— L'embargo sur le pétrole russe n'explique pas à lui seul la flambée des prix à la pompe. Demandez-vous à qui profite le crime, Stanislas.

Marc du Jonchay sourit, en fixant Stan dans les yeux.

— Argenton parle d'un jeu dangereux pour faire monter le cours du baril. Vous en êtes ?

— Je suis arrivé à mon étage. Je vous laisse rejoindre le vôtre.

Il quitte l'ascenseur, laissant son conseil en suspens. Énigmatique, Jonchay. Ce n'est pas dans ses habitudes. Et Stan n'aime pas ça.

Chapitre 21

Estonie, Tallinn. Septembre 2023

La nuit a été courte pour Astana. Son vol a eu du retard et elle n'a pas pu rejoindre son hôtel avant une heure du matin. Un gardien de nuit qui ne parle pas un mot d'anglais, rien pour grignoter un morceau, et une chambre qui sent le tabac froid. Ambiance de lose. Pourtant, son enthousiasme est intact : elle vient une nouvelle fois de visiter le lieu qu'elle cherchait depuis des semaines.

Quand Vlakan lui a écrit son premier e-mail pour l'informer qu'il avait trouvé un site abritant autrefois la salle de marchés d'une banque qui avait mis la clé sous la porte, Astana s'était tout de suite imaginé un lieu dans le quartier d'affaires de Rotermann. Un îlot de modernité au cœur de cette ville marquée par son histoire médiévale. Alors, quand l'agent immobilier l'a emmenée au cœur de Kalamaja, un quartier populaire en pleine reconversion, elle s'est mise à douter. Et c'est en s'approchant de Telliskivi qu'elle a compris : tout avait l'air possible dans cette ancienne friche ferroviaire de l'ère soviétique – des bars, des galeries, des locaux industriels réaménagés en à peu près n'importe quoi. Alors pourquoi pas une salle de marchés ?

La jeune femme n'aura plus beaucoup à attendre pour savoir si l'intérieur du bâtiment est aussi prometteur que l'extérieur est discret. À peine a-t-elle tourné à l'angle de la rue Heina qu'elle aperçoit Abel Vlakan. Difficile de ne pas le voir. Astana et lui ont échangé en visioconférence, et son visage correspond parfaitement au reste du bonhomme : presque aussi large que haut. L'homme ne se fait pas discret : à la vue de la jeune femme, il agite ses bras comme s'il avait à faire atterrir un hélicoptère en zone de guerre.

— Astana ! Astana ! crie-t-il sans mesure.

Les quelques passants de ce début de journée ne semblent même pas surpris.

Astana déteste ce genre de comportement. Et attirer l'attention sur elle n'est pas vraiment ce qu'elle cherche, surtout en ce moment. Mais elle a besoin de ce gros bonhomme : plus vite elle signera son contrat de location, plus vite elle pourra lancer l'opération. Alors, faisons contre mauvaise fortune bon cœur.

— Hello Abel ! crie-t-elle à son tour en anglais.

L'homme jubile. Comme si le fait que la jeune Hongroise se rappelle son prénom était une surprise. En quelques pas, elle est devant lui. Chacun tend son poing vers l'autre pour un check post-Covid. Et cela arrange bien Astana de ne pas avoir à serrer la main adipeuse de l'agent immobilier. Qui enchaîne immédiatement, avec son anglais qui va s'avérer parfois approximatif.

— Bon, alors cette fois, c'est la bonne. Le propriétaire a vérifié les documents que vous lui avez donnés, et tout a l'air conforme. Il a même été impressionné par la garantie bancaire : autant vous dire que cela a été déterminant pour valider votre candidature. Maintenant, c'est à vous de confirmer si c'est bon, et nous pouvons signer le bail aujourd'hui.

Astana exulte intérieurement. Il est temps. Sans attendre sa réponse, Vlakan introduit la clé dans la lourde porte pour pénétrer dans les lieux, précédant la jeune femme impatiente.

L'entrée est décevante : une pièce agréable mais pas très grande, plutôt sombre. Rapidement, l'agent immobilier appuie sur un interrupteur et les rampes à LED baignent la pièce d'une lumière presque agressive. Un comptoir haut et quelques fauteuils laissent penser qu'il s'agissait de la salle d'accueil. Et de la poussière, partout. Cela fait un bon bout de temps que personne n'est venu ici. Abel perçoit la déception sur le visage d'Astana. Il intervient :

— Venez, je vous emmène dans le saint des saints.

Joignant le geste à la parole, il se dirige vers la droite du hall d'accueil et passe devant une porte épaisse.

— Elle est blindée. Là, elle est maintenue ouverte mais vous pouvez la fermer. Codes, et tout et tout. Mais, pour y installer une galerie d'art, cela ne sera pas nécessaire, je pense, glisse Vlakan en forçant son rire.

— Ne pensez pas cela : nous aurons des œuvres de valeur, cela sera utile de les sécuriser.

Le gros homme continue de cheminer le long d'un couloir aveugle, forçant ses petites jambes à accélérer pour ne pas faire attendre la jeune femme. Une autre porte sécurisée. Ouverte, elle aussi, comme la précédente. Astana le suit quand il entre dans la salle, et tout s'éclaire. Devant elle, un immense espace aux plafonds hauts.

Vlakan déclenche l'éclairage, et les rampes découvrent le lieu : grand, large, beaucoup plus conforme aux attentes de la Hongroise. Elle interroge :

— C'était quoi, avant d'être une salle de marchés ?

— Un atelier de locomotives. Vous savez pourquoi la banque avait choisi ce lieu ?

— Non, dites-moi, répond la jeune femme.

— L'ancien site ferroviaire sur lequel on se trouve est posé sur un des plus gros réseaux électriques d'Estonie. Les Soviétiques avaient vu grand. Et au vu de la consommation des dizaines d'ordinateurs qui tournaient ici h24, je comprends qu'ils se soient installés là.

Astana sourit, en levant les yeux pour observer les réseaux de fils électriques et de câbles informatiques courant aux plafonds de l'immense salle, organisés en grappes. L'agent immobilier intervient :

— Si vous voulez, je connais quelqu'un pour les travaux. Il peut vous démonter tout ça en quelques jours.

— Non, pas nécessaire, lâche sobrement Astana.

— Ah bon ? Pour une galerie d'art, vous gardez tous ces câbles partout ?

— Oui. À ce sujet, vous connaissez la puissance électrique disponible pour le bâtiment ?

— Non. Mais ce doit être colossal. Vous voulez que je me renseigne ?

— Je veux bien.

Chapitre 22

Paris. Septembre 2023

Cela fait trente minutes que France patiente dans sa voiture. Trente minutes de perdues. Trente minutes qu'elle aurait pu passer à la maison. Mais non. Il lui faut attendre. Même les émissions de radio qu'elle écoute d'habitude ne l'amusent plus : des chroniqueurs surannés, des blagues qui n'en sont pas. Et la pluie fine de cette fin d'été qui recommence. L'eau dessine de longues jambes sur le pare-brise de son SUV. Elle n'a même pas envie de déclencher les essuie-glaces. De toute façon, cela ne servirait à rien : la voiture devant elle n'avance pas. Son portable se met à vibrer. Comme un espoir, elle regarde au cas où ce serait le Quai d'Orsay, pour lui annoncer du nouveau, lui dire que la Turquie va collaborer et qu'elle va au moins pouvoir revoir sa fille. Même si elle doit aller là-bas. Mais non. C'est la compagnie. Le service général. Pas nécessaire de répondre.

Les feux stop de la voiture devant elle s'éteignent enfin. On va avancer. Cela fait maintenant trois semaines que faire le plein d'essence est devenu une corvée. Avec la hausse des prix et celle des taxes, il vaudra bientôt mieux rouler au whisky qu'au super. La tension sociale est montée d'un cran, et les habituelles manifestations du mois de mai se sont poursuivies plusieurs semaines, un peu plus violentes à chaque fois. Pour le climat. Pour la suppression de la taxe sur les carburants. Pour le pouvoir d'achat. Comme toujours, les politiciens ont expliqué que ce n'était pas leur faute, mais qu'il fallait bien remplir les caisses de l'État. Comme toujours, les compagnies pétrolières ont expliqué que ce n'était pas leur faute mais qu'il fallait répercuter à la pompe les hausses du prix du baril. La guerre en Ukraine, ou bien en Syrie, elle ne sait plus trop bien. Et puis France s'en fout. Elle n'a qu'une envie, faire le plein de sa voiture et rentrer chez elle, ne plus voir personne. Tous ces cons qui attendent dans leur voiture. Tous ces cons qui vont aller faire leurs courses. Tous ces cons qu'elle ne supporte plus. Parce qu'elle ne supporte plus rien.

Tout à coup, quelqu'un frappe à la fenêtre du SUV, côté passager. La buée est dense, France ne voit pas de qui il s'agit. Elle sent le sang battre ses tempes, brusquement. En un geste rapide, sa main droite quitte le volant pour venir se poser sur la crosse de son Sig Sauer, enfoncé dans son pantalon. Elle baisse la tête, essaye de deviner qui vient l'importuner. Et si c'est un casse-pied, tant pis pour lui ! France baisse la vitre, d'une dizaine de centimètres. Un policier apparaît, calot de CRS vissé sur la tête.

— Bonjour capitaine ! Ça va ?

France reconnaît le brigadier Bensalah, de sa compagnie.

— Putain ! Bensalah ! Qu'est-ce que vous foutez là ?

— On vient faire le plein du véhicule. Je vous ai reconnue en passant.

Le brigadier baisse les yeux, et voit la main de son officier posée sur son arme, à la ceinture.

— Vous m'avez pris pour un braqueur ? Désolé si je vous ai fait peur.

— Non, pas de souci. Vieux réflexe de PJ.

— Vous prenez le service à quelle heure, capitaine ?

— Demain matin. Un maintien de l'ordre dans Paris.

— Ah oui, encore une manif pour le climat. Ou pour le pouvoir d'achat, je ne sais plus. J'en suis aussi.

— Bon, eh bien on se voit demain, alors.

— C'est ça, capitaine, à demain. Bonne soirée.

Sans répondre, France remonte la vitre, l'intérieur de sa portière droite toute trempée de la pluie. Elle siffle entre ses dents :

— Connard. Qu'est-ce que cela peut te foutre que je passe une bonne soirée…

Chapitre 23

Paris. Septembre 2023

Après les cours, Lara ne traîne jamais bien longtemps. Elle n'est pas du genre à discuter pendant des heures pour le plaisir de parler, surtout quand l'année universitaire commence et qu'il faut organiser les prises de notes de la journée. Et les échanges sans fin de son groupe de travail lui ont porté le coup de grâce. Alors vite, rentrer dans son appartement : c'est petit, pas très bien agencé, parfois bruyant, mais c'est chez elle. Et la douche est chaude.

La jeune fille a à peine tourné au coin du boulevard Saint-Germain pour remonter vers la Seine qu'elle entend qu'on l'appelle :

— Lara ! Lara !

Une voix connue, lui semble-t-il. Lara se retourne, pour voir Sarah-Lou se rapprocher au petit trot. La jeune Italienne n'est pas très grande, on pourrait presque penser que c'est une lycéenne. Cheveux longs, jean serré, chaussures basses en toile. Mais son caractère trempé apporterait la contradiction à cette perception : Lara l'a constaté, Sarah-Lou sait ce qu'elle veut.

— Lara, je voudrais m'excuser pour tout à l'heure. J'ai été maladroite, non ?

Lara a fait volte-face pour attendre sa coreligionnaire. Elle répond :

— À quel sujet ?

— Pour l'Italie. Désolée si je t'ai mise en difficulté. J'aurais dû me douter que tu préfères garder cela pour toi.

Inutile de nier, Lara ne sait pas cacher ses émotions.

— Écoute, ne m'en veux pas, mais j'ai mis ça de côté.

— Je comprends, nous non plus nous n'en parlons pas, sauf avec ceux qui partagent notre engagement.

— Qu'est-ce que tu veux dire ?

— Les EcoWarriors. Même si nous sommes plus discrets que jamais, la lutte continue. Quand on a cramé le siège d'ENI à Rome, on a suscité des vocations. Tu y étais, tu te rappelles l'engouement ? Beaucoup nous ont rejoints. Ne me dis pas que tu ne te bats plus pour changer ce monde de merde ?

Lara ne s'attendait pas à un retour aussi brutal de son passé. Ni de son dilemme. Cela avait failli être dramatique. Mais la cause à laquelle la jeune femme croit plus que tout n'a pas changé. Quand elle a lu le sujet de son groupe de travail « Existe-t-il une cause politique qui puisse justifier le recours à la violence ? », elle a tout de suite pensé aux EcoWarriors. Sarah-Lou la fixe, ses yeux noirs pétillants s'enfonçant au plus profond de Lara.

— Mais non, je n'ai pas renoncé, répond Lara en souriant. Je suis même plus déterminée que jamais. Il y a des combats qui méritent qu'on risque tout pour eux.

Sarah-Lou sourit. Ce qui accentue encore son air malicieux. Solaire, la petite Italienne.

— Alors, tu viendras à la manifestation pour le climat du 7 octobre ?

Lara fait mine de réfléchir. Mais cela ne suffit pas à tromper Sarah-Lou, qui accentue encore son sourire, anticipant la réponse de sa camarade.

— Bien sûr que je serai là pour la manif. On ne lâche rien, quoi qu'il arrive !

Chapitre 24

Île Maurice. Septembre 2023

Sur Discord, les échanges sont courts. Concis. Et pour les discussions avec des informateurs, c'est parfait. Pour une fois que les gamers nous apportent un outil qui sert à autre chose qu'à jouer, pense Stan, autant en profiter.

« *Tout va bien ?* » écrit-il.

« *Oui* », répond Spano.

« *Tu as pris contact ?* »

« *Non, pas encore. Mais je pense que ce sera fait dans quelques jours.* »

« *Ok. Accélère stp* », conclut Stan.

Ce serait difficile de faire plus bref. Mais on ne s'épanche pas quand on échange avec un informateur. Surtout quand on n'a pas encore d'informations à donner. Le négociateur a le nez plongé sur son téléphone, il n'a même pas remarqué que la voiture roule à vive allure. Visiblement trop vite pour Arthur, qui s'accroche comme il peut à l'accoudoir de son siège. Stan ne peut s'empêcher de sourire. Depuis qu'il le connaît, il a toujours vu l'ami d'enfance de sa femme tendu en voiture. Il s'adresse au chauffeur :

— Excusez-moi. Vous pouvez lever un peu le pied ? Les routes mauriciennes ne réussissent pas à mon ami.

Il est vrai qu'à certains endroits, les voies qui conduisent aux Roches Noires ressemblent plus à des pistes qu'à des routes.

Arthur n'a pas regardé le négociateur, mais Stan le sent s'apaiser un peu au fur et à mesure que le chauffeur ralentit. Encore un gros quart d'heure de route avant d'arriver sur le lieu où se tient le dîner.

— Ça va aller, Arthur ?

— Ouais, ça va. Je ne suis pas très à l'aise quand la route est à ce point chaotique.

— Mauvais souvenir ?

Le directeur de cabinet se retourne vers Stan. Étonné. Comment sait-il ?

— Elia t'a raconté ?

Le négociateur secoue la tête. Arthur se sent obligé de compléter. Désormais, pas question de laisser l'information en suspens.

— Une sortie de route, il y a un peu plus de vingt-cinq ans. Je venais de rentrer à l'ENA, et nous partions en stage dans une sous-préfecture au fin fond de la campagne. Route glissante, nous avons dérapé, et nous nous sommes retrouvés dans un champ, la voiture sur le toit. Argenton était dans la voiture.

— Cela n'a pas été trop grave ?

— J'ai passé deux mois avec une minerve autour du cou. Et Argenton a perdu une bonne partie de la sensibilité de son bras droit. Quand il dit qu'il a besoin de moi pour lacer ses chaussures, il y a du vrai. J'ai dû l'aider à nouer ses lacets pendant pas mal de temps.

— C'est toi qui conduisais, c'est ça ?

Arthur marque un temps d'arrêt. Pour acquiescer. Stan a lu dans les pensées.

— Comment as-tu deviné ?

— Ton histoire transpire la culpabilité. Et tu soutiens Argenton dans toutes ses actions. Comme son ombre. Son protecteur. J'en déduis que tu as aussi été son bourreau.

— Je conduisais, et je me suis endormi. C'était ma faute.

— On ne voit pas qu'il a un problème au bras droit.

— Pascal est très pudique. Très discret, aussi. Il a plusieurs cicatrices au niveau de l'épaule droite, tu ne le verras jamais en maillot de bain. Garde cela pour toi, il m'en voudrait de t'en avoir parlé.

— Je suis une tombe. Je ne révèle jamais un secret. On dirait que tu l'aimes, ton ministre ?

Arthur laisse s'échapper un petit rire.

— C'est avant tout un ami. Un des rares politiciens que je connaisse qui soit en phase avec les valeurs qu'il prône. Une stature de chef d'État.

— Avec la crise de confiance que nous vivons, poursuit Stan, nous avons besoin de ce genre de bonhomme. On dit qu'il pourrait devenir Premier ministre si la crise sociale devait s'enliser ?

— Tu me connais, je ne vends jamais la peau de l'ours. Mais le président aime bien Pascal. Comme les Français, on dirait.

— Si on en croit les sondages, il caracole en tête des baromètres de confiance. Peut-être un futur président ?

Arthur ne peut s'empêcher de sourire.

— Allons, Stan, comme tu y vas. Chaque chose en son temps.

La ferveur d'Arthur ne laisse aucun doute sur ses liens avec Argenton. Mais le dircab ne souhaite pas s'épancher plus avant, et change de sujet :

— Alors, ton informaticien, tu en es content ?

— Moïse ?

— Non, Matthias, celui que je t'ai trouvé.

— Oui, bien sûr, Matthias. Oui, je suis très content. Nous avons mené un exercice pour un client, il y a quelques mois. Il a été à la hauteur. Un maître dans l'art du hacking.

— C'était pour Jonchay, n'est-ce pas ?

Stan ne peut retenir un signe d'étonnement. D'agacement, presque.

— Je ne donne jamais le nom de mes clients. Qu'est-ce qui te fait dire ça ? C'est Matthias qui t'en a parlé ?

— Non, je ne l'ai pas revu depuis son passage à la DGSE. Jonchay m'en a parlé, je crois. À moins que tu n'aies laissé échapper l'information ?

— Certainement pas.

Stan se tait. Il n'aime pas trop que les dossiers sur lesquels il travaille soient connus d'autres personnes que celles qui sont concernées. C'est Arthur qui lui a donné le contact de Matthias : il l'avait rencontré quand il était chef de cabinet du directeur du renseignement de la DGSE. Il faudra qu'il ait une discussion avec son hacker s'il parle trop.

Arthur sent le malaise suscité par sa remarque. Il enchaîne :

— Allez, ne fais pas la gueule, j'ai dit Jonchay comme j'aurais pu dire quelqu'un d'autre. C'est parce que nous l'avons vu aujourd'hui que j'ai pensé à lui.

Stan ne bronche pas. Arthur tente de changer de sujet :

— Tu as eu Elia ?

Le négociateur se tourne vers son ami. Il décrispe son visage. L'évocation de sa femme ne peut que le faire sourire. Même quand il est agacé de voir Arthur mettre son gros nez dans ses affaires.

— Oui, je l'ai eue. Elle t'embrasse.

— Bien sûr qu'elle m'embrasse !

Arthur regarde par la fenêtre, tout en parlant à Stan. Le jour commence à descendre à l'horizon, et le soleil éclaire d'une lumière orangée les champs de cannes à sucre. À perte de vue. Stan se tourne également vers sa vitre, et poursuit :

— Tu as mentionné les parents d'Elia, quand nous sommes arrivés ce matin. Elle n'en parle presque jamais. Juste quelques mots. Je sais juste qu'ils étaient médecins et qu'ils sont morts dans un accident de voiture, mais rien de plus.

Arthur ralentit sa respiration. Stan peut l'entendre. Puis il inspire profondément, pour remplir ses poumons. Et lâcher dans un souffle :

— Sujet sensible. Très sensible. Elle se ferme systématiquement quand on aborde le sujet de ses parents. J'ai peur de ne pas en savoir beaucoup plus que toi. Elle fait toujours ses cauchemars ?

— Oui, mais elle n'en parle pas. Son père était visiblement un pédiatre renommé.

— Oui. Un spécialiste de la mucoviscidose, comme elle, un pionnier dans cette pathologie. Il a fait gagner des années de vie à des centaines d'enfants. Mon père disait qu'il avait inspiré beaucoup de médecins, qu'il leur avait donné la vocation.

Arthur doit en savoir plus qu'il ne le dit. Mais Stan sait aussi qu'on ne pose pas de questions dans ces moments-là. Comme si Arthur lisait dans les pensées de Stan, il décide de poursuivre :

— Elia n'a pas beaucoup connu ses parents. Ils étaient assez âgés quand elle est née. Je pense même qu'ils ne l'attendaient pas. Mais ma mère m'a dit qu'ils débordaient d'amour pour elle, et qu'ils l'appelaient leur « don du ciel ».

Les yeux tournés vers les champs de cannes, Stan ne peut s'empêcher de murmurer :

— Un don du ciel pour nous tous. C'est ce qu'elle est, Arthur. Un don du ciel…

Chapitre 25

Paris. Septembre 2023

La soirée, ce sera devant la télévision, comme d'habitude. La lueur bleutée du poste accentue le mal-être de France. Comme si son ex-mari, son commandant de compagnie, ses emmerdes ne lui suffisaient pas. Comme si sa vie ne lui donnait pas assez la nausée. Comme si la migraine qui lui écrase la tête depuis des heures n'était pas une torture suffisante.

La capitaine de police est allongée dans son canapé depuis qu'elle est rentrée. Et il est deux heures du matin. Son seul jour de repos de la semaine, et elle le passe vautrée dans ce canapé-lit inconfortable. France a les yeux rougis. Douloureux. Elle aura pleuré, certainement. Autour d'elle, une bouteille d'eau vide, et sa combinaison de maintien de l'ordre posé sur une chaise, non loin de son ceinturon et de son arme.

France a été une super flic. Une nana top, comme disent ceux qui la connaissent. Mais ça, c'était avant. Avant que l'IGS ne débarque dans son bureau de la brigade des Stups de Paris. Avant qu'ils ne viennent perquisitionner chez elle. Salopards de flics de flics. Qui peut s'imaginer qu'on fait des affaires dans les Stups sans avoir d'indics ? À part un juge qui ne sort jamais de derrière son bureau. France a été blanchie. Ou presque. Un non-lieu. Mais terminée, la carrière prometteuse à la PJ. Elle se souvient des propos aigres-doux : « Vous comprenez, ce n'est pas contre vous mais avec votre dossier… » Alors, un de ses anciens patrons lui a proposé les CRS. La tenue. Le maintien de l'ordre. Un peu comme si elle était entrée à la Légion étrangère, on ne lui a rien demandé sur son passé. Juste de faire son boulot de flic.

À la télévision, la chaîne d'info passe en boucle les images de manifestations. Un syndicaliste dénonce les violences policières, sur une séquence de tabassage. Comme toujours. France soupire, et commente :

— Vous en avez marre de la police ? Essayez de vivre sans, bandes de cons. Juste un mois. Plus de policiers, plus de gendarmes. Vous croyez que vous êtes capables de vous défendre tout seuls ? Vous saurez vous protéger ? Si vous appeliez la police et que le téléphone sonnait dans le vide… Vous feriez quoi, sans nous ?

La policière se déplie pour se lever et aller boire un verre d'eau. Sa bouche est pâteuse. Machinalement, elle regarde son téléphone. Parmi les nombreux messages qui s'alignent sur la page d'accueil, un numéro particulier. Un SMS qu'elle attendait. Un message du Duc :

« Je tiens toujours mes engagements. Nous récupérerons votre fille, elle n'aura plus aucun souci à se faire. Tenez encore quelques semaines. Quelques jours. »

Chapitre 26

Île Maurice. Septembre 2023

Voilà plusieurs minutes qu'ils marchent sur le sable et les cailloux. Le jour s'est couché, et les deux hommes avancent à la lueur des torches qui ont été déposées le long du chemin. Encore quelques dizaines de mètres, et ils rejoindront le reste du groupe dont les silhouettes commencent à se détacher, devant eux. Stan reconnaît Argenton, en grande discussion avec l'Américain Bradley Adams. Derrière eux, un ou deux conseillers spéciaux, qui étaient à la réunion de l'après-midi. Et d'autres personnes, inconnues. Pour l'instant.

En se rapprochant, les deux hommes commencent également à distinguer la maison devant laquelle les convives échangent. Une bâtisse de deux étages, aux contours modernes. Des feux sont allumés dans de grands pots de grès au pied de la maison, le long de la façade, laissant les lueurs orangées grimper et lécher les murs clairs. Deux grandes portes vitrées sont ouvertes, on peut apercevoir des employés de maison affairés à préparer le dîner. L'océan ne doit pas être loin, on entend le bruit de l'eau malgré les buissons et les arbustes qui bordent l'immense terrasse.

Pascal Argenton voit sortir de la pénombre Arthur et Stanislas, comme deux acteurs surgiraient de derrière le rideau pour entrer en scène.

— Ah ! Mes amis ! Vous voilà enfin !

Argenton est enjoué, excité, méconnaissable. Vêtu d'un pantalon en lin et d'une large chemise du même tissu. À côté de lui, Adams, le Texan rougeaud. Un verre à la main. Il interpelle à son tour les deux retardataires, avec son français teinté d'un léger accent américain.

— Vous arrivez juste à temps, les Phoenix sont toutes fraîches !

Arthur regarde Stan, étonné.

— Les Phoenix ? Une équipe de danseuses ? Ou de basketteuses américaines ?

Stan éclate de rire.

— Mais non ! Phoenix. C'est une bière mauricienne.

Presque rassuré, Arthur répond à Adams par un sourire, et se dirige vers la table pour aller se servir. Le négociateur s'approche des deux hommes. Argenton semble ravi de voir tout ce beau monde autour de lui.

— Alors, mon cher Stanislas, comment trouvez-vous la maison de notre hôte ?

— Magnifique. À quelques pas de la plage, et le jardin semble paradisiaque.

— J'étais sûr que cela vous plairait. J'ai proposé à quelques-uns de nos partenaires de discussion de nous rejoindre, pour sceller notre amitié bientôt retrouvée. N'est-ce pas, Bradley ? L'Amérique ne nous laissera pas sombrer dans la crise ?

L'œil goguenard d'Argenton invite l'Américain à la riposte. Qui ne manque pas d'arriver :

— Toutes les Phoenix du monde ne garantiront pas que mon président donnera son accord pour que l'Europe reprenne les importations de pétrole russe. Même dans le plus grand secret.

Le conseiller du président américain s'éloigne, pas peu fier de son effet. Argenton lâche sèchement :

— Quel connard. Vous ne trouvez pas ?

— À sa place, j'aurais dit la même chose. Et vous aussi, non ?

— Possible. Probable, termine le ministre en s'éloignant à son tour.

Le chant des oiseaux se fait encore entendre malgré la nuit qui assombrit le ciel à chaque seconde qui passe. Le vent fait bruisser les grandes feuilles des lataniers bordant le chemin qui se dirige vers le bord de l'océan Indien. Le bruit de l'eau est à peine couvert par les discussions. Stan rejoint Arthur.

— Elle est chouette, la villa de ton patron, assène le négociateur à son ami.

— Tu es le diable ! Comment sais-tu ?

— Ton ministre se comporte comme s'il était le maître de maison. J'en déduis donc qu'il l'est.

— Nous ne sommes pas tout à fait chez lui. Mais c'est tout comme. Argenton est un enfant. Incapable de masquer ses émotions quand il est heureux. Et je crois qu'il apprécie son coup : inviter « en off » les personnages les plus influents de l'industrie du pétrole. Dans cette demeure bien cachée des Roches Noires.

— Il y a aussi des banquiers, je crois, ajoute Stan en désignant du menton une personne derrière lui.

Arthur se tourne, pour apercevoir une magnifique femme qui les rejoint sur la terrasse. Brune, mate de peau, elle n'a pas l'air d'avoir plus de quarante ans. Une grande robe rouge. Ses yeux noirs perçants éclairent son visage. Ses cheveux coupés au carré sont balayés par le vent marin. Elle se dirige vers les deux hommes. Sans hésiter. Avant qu'elle n'arrive à leur hauteur, Arthur croit bon de préciser, en chuchotant :

— Pas touche, c'est la propriétaire des lieux. Et c'est surtout la compagne d'Argenton.

Il a à peine prononcé sa phrase que la jeune femme lui fait face.

— Bonsoir, Arthur. Comment vas-tu depuis cet après-midi ?

Un léger accent catalan trahit tout de suite la nationalité de la belle brune. Espagnole, à n'en pas douter. Mais Stan ne se pose pas la question, il sait parfaitement qu'elle vient de Barcelone. Il préfère couper l'herbe sous le pied d'Arthur, pour lui éviter le ridicule.

— Bonsoir, Teresa. Ravi de vous revoir. Depuis cet après-midi…

— Plaisir partagé, Stanislas.

Arthur se tourne vers le négociateur, les yeux écarquillés.

— Vous vous connaissez ?

— Oui, rétorque Teresa. J'ai préféré me montrer discrète lors de la réunion. Stanislas et moi avons travaillé sur un dossier, l'an dernier. J'ai pensé qu'il n'était pas nécessaire que les autres le sachent.

— Et vous avez bien fait, répond Stan.

— J'en déduis donc qu'il n'est pas nécessaire de vous demander de quoi il s'agissait, conclut Arthur. Je vous laisse fêter vos retrouvailles, je dois aller satisfaire un besoin pressant.

Joignant le geste à la parole, le directeur de cabinet d'Argenton disparaît. Teresa lâche, en souriant :

— Je crois que vous l'avez vexé. Il aurait adoré me présenter.

— Je sais. Mais je n'aime pas les cachotteries.

— Alors, vous avez bien fait. Tout comme Arthur a bien fait de vous prévenir que j'étais la compagne de Pascal.

— Vous lisez sur les lèvres ?

— Quand un homme chuchote à l'oreille d'un autre à l'arrivée d'une femme, c'est pour délivrer ce genre de secret, souffle Teresa.

Tout en abaissant le ton de sa voix, l'Espagnole prend le bras de Stan pour l'éloigner de la table. Leur conversation va donc devenir plus discrète. Mais Stanislas n'aime pas se laisser guider. Et, si on souhaite le faire danser, ce sera à lui d'ouvrir le bal.

— Alors, comment se portent les activités de Kuzuka ?

Teresa sourit, ses dents blanches illuminant son visage mat.

— Très bien. Malgré un contexte économique et social morose, et des conséquences de la Covid encore palpables, nous allons bien. Vous savez, quand vous investissez dans l'écologie, le développement durable et la protection de la biodiversité, vous êtes rarement perdant.

— Sauf quand vous y perdez la vie, non ?

Le négociateur sent le bras de Teresa se crisper, une fraction de seconde. Puis sa voix douce réplique :

— Je vous l'accorde, notre dernière rencontre a été tumultueuse.

— Tumultueuse. Comme c'est joliment dit. J'ai failli y laisser ma peau, et ma fille aussi.

— Je sais. Je vous l'avais dit à l'époque, nous n'approuvons pas ces méthodes. Leur auteur n'a d'ailleurs pas eu l'occasion de recommencer. Et vous avez pu continuer vos activités sereinement, m'a-t-on dit. Avec une grosse somme d'argent, je crois.

— Somme que j'ai intégralement versée à des ONG.

— C'est très honorable. Tout est bien qui finit bien, alors.

— C'est une chance pour vous. Et pour Miyamoto Kuzuka. Vous avez été à deux doigts d'y laisser votre peau aussi.

L'Espagnole se crispe une nouvelle fois. Elle sait que Stan ne plaisante pas. Elle se souvient des semaines qui ont suivi cette affaire, et ses sursauts en pleine nuit, au moindre bruit. Des gardes du corps qui veillaient à la porte de son appartement. Le négociateur relâche l'étreinte psychologique :

— Mais le temps a passé. Et vous voici donc à Maurice.

— Oui, comme vous.

— Je suis étonné qu'une banquière internationale comme vous, aussi engagée dans l'écologie et le développement durable, comme vous dites, se retrouve dans des discussions liées au pétrole russe.

— Je vous l'ai dit. Nous n'apprécions pas les méthodes du passé, alors nous allons sauver le monde autrement.

— En permettant à la Russie de vendre plus de pétrole ?

— En permettant à l'Europe de ne pas sombrer dans la pire crise de son histoire. Vous l'avez entendu dans la bouche d'Argenton. Il est convaincant, non ?

— Oui, votre amant est très convaincant, tout comme vous, Teresa. Je me demande s'il est bon qu'un ministre de la République française fricote avec les Kuzuka…

— Arrêtez de voir le mal partout, mon cher Stanislas. Nous voulions sauver le monde, peut-être que la méthode n'était pas la bonne. Aujourd'hui, nous sommes rentrés dans le rang. Et Pascal et moi nous aimons. Cela n'a rien à voir avec les Kuzuka !

Le négociateur sait que l'Espagnole cache son jeu. Mais elle vient de s'emporter, et ce n'est pas son genre. Ou alors elle a peut-être vraiment changé, comme ses patrons. Il aurait aimé que Nathalie soit là pour observer. Elle lui aurait sûrement dit que personne ne change vraiment.

— Dites-moi, ma chère Teresa, Argenton sait que votre banque appartient aux Kuzuka ?

— Peu de gens le savent. Et c'est mieux ainsi. Ne croyez-vous pas ?

Stan ne répond pas. Teresa n'insistera pas.

Chapitre 27

Tallinn. Septembre 2023

Astana ne lâche pas son smartphone et mitraille le décor. Il faut se préparer à commencer la réorganisation des emplacements.

— Netcom Energia, le fournisseur d'électricité de la banque avant la faillite. Ils fournissaient 360 kWh juste pour cette salle ! Dix fois ce qui est nécessaire pour un immeuble classique. C'est dingue ! Je n'aurais pas aimé payer la note. Vous voulez que je leur demande de baisser la puissance ?

— Non, c'est bon, on reste comme ça, répond Astana.

Vlakan fronce les sourcils.

— Vous êtes sûre ? Vous allez payer une fortune ! La banque faisait tourner des dizaines d'ordinateurs, avec des serveurs. Vous n'aurez pas besoin de tout ça pour votre galerie d'art. À moins que vous ne vouliez pas vraiment faire une galerie d'art ?

Même si son anglais n'est pas parfait, l'agent immobilier a su trouver l'intonation juste pour figer Astana. La jeune femme maîtrise son émotion, elle ne doit rien laisser paraître.

— L'un de nos designers travaille sur la lumière : il est très gourmand en électricité. Et nous organiserons des expositions virtuelles, à distance. Il nous faudra donc des ordinateurs puissants, et une très bonne connexion Internet. Vous m'avez bien dit que le site était équipé de la fibre ?

Derrière sa bonhomie apparente et ses rondeurs excessives, Abel Vlakan n'est pas si bête. Son œil perçant ne lâche pas le regard d'Astana. Elle sent la peur monter en elle, la peur d'être démasquée, de ne pas réussir. Le Duc ne lui pardonnerait pas. Elle se sent comme quand elle était une jeune fille, et que le regard lubrique de certains hommes la déshabillait. Une proie dans l'œil d'un prédateur. Encore. Il faut maîtriser ce frisson dans son dos, garder le contrôle. Ne pas oublier que c'est elle, le chasseur.

— Vous ne seriez pas en train d'installer une mine de bitcoin ? poursuit Abel. De la puissance électrique, de la puissance de connexion Internet, tout ce qu'il faut pour fabriquer de la monnaie virtuelle. J'ai vu ça à la télé.

Vraiment pas si bête, ce gros lard. Astana éclate de rire.

— Si vous saviez comme je suis nulle en informatique, vous n'iriez pas imaginer cela.

Mais Abel ne lâche pas le regard de la Hongroise.

— Vous savez, Astana, si la destination finale de l'immeuble n'est pas celle que vous m'avez indiquée au départ, je vais devoir en informer le propriétaire. Et je ne suis pas sûr que cela lui plaise…

Abel parle doucement, son sourire en coin ne laisse rien présager de bon. Il continue :

— Personnellement, je me moque de ce que vous allez faire ici. Mais il y a des lois, en Estonie. À moins que l'on puisse s'arranger tous les deux, si vous voyez ce que je veux dire.

Le regard goguenard de l'agent immobilier vient de prendre une tournure malsaine. Mais Astana connaît ces pratiques. Elle les a subies à de nombreuses reprises. Elle sait faire. La peur s'éloigne.

— Abel, je n'aurais aucun intérêt à vous mentir. Vous êtes un homme intelligent, et vous me démasqueriez à coup sûr.

La jeune femme termine sa phrase avec un des sourires dont elle a le secret. En inclinant un peu la tête sur le côté. Elle sait l'effet que cela a sur les hommes. Les pervers. Les sales cons qui croient pouvoir la mettre dans leur lit avec des menaces sous-entendues. Effet garanti : l'agent immobilier sourit à son tour. Comme s'il avait compris le message sous-jacent. Gain de temps pour la jeune femme. Il faut conclure pour aujourd'hui.

— Je dois retourner à mon hôtel pour appeler mes associés. Vous avez le projet de bail ?

— Je vous l'envoie sur votre adresse e-mail. À moins que vous acceptiez de dîner avec moi ce soir, et que je vous le remette en main propre ?

Rester calme. Ne pas l'envoyer se faire foutre. Et garder l'ascendant.

— Impossible. Je dois travailler toute la soirée sur le dossier. Mais demain, vous êtes disponible ?

Abel Vlakan jubile, persuadé que son charme a opéré. Astana conclut :

— Vous me direz où vous souhaitez qu'on se retrouve ?

Encore un sourire, pour porter l'estocade. Abel exulte :

— Je vous envoie le dossier tout de suite. Et je vous dis pour demain. Vous voulez venir dîner chez moi ?

— Pourquoi pas ?

Astana est à peine sortie de l'immeuble qu'elle sent monter les larmes à ses yeux. Comment ce connard a-t-il pu comprendre pour la galerie d'art ? Qu'est-ce qu'elle a dit ou qu'est-ce qu'elle n'a pas fait ? Elle ne sait pas gérer ses émotions, le gros porc a lu en elle comme dans un livre ouvert.

Bon, il faut se calmer. Respirer doucement. La jeune femme s'apaise un peu en tournant en haut de la rue Heina pour prendre le boulevard Telliskivi. Il faut prévenir le Duc. Sans attendre, elle sort un portable de sa poche et tape frénétiquement :

« Lieu idéal, conforme aux spécifications. J'enclenche la signature du bail ce soir. Problème avec l'agent immobilier. Il pose beaucoup de questions. » Envoyé.

Presque soulagée, Astana se surprend à expirer profondément. Comme si elle avait un poids en moins sur les épaules. Son téléphone vibre. Certainement le Duc. Seuls lui et son homme connaissent ce numéro.

« Bonne nouvelle pour le lieu. Combien de temps pour être opérationnels ? »

Astana répond immédiatement :

« Deux semaines. Max. Conduite à tenir pour l'agent immobilier ? »

La réponse ne se fait pas attendre :

« Son nom complet et son adresse. On s'en occupe. »

Chapitre 28

Paris. Septembre 2023

Stan s'étire de tout son corps. Il est grand et le manque de place dans les avions le laisse toujours un peu ankylosé. La lumière a déjà envahi la pièce, et le soleil de septembre ne lui a laissé aucune chance de faire durer sa sieste. De retour de l'île Maurice, il a atterri très tôt ce matin.

Il n'aime pas faire la sieste, pourtant celle-ci était nécessaire. Le vol de nuit, une mission inhabituelle, quelques tensions : il lui fallait remettre les choses à leur place. Il entend la porte d'entrée se refermer. Des clés que l'on pose sur un meuble. Et des pas de chat qui se rapprochent. Elia entre dans la chambre.

— Ça va, mon amour ?

Sans attendre de réponse, elle se jette sur Stan, pour rattraper ces quelques jours passés sans la chaleur de son homme, sans son étreinte, sans son odeur. Le négociateur l'enferme dans ses bras, l'embrasse comme ils savent si bien le faire, comme ils le font depuis toujours. Dans quelques secondes, ils vont s'aimer. C'est inéluctable, animal, instinctif. Imparable.

Des dizaines de minutes se sont écoulées quand Stan sort de sa douche. Elia est déjà en train de se maquiller. Il l'interroge :

— On sort, ce soir ?

— Ne me dis pas que tu as oublié. On dîne chez Julie et Sofiane.

— Non ! Tu es sûre de m'en avoir parlé ?

— Plus que sûre. Allez, habille-toi.

Arrivés chez leurs amis, il n'a pas fallu plus de quinze minutes pour que la conversation en vienne aux activités de Stan et de sa société :

— Allez ! Raconte-nous où tu étais ! Tu es tout bronzé, en plus !

Si Stan ne connaissait pas Julie, il pourrait facilement la prendre pour une histrionique. Surtout qu'elle sait que le négociateur ne parle jamais de ses missions. Alors, encore moins à une journaliste, fût-elle journaliste de mode.

— Je ne me rappelle pas où j'étais, j'ai une mémoire défaillante.

Sofiane sourit. Elia coupe court, elle sait que son mari n'aime pas ce genre d'interrogatoire :

— Allez, viens m'aider à ramener les assiettes. On va finir de préparer le dessert.

La femme de Stan se lève et attrape les couverts des convives, immédiatement suivie par Julie, déçue mais résignée. Les deux hommes restent attablés. Stan fait remarquer à son hôte leur manque de galanterie :

— On pourrait les aider, non ?

— Oui, mais non. Un peu de tranquillité ne nous fera pas de mal. Julie est un moulin à paroles.

— Ce n'est pas pour cela que tu l'as épousée ?

Sofiane sourit. Stan et lui se connaissent depuis longtemps. Leurs chemins ont divergé, mais leur amitié est restée solide. Stan aime retrouver Sofiane pour parler de la police, pour savoir comment vont ses anciens collègues. Pour connaître les derniers ragots, aussi. Sofiane a pas mal évolué dans la boîte : lieutenant, capitaine, puis le concours de commissaire. Et le voilà chef de circonscription du VIIIe arrondissement de Paris. Depuis quelques semaines.

— Comment se passe ta vie de taulier ? Divisionnaire, bientôt contrôleur général ?

— Ça ne change pas grand-chose, si ce n'est que je reçois plus de coups de fil du gratin pour leur arranger des stationnements ou faire sortir leurs gamins éméchés de garde à vue.

— Cela doit te changer de l'anti-terro ?

— L'équipe me manque. Mais il n'y avait pas de poste de divisionnaire à la DGSI. La Sécurité publique, ce n'est pas si mal.

Stan sait que son ami s'est résigné à quitter son ancienne unité. Une passion pour l'anti-terrorisme. Arabophone, expert en culture musulmane. Agent de terrain, aussi. Il a déjoué plusieurs attentats ces dernières années.

Le négociateur peut comprendre l'état d'esprit de son ami. Dans une ancienne vie, Sofiane a été infiltré pendant quatre ans au sein des mouvements islamistes en Afghanistan. Il a été mêlé aux insurgés. Aux combats. Il ne l'a jamais dit à son ami, mais il a tué. Plusieurs fois. Stan sait reconnaître le regard de ceux qui ont donné la mort. Même s'ils l'ont fait pour en sauver d'autres. Ou sur ordre. Sofiane a dans ses yeux cette étincelle étrange de ceux qui vont jusqu'au bout. Le négociateur et lui se sont rencontrés sur une base américaine, après que son ami a été capturé par les forces spéciales américaines. Et « cuisiné ». Stan a eu pour mission de le récupérer, d'expliquer aux yankees qu'il était un agent français. Alors il comprend l'amertume de sa résignation à choisir un job alimentaire après une vie d'aventures.

— Allez, tu seras utile différemment dans le VIIIe, tente Stan pour lui remonter le moral.

La main que le négociateur pose sur l'épaule de Sofiane est solide. Cependant elle ne lui enlèvera pas ce petit goût amer d'avoir choisi l'avancement au détriment de l'intérêt de sa mission. Mais avec trois enfants qui font des études, et Julie qui en avait assez de le voir partir sans savoir quand il allait revenir, il n'a pas vraiment eu le choix.

— Et toi, alors ? Ta mission à Maurice ?

— Ta femme te tuerait si elle savait que tu sais.

— C'est sûr, lâche Sofiane en souriant, ses dents blanches découpant sa bouche au milieu d'une courte barbe noire.

Stan n'est pas fou. Il ne serait pas parti au bout du monde avec un ministre de la République sans prendre quelques renseignements. Sofiane est un des rares à connaître la teneur de sa mission à Maurice.

— Ça s'est bien passé avec Argenton ? poursuit le commissaire.

— Oui, plutôt. Il cherche à rétablir les livraisons de pétrole russe à la France malgré l'embargo.

— Rien que ça ?

— Je sais, cela paraît dingue. Argenton pense que si les prix des carburants continuent à grimper, on va droit à la révolution.

— Tu sais, un cheik saoudien m'a dit un jour qu'il pouvait mettre les Européens dans la rue simplement en fermant quelques robinets de ses puits.

Sofiane sonde Stan, pour lire dans son regard, dans ses pensées.

— Tu as l'air préoccupé, mon ami.

— Je ne sais pas trop. Nous avons tourné en rond pendant deux jours, rien ne s'est vraiment passé. Arthur dit que c'est normal, que c'est toujours comme ça, mais j'ai le sentiment que nous n'avons servi à rien. Ou d'avoir servi à autre chose que ce pour quoi j'étais parti là-bas. La pire des négociations, c'est celle dans laquelle tu es engagé sans le savoir.

— Je ne comprends pas ce que tu veux dire.

— Je pense que nos négociations là-bas ont juste servi d'alibi. Comme si tout était joué d'avance, à Maurice. Les Américains, les Russes, les banquiers. Tout était trop lisse, même les accrochages verbaux manquaient d'authenticité. Argenton pense que tout est orchestré. Et que ce n'est pas une question d'argent. Cela te semble plausible ?

— Oui. On a eu quelques bribes d'information à la DGSI. Mais rien de certain, juste des captations téléphoniques. On parle de quelqu'un qui se fait appeler le Duc. Cela te dit quelque chose ?

— Le Duc ? Non, cela ne m'évoque rien.

— En tout cas, les services commencent à prendre cette histoire au sérieux. Le climat social se tend chaque jour, et…

Brusquement, Julie fait irruption dans la pièce, avec un grand plat dans les mains.

— Et voilà ! Tarte au citron meringuée, faite maison !

Chapitre 29

Tallinn. Septembre 2023

L'appartement d'Abel Vlakan n'a jamais été aussi rangé. D'ailleurs, ce n'est pas à proprement parler son appartement. Plutôt celui d'un de ses clients, Vlad Marinovic, qui lui en a confié la gestion. Mais comme il est inoccupé et que son client réside à Moscou, autant en profiter. Cela ne lèse personne. Et il faut dire que le bien a du cachet : un cocon ultra-design dans un quartier ultra-ancien. Plusieurs millions d'euros investis. Son client ne compte pas, c'est un des grands de l'informatique russe, avec les comptes en banque qui vont avec.

Abel ne peut s'empêcher de regarder l'heure. Il est dix-neuf heures vingt, et la jeune Hongroise qu'il a invitée à dîner dans son appartement d'un soir est attendue pour vingt heures. Mais le temps ne passe pas assez vite. Abel est impatient, ce n'est pas tous les jours qu'il a du succès avec les femmes. Surtout les femmes du calibre d'Astana. Il l'a senti tout de suite : il y a un truc entre eux, un feeling, une attirance.

L'agent immobilier s'est mis sur son trente et un pour l'occasion. Il a tenté le look chic et cool, parce qu'il n'est pas question de ne pas être à la hauteur. Il a acheté le dîner chez un traiteur, et une bouteille de champagne est au frais ; une bouteille de M. Marinovic. Vu tout ce qu'il a dans sa cave, une bouteille de plus ou de moins, cela ne changera pas grand-chose. Abel est aussi enthousiaste qu'il est stressé : la nana est intelligente, il le sait. Peut-être même plus qu'elle ne souhaite le laisser paraître.

La sonnerie de la porte retentit brusquement. La jeune femme est en avance, d'au moins trente minutes. Cette impatience est de bon augure, elle renforce encore l'exaltation d'Abel. Elle a certainement autant envie que lui de se retrouver dans l'intimité. Il se dirige vers la porte. Un coup de stress, comme le trac des artistes avant d'entrer sur scène. Il racle sa gorge, se redresse un peu avant d'ouvrir la porte blindée qui protège le somptueux appartement.

À peine a-t-il ouvert que sa joie se fige : devant lui, deux hommes. Une quarantaine d'années chacun. Cheveux courts. L'un porte un costume sans cravate, avec un manteau sombre, l'autre un col roulé sous un blouson. La surprise se lit sur le visage de l'agent immobilier, et le premier des inconnus rompt le silence :

— Monsieur Vlakan ?

— Euh… oui.

— Bonjour monsieur. Je suis le commissaire Nügano, de la police de Tallinn.

L'homme au costume tend une carte aux couleurs de la police estonienne. Abel sent son corps se vider de la moindre trace de chaleur. Ses jambes flageolent. Il essaye de balbutier :

— Si c'est M. Marinovic qui vous envoie, je peux vous expliquer.

— Nous pouvons entrer ?

Sans pouvoir répondre, Vlakan s'efface pour laisser passer les deux hommes. Le premier s'avance jusqu'au milieu de l'immense entrée de l'appartement, imposante avec son plafond cathédrale. Le second le suit, ne laissant rien paraître sur son visage. Le commissaire se retourne vers Abel.

— Monsieur Vlakan. Ne vous inquiétez pas, M. Marinovic n'est pour rien dans cette rencontre. Il vous a confié son appartement, vous en faites ce que vous voulez, ce n'est pas mon problème.

L'agent immobilier expire bruyamment, s'apercevant qu'il est en apnée depuis de longues secondes. Le commissaire Nügano ne lui laisse pas le temps de réfléchir :

— L'objet de notre visite est autre. Nous souhaitons vous parler de Mlle Astana Boscova.

À nouveau, Abel se fige, arrête de respirer. Comment la police sait-elle qu'il a rendez-vous avec la jeune Hongroise ? Il reprend doucement ses moyens, voyant le regard du commissaire se plonger dans le sien, à l'affût de la moindre réaction.

— C'est une cliente. Qu'est-ce qu'elle a fait ?

— Rien. Pour l'instant. Mais nous nous intéressons à elle. En haut lieu. Que pouvez-vous me dire de cette personne ?

Ce n'est donc pas lui qui est dans le collimateur de la police. Ouf. Il est rassuré. Presque content. Il respire. De toute façon, il avait senti un truc louche avec cette fille.

— Écoutez, je ne la connais pas vraiment. Je l'ai vue deux fois…

— Oui, nous savons que vous lui avez fait visiter un site. Elle cherche à louer une grande salle, je crois. Pour une galerie d'art, nous a-t-on dit.

— Oui, c'est pour cela qu'elle m'a contacté. Mais je n'y crois pas.

— Ah bon ? interroge Nügano, manifestant une surprise peu crédible.

Le commissaire esquisse un sourire. Une invitation à poursuivre pour Abel. Une invitation à la délation. Une délation gourmande, tant elle est rassurante pour le gros bonhomme, qui sait maintenant qu'il n'est pas l'objet de cette descente de police.

— Oui, j'ai des doutes. Depuis le début. Elle veut faire une galerie d'art, mais il lui faut une salle équipée en réseaux informatiques, en réseaux électriques. Discrète. Cela ne colle pas avec un projet de galerie, même au cœur de Telliskivi.

— Effectivement, c'est étonnant. Qu'en pensez-vous ?

Indicateur de police. On est en train de le considérer comme une source. Ce n'est pas pour déplaire à l'agent immobilier : après tout, cette fille n'est même pas estonienne, il ne lui doit rien.

— Franchement ? Je crois qu'elle vient faire des cryptomonnaies. Du bitcoin, ou n'importe quelle connerie du même genre. Je lui ai posé la question, et elle était toute gênée. Elle m'a fait une réponse évasive. On ne me la fait pas, à moi.

Nügano acquiesce, avec un hochement de tête approbateur qui remet Vlakan en confiance. Le commissaire poursuit la discussion :

— Vous aviez prévu de venir en parler à la police ?

— Oui, bien sûr, tente maladroitement Abel. Je l'ai invitée à dîner ce soir, pour la cuisiner, en savoir plus. Mais j'avais l'intention d'aller au commissariat dès demain. Si elle veut me faire croire qu'elle est galeriste d'art alors qu'elle veut faire autre chose du local, je ne vais pas prendre le risque de la laisser faire. D'ailleurs, elle ne va pas tarder, vous voulez vous mettre dans une des chambres pendant que je discute avec elle, pour écouter la conversation ?

Le commissaire réfléchit quelques secondes et se retourne vers son collègue qui n'a pas bougé depuis qu'ils sont entrés dans les lieux. Il poursuit :

— Vous avez parlé à quelqu'un de vos doutes ? Le propriétaire ? Un proche ?

— Non, personne. Je voulais être sûr.

— Bon. Vous avez bien fait. Je vais vous montrer quelque chose, et j'attends de vous une réponse honnête et franche, d'accord ?

Abel est interloqué, mais le commissaire ne lui laisse pas le temps de réagir. Il se retourne encore une fois vers son collègue, qui s'approche et lui tend un objet sombre. Nügano s'en saisit et le pose sur la petite table de l'entrée, à sa gauche, avec un bruit métallique, lourd. Il demande :

— Vous reconnaissez ceci ?

L'agent immobilier observe l'objet, éclairé par la lampe sur pied qui donne à la pièce une atmosphère orangée. Il écarquille les yeux.

— C'est une arme ?

L'homme est surpris et cherche le regard du commissaire, qui répond par un sourire.

— Oui, c'est une arme. Un revolver Smith & Wesson, 357 Magnum. Un peu rouillé mais en parfait état de marche. Avec six balles dans le barillet. Vous avez déjà vu cette arme ?

— Non, jamais, se défend Abel.

— Vous êtes sûr ?

— Absolument sûr ! Jamais vue. Elle est à qui ?

— C'est la vôtre, monsieur Vlakan.

Le commissaire a prononcé cette phrase avec calme et précision. Abel écarquille encore les yeux, pour exprimer une surprise qui ne cesse de grandir : il regarde à nouveau l'arme, puis le commissaire, qui se tourne vers sa droite et avance vers un guéridon design. Un cri fait sursauter l'agent immobilier.

— Vlakan ! Lâchez cette arme !

Abel voit le second policier, à quelques mètres. Au ralenti. L'homme au col roulé, silencieux jusqu'à présent, tient une arme et le braque. Il hurle une seconde fois :

— Lâchez cette arme !

Abel ne sait pas comment réagir. Et même s'il savait quoi faire, il ne pourrait pas. L'arme est toujours posée sur la table à deux mètres de lui. Pourquoi lui demander de la lâcher, alors ? Son corps ne répond plus, ses muscles sont tétanisés, il se sent comme dans un scaphandre. Chaud, presque rassurant. Mais, si son corps ne réagit pas, son esprit tourne à toute vitesse. Qu'est-ce qui se passe ? De toute façon, il n'a rien fait de répréhensible. Alors que peut-il lui arriver ?

La détonation le surprend à peine. Un bruit fort, lourd, presque étouffé. Le choc dans sa poitrine ne l'étonne guère plus : Abel est spectateur de ce qui se passe. La munition de 9 mm est amusante : l'ogive entre doucement, mais sort avec fracas. L'impact a été puissant, comme un coup de poing. Mais Abel est toujours debout. Il baisse les yeux, au ralenti, vers son thorax, là où le choc s'est fait sentir. Sa chemise est déjà rouge, presque violette. L'agent immobilier voudrait porter sa main à la hauteur de son cœur, mais rien ne bouge. Il lui faut inspirer. Mais rien ne se passe. Aucune bouffée d'air ne veut rentrer dans ses poumons. Tout s'est figé. Il a à peine le temps de tourner les yeux vers le commissaire, qui ne le regarde même pas. Puis il s'effondre lourdement vers l'avant.

Un silence. Les deux policiers entendent juste le sifflement dans leurs oreilles, celui de la détonation. Pas agréable de prendre un tir de 9 mm dans les oreilles, dans une pièce fermée. Acouphène garanti. L'odeur de la poudre. Âcre, comme au stand de tir. De la fumée vole au milieu de la grande entrée de l'appartement de Marinovic.

Nügano s'approche du corps et s'agenouille. Il porte sa main vers le cou de l'agent immobilier, qui est face contre terre. Plus de pouls. Il sort de sa poche un sac plastique transparent, de la taille d'un paquet de cigarettes et rempli de sachets pleins de cristaux de couleur brune. Il l'enfonce en force dans la poche du pantalon de Vlakan, puis se retourne vers son collègue.

— Tu peux appeler du renfort. Nous venons de neutraliser un dealer de MDMA qui a voulu nous tirer dessus.

Pendant que le policier au col roulé s'éloigne, Nügano place le 357 Magnum dans la main potelée de l'agent immobilier. Il prend ensuite son téléphone et écrit quelques mots : *« Prévenez le Duc que c'est réglé. Il n'a rien dit à personne. »*

Chapitre 30

Paris. Septembre 2023

Bien que les rues soient presque désertes à cette heure de la soirée, la voiture de Stan et Elia roule à allure modérée. Les feux rouges s'enchaînent, et Stan profite de ces arrêts forcés pour mettre à jour sa messagerie. Pas vraiment prudent, mais gain de temps assuré quand vous avez du décalage horaire à rattraper et que vous espérez vous coucher en arrivant chez vous.

— Alors, Maurice ? C'était bien ?

Stan tourne doucement la tête pour regarder Elia en souriant.

— Intéressant.

Le ton du négociateur est grave. Plus que d'habitude. Sa préoccupation est palpable. Elia renchérit :

— Et tu crois vraiment que tu vas t'en sortir comme ça ? Je vous ai vus, avec Sofiane. Je n'ai pas entendu votre conversation mais je te connais suffisamment pour savoir quand tu es inquiet.

Un silence de quelques secondes, pour que Stan reprenne la discussion.

— Je réalise que, depuis que je suis rentré, je ne t'ai même pas demandé si tout allait bien à l'hôpital.

Stan adresse un sourire à sa passagère. Mais sans succès. Elia ne se laisse pas endormir. Il poursuit :

— Argenton m'a missionné pour négocier en secret un accord avec Moscou. Il veut avoir accès aux stocks de pétrole russe qui sont sous embargo, c'est pour lui indispensable pour éviter un embrasement social en France.

— Et c'est ça qui t'inquiète ? Tu as fait bien pire, et bien plus dangereux.

— Non, ce qui m'inquiète, c'est que j'ai revu à Maurice quelqu'un qui était à la manœuvre quand... Enfin, tu sais.

— Quand vous avez failli y laisser votre peau avec Lara ?

— Oui. Une personne dont je doute qu'elle ait changé, et qui se trouve être très proche d'Argenton.

— Tu en as parlé à Arthur ?

— Non. C'est prématuré pour l'instant. Argenton a évoqué plusieurs fois un jeu dangereux. C'était son expression. Je me demande jusqu'à quel point il est impliqué dans ce jeu.

— Tu doutes d'Argenton ?

— J'ai un sentiment bizarre.

— Il faut que tu préviennes Arthur. C'est important.

— Non. Et s'il te plaît, ne lui dis rien. Je vais aller à la pêche aux informations avant.

Le feu vient de repasser au vert, et Stan redémarre sans bruit.

— Tu as eu des nouvelles de Nathalie ? interroge Elia.

— Pourquoi tu me demandes ça ?

— Parce que tu vas la mettre sur cette mission, non ?

— Je ne sais pas encore. Qu'est-ce qui t'inquiète ?

— Rien.

Un rien qui veut dire son contraire. Stan sait quand Elia n'est pas à l'aise. Il enfonce le clou :

— Elia. Nathalie et moi, c'est du passé. C'était il y a longtemps. Bien avant toi.

— Oui, je sais. Mais bon, je tiens à toi, alors...

— Alors ne t'inquiète pas.

Silence. Stan n'insiste pas. Dans les rues, des passants se promènent. À moins qu'ils ne sortent d'une soirée. Elia souffle. Assez fort pour que son mari l'entende.

— Tu penses encore à Nathalie ?

— Non. Je pense à tout ça. Ces gens. Ce monde. Ce monde de dingues.

Elia se tourne vers Stan, et pose sa main sur la cuisse de son mari.

— Chéri, tu te rappelles notre discussion, au sujet de notre projet. La maison de campagne. Partir là-bas. S'y installer, en attendant que les choses se calment.

Stan marque un temps d'arrêt.

— Tu veux dire partir pour de bon ?

— Oui.

— Tu serais prête à tout lâcher ? L'hôpital ? Tes patients ? Pour aller te cacher à la campagne.

— Oui. J'y pense depuis pas mal de temps, et je crois que c'est le moment.

Stan ne s'attendait pas à une réponse aussi directe.

— Mais l'hôpital, c'est ta vie. Tes gamins malades.

— Ma vie, c'est toi. Et Lara.

— Tu penses emmener Lara à la campagne, en lui expliquant qu'il faut se mettre à l'abri en attendant que tout pète ? Tu peux t'accrocher. Parce que c'est bien de cela que nous parlons, n'est-ce pas ? C'est ce dont nous sommes en train de discuter : que fait-on si tout ce monde de dingue, comme tu dis, explose ?

Stan s'emporte, encore. Ses muscles se crispent, Elia sent la cuisse de son homme se durcir, comme de la pierre. Il insiste :

— Elia. C'est bien de cela que nous parlons ?

Un nouveau feu rouge. De quoi laisser à Stan le temps de tourner la tête vers sa femme, de sonder son regard, sa détermination. Il sent la tension dans les yeux d'Elia. Il masque sa surprise. Son inquiétude. Mais dans les yeux de sa femme, il n'y a aucune hésitation. Aucun doute.

Chapitre 31

Allemagne, Berlin. Septembre 2023

La grosse BMW aux vitres teintées quitte rapidement le Bundestag par l'allée Paul-Löbe pour se diriger vers Invalidenstrasse et le ministère fédéral de la Transition écologique et de l'Énergie. En cette fin d'après-midi, Berlin est en effervescence, et les bouchons commencent à ankyloser les artères principales. D'autant que, comme partout en Europe, les stations-service sont prises d'assaut et les files de voitures s'allongent. Chacun veut de l'essence pour rentrer chez soi, il vaut mieux ne pas traîner. Pourtant, pas de motards pour ouvrir la route, le ministre déteste ça. Juste quelques lumières bleues intégrées dans le parechoc et une sirène aiguë pour pousser sur le bord de la route les automobilistes trop lents ou prévenir les piétons distraits.

À la place du passager avant, Kurt Mayer regarde dans le rétroviseur, comme il le fait à chaque départ de son véhicule. Voilà huit ans qu'il est le garde du corps du ministre Hans Schuller. Son homme de confiance pour tout ce qui touche à sa sécurité. Au volant, Dietrich Allmeister. Lui aussi garde du corps, conducteur de sécurité. Choisi personnellement par Kurt pour piloter la

BMW surpuissante de son patron. Les deux hommes sont parmi les meilleurs pour ce job. Anciens membres du GSG9, ils sont entraînés pour faire face à n'importe quel évènement.

Assis à l'arrière, Schuller défait sa cravate, toujours un peu trop serrée. Il se détend, étire son dos le long de la banquette. Pas de séance devant les parlementaires aujourd'hui, mais un rendez-vous discret avec un membre du BND, les services secrets allemands. Très instructif.

Schuller saisit son téléphone portable dans la poche intérieure de sa veste. Téléphone crypté, c'est la règle. Il cherche le numéro de son collègue français, Pascal Argenton, dans son répertoire électronique.

Après quelques sonneries, une voix à l'autre bout de la ligne :

— Bonjour, Hans.

— Bonjour, Pascal. Comment allez-vous depuis Maurice ? Vous êtes bien rentré ?

— Oui, merci. Vous aussi ?

Schuller entre rapidement dans le vif du sujet :

— Je sors d'un rendez-vous avec un de mes proches contacts au BND. Il semblerait que notre séjour à Maurice n'ait été qu'une vaste mascarade.

À l'autre bout du fil, Argenton marque un silence. Que Schuller ne comble pas, devinant la surprise de son homologue français. Argenton reprend :

— Que voulez-vous dire par « mascarade » ?

— Les services du BND ont capté des échanges entre les administrations russes et américaines notamment. Et il s'avère que tout le petit monde que nous avons rencontré à Port-Louis s'est bien moqué de nous et de nos discours enflammés. Tous s'entendent depuis des mois pour faire monter les cours. Contrairement aux positions officielles qui nous ont été promises à Maurice. Nous nous en doutions mais cette fois-ci, j'ai vu les preuves. Des retranscriptions d'échanges d'e-mails qui ne laissent aucun doute.

Un nouveau silence. Argenton réfléchit.

— Vous pouvez m'en envoyer une copie ?

— Pascal, allons. Vous savez comme moi que c'est impossible. Moi-même je n'ai pas pu les emporter, juste en lire quelques-uns. Mais je suis sûr de ma source au BND.

— Dans quel but, cette entente ? Spéculation ?

— Je ne sais pas. Aucune certitude. Les échanges se sont accélérés depuis la mi-août, comme si l'objectif était de faire un maximum d'argent avant la crise qui s'annonce. Ou de faire monter la pression sociale.

— Quelle bande d'enfoirés ! Ils ont dû bien se foutre de nous. Et j'ai invité tout ce beau monde dans la maison des Roches Noires.

— Franchement, Pascal, vous êtes surpris ?

— Non. Déçu. Dégoûté.

Le ministre français ne masque pas sa colère. Il tonne, sa voix porte, et Schuller remarque que son garde du corps a entendu les éclats de voix au travers du téléphone portable.

— Je dois en parler au chancelier. Je vais demander une audience rapidement. Si les cours continuent à monter, nous aurons du mal à calmer la rue.

— Je vois le directeur du renseignement de la DGSE demain matin, sur le même sujet. Je vous dirai s'il m'apporte de nouvelles informations.

— Parfait. Appelez-moi demain. Je n'aime pas ce qui se trame, Pascal, ni être pris pour un imbécile.

Le ministre allemand raccroche puis glisse son téléphone dans la poche de sa veste.

Kurt, qui comprend le français, se retourne vers Schuller.

— Monsieur le ministre, tout va bien ?

— Oui, Kurt, ne vous inquiétez pas. Tout va bien.

Le sourire forcé de son patron ne trompe pas le garde du corps. Mais pas le temps de discuter plus avant. La voiture passe la lourde grille qui protège une entrée discrète du ministère de la Transition écologique et de l'Énergie allemand, celle par laquelle ne passent que les initiés. Depuis quelques semaines, il est préférable d'éviter l'entrée principale : les manifestants pour le climat y ont installé leurs tentes et leurs banderoles, et les caméras des chaînes d'information y stationnent vingt-quatre heures sur vingt-quatre.

Quelques mètres encore et la BMW s'immobilise. Rapidement, Kurt ouvre sa porte pour se porter à la hauteur de celle du ministre. Il regarde autour de lui, pour prévenir tout incident. Élancé, Schuller sort du véhicule et s'adresse à lui :

— Kurt, attendez-moi là. Je prends un dossier qu'on m'a préparé à l'accueil et je reviens. J'en ai pour quelques minutes.

Avant que Kurt n'ait eu le temps de répondre, le ministre est déjà sur le perron pour s'engouffrer dans le bâtiment en pierre grise. Il n'aime pas laisser son patron tout seul, mais il suivra les instructions. De son côté, Dietrich Allmeister a coupé le contact et est sorti de la voiture. Il se dirige vers Kurt. Les deux hommes sont athlétiques, imposants. Impressionnants dans leurs costumes gris, sous lesquels se devinent leurs gilets pare-balles.

Allmeister s'approche de Mayer. Il lui glisse discrètement à l'oreille :

— C'est triste de devoir faire ça. Schuller est sympa.

— Je sais. Plus de huit ans que je suis avec lui, j'ai appris à l'apprécier. Mais c'est comme ça, on devra le faire. Quand le Duc donnera son feu vert…

Chapitre 32

Paris. Septembre 2023

Stan fait les cent pas dans l'antichambre du bureau d'Arthur de Lamarre. Moulures, parquet ancien, huissiers austères. Ça sent le ministère à plein nez. Et pour cause, il se trouve au ministère de la Transition écologique. Dehors, des manifestants. Ils sont là depuis des semaines. Par la fenêtre, on peut lire les banderoles : *Climat, Pouvoir d'achat, Chômage. Dictature. Politiques complices.* On entend des cris, des huées, notamment chaque fois qu'une voiture officielle entre ou sort du grand bâtiment du VIIIe arrondissement de Paris.

Le négociateur sourit intérieurement. Voilà plus de vingt ans qu'il a quitté l'administration, mais rien n'a changé. Le même chauffeur lourdaud qui fait du gringue à la fille de l'accueil, les mêmes contrôles de sécurité qui ne servent à rien parce que personne ne regarde les écrans des rayons X, et la même odeur bizarre, entre le renfermé et le mauvais déodorant. Par chance, son ami Arthur sait mieux recevoir que la plupart des autres directeurs de cabinet : il a un énorme percolateur dans son salon d'attente, et son assistante sait que Stan est drogué au café. Elle vient de lui servir son troisième. En quinze minutes.

Stan en profite pour relancer Spano : *« Tu as pris contact ? Je pense que mon intuition est la bonne. »*

Au même instant, Arthur sort précipitamment de son bureau.

— Salut Stan, désolé pour l'attente, j'étais au téléphone avec le dircab du Premier ministre. C'est aussi compliqué de leur côté. Viens vite, Argenton nous attend.

Arthur s'engage dans le couloir attenant, fait quelques pas et s'arrête devant une porte capitonnée. Il frappe deux coups, et pénètre dans le bureau. Stan n'a pas le temps de réfléchir à ce qui se passe qu'il est déjà dans la pièce. Assis derrière un énorme bureau en bois précieux, Pascal Argenton est au téléphone. Tout en continuant de parler, il fait signe de la main aux deux hommes de s'asseoir. Arthur s'est déjà installé dans un des trois gros fauteuils qui font face au bureau du ministre. Stan fait de même, sur celui du milieu, presque surpris du confort du siège à l'allure pourtant austère. Argenton raccroche et se tourne vers les deux hommes.

— Bonjour, Stanislas. Merci d'être là, une nouvelle fois. Vous les entendez, dans la rue ? D'après les sondages de cette semaine, je suis un des hommes politiques préférés des Français. Mais non, ils viennent tout de même crier sous mes fenêtres.

Stan esquisse un sourire et répond :

— D'après la une du *Figaro* de ce matin, tout le monde vous annonce Premier ministre dans les jours qui viennent.

Argenton fait une moue dépitée. Pour ne pas répondre sur le sujet. Puis il se tourne vers son directeur de cabinet.

— Arthur, as-tu eu le temps de briefer notre ami ?

— Pas encore. Je raccroche à peine d'avec le cabinet du Premier ministre.

— Bon. Je le fais, alors.

Le ministre se lève. Chemise bleue, cravate bleue, manches relevées, il a l'air en forme. Encore bronzé de son séjour dans l'océan Indien. Il fait lentement le tour de son bureau, sans dire un mot, pour s'asseoir sur le fauteuil le plus à droite. À côté de Stan. Argenton relève sur son front les lunettes qu'il portait sur le bout du nez, et se penche vers le négociateur.

— Mon cher Stanislas, la situation a changé depuis Maurice. Du coup, votre mission change aussi.

Arthur laisse échapper un rire. Toujours amusé des effets de style de son patron, qui poursuit :

— Je viens d'avoir le dernier point du cabinet du ministre des Finances. Les prix du pétrole continuent leur hausse. Les prévisionnistes envisagent un maintien des cours hauts pour au moins les trois prochaines semaines. Minimum. Cela veut donc dire des mois. Heureusement que notre mission était confidentielle, cela nous évite au moins de passer pour des cons. Ou des incapables.

Argenton fixe le négociateur. Tout comme Arthur, qui a cessé de parler. Entre les deux, Stan ne bronche pas. Il sait que ces interlocuteurs attendent une réaction, qu'ils n'auront pas. Un silence s'installe. Argenton s'impatiente :

— Donc, vous vous demandez ce que nous attendons de vous ?

Un point pour Stan. Il n'aime pas qu'on lui impose le rythme.

— Je vous avoue que j'aimerais bien savoir, répond-il calmement.

Le ministre enlève ses lunettes, et se penche vers l'avant, comme pour créer une proximité complice avec son interlocuteur.

— Si on ne parvient pas à casser la hausse des prix de l'essence par l'importation massive de pétrole russe, nous risquons une crise sociale sans précédent. Les derniers rapports de la DGSI indiquent que la tension est maximale, et que les manifestations ne vont pas cesser. Voire qu'elles vont se radicaliser.

— Ce sont les syndicats qui font monter la pression ?

— Non. Malheureusement. Avec les syndicats, on peut discuter. Négocier. Mais là, ils sont dépassés. Les manifestants ne leur font plus confiance.

— Et donc ? Qu'est-ce que vous attendez de moi ?

— Jonchay. J'ai besoin de vous pour convaincre Marc du Jonchay de s'associer à mon action et de faire une déclaration sur une baisse des prix du carburant en France. Oct'Oil est leader du marché, il peut le faire.

Arthur joue sa carte :

— Écoute, Stan, nous avons eu accès hier à un rapport de la DGSE. Quand Pascal dit que la situation sociale est problématique, c'est un euphémisme. Nous sommes victimes d'une action concertée. Pour le maintien des prix du baril au plus haut. Et il ne s'agit pas là d'une simple stratégie de spéculation.

— Alors, si ce n'est pas pour l'argent, c'est pour quoi ? demande Stan.

Argenton répond :

— Déstabilisation. Quelqu'un fait monter la pression pour créer le chaos. Et le prix du baril, c'est la mèche qui va déclencher l'explosion sociale.

Un léger sourire apparaît sur le visage de Stan. Au coin de ses lèvres. La situation commence à lui plaire. Arthur, qui a vu la réaction de son ami, enchaîne sans attendre.

— La DGSE, tout comme le BND allemand, a intercepté des communications entre Russes et Américains pour organiser la montée des prix. Les Saoudiens, les Vénézuéliens, les Nigérians sont aux ordres et s'alignent. On pense qu'Adams et Oulianoff, que tu as vus à Maurice, nous amusent depuis des mois pour faire diversion. Et qu'ils pilotent, sur instruction de leurs présidents respectifs, la montée de la grogne sociale en Europe *via* l'augmentation régulière des cours du brut. Avec deux pays en ligne de mire : la France et l'Allemagne. Si ces deux pays tombent en récession à cause de la crise économique et sociale, c'est une perte d'influence majeure pour l'Union européenne. Dans la guerre économique que se livrent les grandes puissances, nous mettre hors-jeu pour quelque temps arrangerait bien nos amis américains. Tout comme les Russes. Ou les Chinois, qui regardent tout cela sans broncher.

Stan ne sait pas quoi penser. Cela a l'air tellement énorme qu'il a du mal à y croire. Mais il sait aussi que ce sont les plans faits des plus grosses ficelles qui fonctionnent le mieux. Argenton surenchérit :

— Schuller a confirmé ces informations du côté allemand. L'action contre nous est concertée. Si nous voulons endiguer le phénomène, il faut frapper fort. Nous avons en France le groupe Oct'Oil. Un des leaders mondiaux. Si Jonchay annonce une baisse des prix en Europe, nous tuons la stratégie de nos agresseurs. Ou du moins nous la ralentissons fortement.

— C'est un risque énorme pour Jonchay, objecte le négociateur. Je ne pense pas que ses actionnaires seront d'accord pour qu'il sacrifie sa marge. Surtout que parmi les actionnaires d'Oct'Oil, si je ne me trompe pas, il y a aussi des Russes et des Américains.

— La question n'est plus de sauver les marges d'Oct'Oil mais d'éviter une guerre civile. C'est effectivement un gros risque pour lui, je pense que c'est même suicidaire. C'est pour cela que j'ai besoin de vous, Stanislas. Aidez-moi à convaincre Marc du Jonchay de mettre un terme à cette attaque.

Le négociateur pourrait refuser. Devrait refuser. Jonchay ne peut pas accepter une telle concession. C'est inimaginable. Mais il veut savoir jusqu'où le ministre est prêt à aller.

— Dans une négociation, il y a une règle de base : pour obtenir une concession, il faut toujours une contrepartie en échange. On ne donne rien pour rien. Qu'est-ce que vous donnez à Jonchay s'il accède à votre demande ?

— Tout ce qu'il veut, répond calmement Argenton.

— Tout, vraiment ? relance le négociateur.

— Tout ce qu'il veut. Je m'y engage. Et je tiens toujours mes promesses.

Chapitre 33

Tallinn. Octobre 2023

Voilà maintenant des jours qu'Astana s'affaire. Plus de nouvelles de ce porc de Vlakan, si ce n'est un entrefilet dans le journal de Tallinn. Dealer de MDMA. Le Duc fait bien les choses… Ici, rue Heina, l'organisation se met en place. Un ou deux camions par jour, livrent les œuvres d'art qui rempliront cette immense salle, autrefois un des temples de la spéculation et de l'argent creux. Du moins c'est ce que les voisins doivent croire.

Astana est éreintée. Elle commence à sentir la fatigue se diffuser le long de son dos. Elle n'a pas eu à décharger les dizaines de caisses qui sont arrivées depuis qu'elle a pris possession des lieux. Mais les contorsions qu'elle a dû faire pour rétablir les réseaux Internet et Intranet de la salle et de l'immeuble ont eu raison de ses muscles et vertèbres. Depuis qu'elle a terminé ses études d'ingénieur réseaux à l'université de Budapest, c'est la première fois qu'elle voit autant de câbles et de serveurs dans une même pièce. Heureusement, Bogdan est arrivé d'Ukraine pour lui prêter main-forte.

— Astana, tu fais encore une pause ? plaisante Bogdan.

— Va te faire foutre, répond la jeune femme en faisant un geste de la main qui ne laisse aucun doute à son collègue, qui éclate de rire.

— Toujours aussi aimable, je vois.

Astana sourit. Bogdan sait qu'elle n'est pas sérieuse. Ils ont passé leur spécialisation de cryptologie ensemble. Ils se connaissent presque par cœur. L'homme poursuit :

— On va se boire une bière ?

Lui aussi est rincé. Il est à Tallinn depuis deux jours, mais il a l'impression d'être arrivé il y a un mois. Les caisses en bois s'entassent, et les vider n'est pas une mince affaire. Toutes contiennent du matériel informatique emballé comme s'il s'agissait de pièces d'orfèvrerie. Des serveurs, des calculateurs, des systèmes de refroidissement, des terminaux. Sans parler des trois immenses frigos qu'Astana et lui ont eu un mal fou à déballer. Bogdan s'arrête devant le seul qu'ils ont branché, et qui fait un bruit incessant.

— C'est dommage d'avoir un frigo vide, non ? On pourrait le remplir de bières, ça nous éviterait de devoir sortir ?

— Je t'ai dit que je voulais qu'on aille au contact des voisins. S'ils se posent des questions – et tu peux être sûr qu'ils s'en posent en voyant les livraisons qui s'enchaînent –, on peut répondre à leurs interrogations et éviter qu'ils n'imaginent n'importe quoi.

— C'est pour cela que je mange du poisson tous les jours, je te rappelle. Si au moins il y avait un kebab à côté d'ici. Mais non, que des restos pour touristes qui veulent manger du poisson.

Astana tape sur le ventre de Bogdan.

— Au moins, c'est bon pour ta ligne. Et dans quelques jours, nous serons une vingtaine dans cette salle. À ce moment-là, on aura rempli les frigos de canettes et de bouffe. Tu pourras te faire autant de kebabs que tu veux…

— J'en rêve ! Vivement que le reste de la bande débarque. C'est qui, d'ailleurs, je les connais ?

— Non, tu n'en connais aucun. Nous les sélectionnons depuis des mois, ils viennent de toute l'Europe.

— Donne-moi au moins leurs profils !

— Comme nous. Ingénieurs, crypto, programmeurs, développeurs.

Bogdan sourit, tout en remontant les manches de sa chemise épaisse. Quelques tatouages sur ses avant-bras rappellent une jeunesse tumultueuse. Il aurait pu être mannequin, avec sa gueule de beau gosse slave et ses cheveux blonds. Il a préféré les maths et l'informatique. Meilleur choix sur le long terme.

Chapitre 34

Russie, Peredelkino. Octobre 2023

Il est un peu plus de quinze heures, et la nuit commence déjà à tomber sur Peredelkino. Voilà maintenant douze ans que Youri vient y passer ses week-ends et ses moments de calme dans sa datcha, à quelques kilomètres de Moscou. Du temps de l'Union soviétique, ce vaste ensemble de maisons secondaires était destiné aux gens de lettres et aux écrivains qui soutenaient le régime. Aujourd'hui, les apparatchiks ont changé, mais le principe est le même. Pour pouvoir vivre ici, il faut faire partie des proches du régime. C'est le cas de Youri Topalev : président de la Banque industrielle de la Fédération de Russie depuis six ans, il a toujours gravité dans les sphères du pouvoir.

Autour de lui, la décoration d'une maison occupée par un homme, veuf depuis longtemps, qui n'a touché à rien après le décès de sa femme : un salon propret mais sans âme, une table basse couverte de livres, des rideaux en lourd tissu aux couleurs fanées. Seul le feu qui crépite dans l'immense cheminée ouverte redonne un peu de vie à la bâtisse. Dehors, la fine neige de ce début d'automne est tombée une bonne partie de la nuit et a recouvert le jardin et les arbres autour de la maison. Youri Topalev passe souvent de longues minutes à sa fenêtre à observer les oiseaux qui viennent manger les boules de graisse qu'il dépose sur la table en bois. Une voiture se gare devant sa datcha. Les personnes qu'attendait Topalev sont enfin arrivées. Il sourit, reconnaissant l'une des deux. Katia. L'assistante personnelle de son ami Vladimir Oulianoff. Le conseiller du président et lui ont partagé les mêmes bancs de la formation des cadres du Parti communiste, dans un autre temps. Son vieux téléphone portable se met à sonner. Justement, c'est Oulianoff.

— Allo, Vladimir ?

— Youri, mon ami. Comment vas-tu ? Mes émissaires sont chez toi ?

— Oui, ils viennent d'arriver. Un homme et une femme. C'est Katia, non ?

— Oui, je sais que tu l'aimes bien. Et Andreï, que tu as déjà vu aussi, un de mes gardes du corps. Je ne voulais pas que l'on nous vole les papiers qu'ils t'apportent.

L'échange se veut enjoué, Oulianoff parle d'une voix chantante, comme il le fait souvent quand il s'adresse à un ami. Topalev est plus monocorde. Son camarade le sent.

— Tu as l'air bien éteint, Youri.

Embarrassé, le banquier ne sait quoi répondre. Même s'il s'adresse à un ami de plus de quarante ans, il s'agit aussi d'un des conseillers du président russe. Tout n'est pas bon à dire. Oulianoff insiste :

— Allons, Youri, mon ami, qu'est-ce qui ne va pas ?

— Écoute, Vladimir, j'ai du mal à trouver le sommeil ces derniers temps. Ce que nous faisons ne me plaît pas, et j'ai peur que les conséquences ne soient plus graves que ce que l'on nous a dit.

Au bout du fil, Oulianoff garde son ton chaleureux.

— Youri, nous y sommes presque. Encore quelques jours et tout sera terminé. Ne me dis pas que tu veux arrêter.

— Non, je ne dis pas ça, mais j'ai peur de ce qui va se passer. Ce n'est pas conforme à mes valeurs. À nos valeurs. Ce n'est pas que pour la Russie que nous faisons cela. Et je n'apprécie pas ce Duc, qui nous dit quoi faire.

— Youri ! Ne parle pas de lui au téléphone !

Le ton a changé, brusquement. Youri tressaille, il n'aurait pas dû faire part de ses états d'âme.

— Désolé, Vladimir.

Un silence, qui semble une éternité pour le banquier. Le conseiller du président reprend :

— Allons, Youri, ne t'excuse pas. C'est moi qui suis désolé de m'être emporté. Comment ça se passe, à la banque ?

Oulianoff a repris son ton de voix rond et enjoué, presque cajoleur. Débonnaire. On revient au quotidien.

— Tout va bien. J'ai fait les virements aux personnes qui figuraient sur ta liste.

— Bien, très bien. Tu vois ? Nous touchons au but. Encore quelques jours.

— Tu as raison, je dois être nerveux.

Un bruit sourd se fait entendre à la porte. Les visiteurs frappent à l'entrée de la datcha. Oulianoff conclut :

— Bon, Youri, je te laisse avec Katia, elle va te remettre les derniers documents signés de la main du président. Tu n'auras qu'à les contresigner et tout sera en ordre. Sois sage avec elle ! lâche Oulianoff dans un rire.

— Je m'en occupe tout de suite.

— Je te rappelle plus tard.

Youri n'a pas le temps de répondre, Oulianoff a déjà raccroché. Il réajuste sa chemise, sous son pull à grosses mailles et se dirige vers la porte pour accueillir ses invités. À peine a-t-il entrouvert qu'un froid glacial envahit le petit hall. La femme entre rapidement en baissant la tête, tandis que l'homme secoue sur le perron son manteau couvert des quelques flocons de neige qui recommencent à tomber. Une fois à l'intérieur, le banquier les invite à se diriger vers le salon.

— Bonjour, Katia. Bonjour, Andreï. Entrez, entrez, approchez-vous du feu pour vous réchauffer.

— Bonjour, monsieur le président, répond la jeune femme. Nous sommes désolés de venir vous déranger dans votre villégiature mais monsieur le conseiller Oulianoff nous a dit que c'était urgent.

— Ne vous inquiétez pas, Vladimir m'a prévenu. Bon, donnez-moi ces documents à signer.

Youri Topalev tend une main ferme en direction de l'assistante et se saisit de l'épais dossier qu'elle sort de son cartable. Sans rien rajouter, le banquier s'assoit à la table du salon et ouvre la chemise cartonnée bleue dans laquelle se trouvent les pages qu'il doit contresigner. Dans le coin droit de chaque feuille dactylographiée, la signature très reconnaissable du président russe. À sa vue, Youri reste toujours impressionné, malgré les années. Alors qu'il lit, paraphe, signe et tourne les pages les unes après les autres, l'assistante d'Oulianoff patiente, debout, stoïque. Topalev n'a pas pensé à leur proposer un thé chaud, ni même de s'asseoir. Elle a remarqué qu'il semblait préoccupé. Et ni elle ni Andreï ne lui demandent quoi que ce soit. Le garde du corps se dirige vers la grande bibliothèque qui occupe tout le mur du fond du salon de la datcha. Les mains dans le dos, à pas lents, il admire les dizaines d'ouvrages qui s'alignent sur les rayons. Des livres sur la musique classique, la passion de Topalev. Sur la peinture, aussi. Sa femme était peintre. Andreï ne lit pas, et il est toujours impressionné par ceux qui peuvent avaler autant de pages de savoir, de culture, d'histoire. Les dix-huit ans qu'il a passés au sein des Spetsnaz, les forces spéciales de l'armée russe, n'ont pas beaucoup contribué à son goût de la littérature. Andreï a toujours été meilleur avec un flingue qu'avec un livre.

Au fur et à mesure que Topalev signe les documents, Katia les prend pour les remettre dans son cartable. La dernière page, enfin. Topalev met un peu plus de temps que pour les autres pour apposer sa signature. La dernière de ce dossier explosif. Ce n'est pas pour rien qu'Oulianoff a missionné son assistante et son garde du corps personnels. Ces pages vont déclencher un séisme dans les jours qui viennent. Comme pour sceller le sort, Youri Topalev lâche, laconique :

— Voilà… C'est fait.

L'assistante jette un œil à la dernière page, puis la glisse dans son cartable. Elle sourit au banquier, qui réalise son impolitesse.

— Excusez-moi, Katia, je réalise que je ne vous ai même pas proposé une tasse de thé. Ni à Andreï, d'ailleurs.

La jeune femme s'incline légèrement vers l'avant, pour décliner poliment :

— Merci, monsieur le président, mais nous devons rentrer au plus vite pour rapporter ce dossier à M. Oulianoff.

Youri s'appuie sur les accoudoirs de son siège pour se relever et raccompagner ses invités. Mais une énorme masse de muscle s'abat sur ses épaules. Avant même qu'il n'ait le temps de réaliser, Andreï le ceinture au niveau des bras. Comme une énorme tenaille. Stupéfait, Youri ne parvient pas à faire sortir un seul son de sa bouche. Il tente de pousser sur ses jambes, mais le poids du garde du corps rend tout mouvement impossible. Alors qu'il commence à se débattre, la jeune assistante sort une seringue de son cartable. Du coin de l'œil, Youri Topalev réalise ce qui est en train de se passer. Il tente de secouer sa tête, d'avant en arrière, pour frapper le visage de celui qui le maîtrise. Mais l'étreinte est trop forte, et il commence à ne plus pouvoir respirer. L'angoisse l'envahit, et c'est désormais la panique qui agite son corps. Comme un boa constrictor qui étouffe sa proie, Andreï remonte son avant-bras droit et sa main vers le visage du banquier, tandis qu'il appuie avec son front contre la nuque de sa victime. Youri sent que sa tête est à son tour enserrée dans l'étau que forment les bras du garde du corps.

Katia approche alors la seringue du visage de Topalev. Qui assiste impuissant à ce qui lui arrive. Ses yeux expriment la peur ultime de la proie qui va mourir. Mais l'assistante n'en a que faire. Sans un regard pour le vieil homme, elle glisse la longue aiguille de sa seringue dans la narine gauche du banquier. Entièrement. L'homme ne peut bouger la tête, prise dans les bras puissants du garde du corps. Il ne ressent étrangement aucune douleur.

Brusquement, Topalev se sent libre de ses mouvements. Andreï a relâché son étreinte. Peut-être n'était-ce pas sa dernière heure ? Peut-être se sont-ils ravisés ? Alors qu'il tente de poser une nouvelle fois ses bras sur les accoudoirs pour se lever, Youri sent une vague de chaleur envahir sa tête. Immense. Totale. Terrible. Il essaie de reprendre son souffle mais ses poumons ne réagissent pas. Aucun des ordres qu'il voudrait donner à ses muscles ne semble être suivi d'effet. Il sent l'asphyxie le gagner, alors que la vague de chaleur assaille désormais tout son corps.

À côté du vieux banquier qui vit ses derniers instants, ni Katia ni Andreï ne manifestent la moindre émotion. Ce n'est pas la première fois que la jeune femme fait usage de tétrodotoxine. Depuis qu'elle travaille au FSB, c'est la troisième fois qu'elle doit « nettoyer » un individu. Elle connaît les effets de ce poison sur le système nerveux central. Topalev va mourir dans les secondes qui viennent. Une crise cardiaque. En tout cas, c'est ce que dira le rapport du médecin, qui ne devrait plus tarder, d'ailleurs. On lui a dit de rester à proximité de la maison, avec l'ambulance. Pendant que Katia regarde le corps du président de la Banque industrielle de la Fédération de Russie s'effondrer sur la table du salon, Andreï envoie un SMS à son patron :

« Dossier clôturé. »

Assis à son bureau au cœur du Kremlin, Vladimir Oulianoff reçoit le message avec une pointe de tristesse. Il connaissait Youri depuis tellement longtemps ! Mais c'est comme ça. Il ouvre son application de messagerie. Un seul fil de message apparaît. Il doit confirmer que la partie russe de l'opération se déroule comme prévu. Il tape rapidement son message au Duc :

« Dossier des virements russes bouclé. Nous l'annonçons officiellement quand vous donnez le top. »

Oulianoff n'attend pas de réponse immédiate, le Duc peut parfois rester silencieux plusieurs heures. Mais il sait que tout va commencer très bientôt. Encore quelques jours.

Chapitre 35

Paris. Octobre 2023

Le bruit de la roue de la voiture. Rien d'autre que ce bruit, et le silence. Assourdissant. Autour, tout est blanc, lumineux, comme éclairé par une force surnaturelle. Comme un couloir qui va vers la mort. Ou qui vous en ramène. Plus ou moins intact, plus ou moins indemne. Et ce grincement qui est devenu si insupportable et si familier en même temps. Presque rassurant. Après le fracas de l'accident, juste ce bruit régulier, cette roue qui tourne. Assise, la petite fille regarde la voiture. Posée sur son toit, les portes ouvertes. Elle attend que sa maman sorte pour lui dire que tout va bien.

Un bruit dans le couloir. Elia revient à la réalité et regarde sa montre. C'est l'heure de filer : aujourd'hui elle a un rendez-vous important. La pédiatre jette sa blouse blanche en boule sur son fauteuil et sort sans s'attarder pour se rendre au Bon Marché. Pas question d'y faire des courses, ni de flâner dans les rayons de la Grande Épicerie. Non, son point de chute est la discrète pizzeria qui se cache au sous-sol du grand magasin. Elle y a rendez-vous avec Lara, la fille de Stan. Elles avaient pris l'habitude de s'y retrouver, quand Lara allait au lycée

Guillaume-Tirel. Les divers confinements de la Covid ont bouleversé les usages. Maintenant que Lara est à Sciences Po, le lieu reste un excellent point de convergence.

Elia arrive essoufflée, comme toujours. Elle s'enfonce dans les entrailles du Bon Marché, jusqu'à la cave arrondie et vitrée. Il y a sur les rayonnages de quoi rembourser la dette de plusieurs pays du tiers-monde tant les grands crus qui y sont exposés rivalisent par le goût et par le prix. Lara est déjà installée dans la salle réduite, ouverte sur les rayons. Et Enzo toujours à l'accueil.

— Comment ça va, aujourd'hui ? lance-t-il à Elia avec un accent italien digne d'un film de Benigni.

La jeune femme répond par un sourire tout en enlevant son manteau. Elle se dirige vers la petite table du fond où l'attend Lara. Les deux femmes se tombent dans les bras.

— Enfin ! On arrive à se voir, lâche l'étudiante, presque soulagée.

— Ouiiiii ! J'avais hâte. J'ai du boulot par-dessus la tête, mais tu as bien fait d'insister, je suis trop contente qu'on déjeune ensemble.

Elia est heureuse de revoir la fille de son homme, cela fait de longs mois qu'elles n'ont pas pu échanger comme elles le faisaient quand elle était lycéenne. Elles vont pouvoir enfin parler de tout et de rien, entre nanas.

Elles en sont déjà au café alors qu'elles sont loin d'avoir fini de refaire le monde. Elia a longuement évoqué ses patients, ces gamins qu'elle accompagne chaque jour dans la guérison, parfois dans la joie, parfois dans la douleur. Elles ont mis du temps à parler de Stan.

Mais Lara savait qu'elle ne pouvait pas éviter le sujet plus longtemps.

— Tu as des nouvelles de ton père ?

— Non. Je crois qu'il m'en veut parce que je continue à manifester. Mauvais souvenirs, certainement.

— Et tu comptes continuer ? s'inquiète Elia.

— Ben… avec les cours, je n'ai plus le temps, répond Lara en essayant de dissimuler son mensonge.

— Stan a vraiment eu peur pour toi, tu sais ?

— Je sais. Mais c'était important. Les moyens n'étaient pas les bons, mais la cause était juste. Et elle l'est toujours. Tu imagines le monde qu'on va laisser aux enfants si on continue comme ça ?

Lara n'est plus une adolescente. C'est une femme. Convaincue. Engagée. Elle remue sur sa chaise. Comme si elle avait une question qu'elle n'osait pas poser. Elia crève l'abcès :

— Qu'est-ce qui se passe ? Il y a quelque chose qui te turlupine ?

— Je peux te poser une question indiscrète ?

— Nous sommes entre filles, et on se dit tout, non ? Je t'écoute.

Lara semble hésiter quelques secondes, puis plonge ses yeux dans ceux de sa belle-mère.

— Écoute, ne prends pas mal ma question, mais… tu t'occupes d'enfants toute la journée. Tu n'as jamais eu envie d'en avoir ? À toi ?

Elia sourit. Voilà bien longtemps qu'elle n'avait plus pensé que Lara pourrait lui poser cette question. Elle répond dans la foulée :

— Qui te dit que je n'en ai jamais eu ?

Lara prend la réponse en pleine face. Elle bafouille, tente de se donner une contenance sans parvenir à masquer sa surprise :

— Mais… je… comme tu n'en parles jamais…

— Je n'en ai jamais parlé à personne. Même pas à ton père.

Elia sait que sa révélation a fait son effet. Lara a blêmi, elle est décontenancée. C'est rare. Un silence marqué, pour accentuer la curiosité.

— J'ai eu un fils, il y a longtemps. C'était une erreur de jeunesse. Ça arrive.

Lara est sous le choc. Peut-être parce qu'elle sait désormais quelque chose que son père ignore et qui touche à leur intimité. À tous les trois. Elia poursuit :

— Je l'ai appelé Noé.

— Noé ?

— Oui. Il est né un jour de tempête.

— Et comment ça se fait que tu n'aies plus eu de ses nouvelles ?

— Son père était un étudiant en médecine étranger qui faisait son internat à Paris, comme moi. J'étais jeune, influençable. Un soir, je suis rentrée de la fac, et il était parti en emmenant Noé.

— Tu n'as jamais cherché à le retrouver ?

— Non. J'ai préféré oublier.

Même si Elia tente de la cacher, Lara voit la pointe d'émotion qui accompagne cette confidence. Son sourire manque d'authenticité, elle souffre encore de cette absence.

— Pourquoi tu m'en parles ?

— Pour me libérer de ce secret, peut-être ? Tu m'as posé la question et… j'en ai profité. Parce que je te fais confiance. Comme si tu étais ma fille…

Lara est saisie. Encore. Elia vient de la toucher au cœur. Des larmes commencent à monter à ses yeux. Mais elle contrôle : on montre peu ses émotions, chez les Monville. Elia sent ce lien qu'elle a réussi à créer avec la fille de Stan. Un attachement, une relation clanique. Il faut qu'elle dise à la jeune fille ce qu'elle a sur le cœur.

— Écoute, il faut que je te dise autre chose d'important.

Lara incline sa tête sur le côté, pour marquer sa surprise.

— Après ce que tu viens de m'annoncer, je m'attends à tout.

La jeune fille perçoit que le regard d'Elia a changé. Son sourire s'est effacé, tout doucement, son regard s'est durci. Elle esquisse une moue inhabituelle.

— Tu as vu les manifestations dernièrement, dans la rue ? Je suis très inquiète.

Lara sait que sa belle-mère est de nature optimiste. Elle ne la connaît que comme ça. Elia n'est pas du genre à se plaindre ni à s'inquiéter pour rien. Alors, la voir quasiment affolée de ce qui se passe dans la rue, c'est nouveau pour elle.

— C'est moi qui suis inquiète de te voir comme ça, renchérit Lara.

Leurs yeux ne se lâchent pas, chacune guette la réaction de l'autre, la moindre trace de peur, de surprise. De colère. Elia laisse le silence s'installer. Lara ne le rompt pas. De longues secondes. Il n'y a pas de rivalité entre elles, mais on dirait une joute, une compétition amicale. Laquelle va renchérir ? Elia se sent obligée de relancer :

— Je ne sens pas du tout ce qui est en train de se passer. Ton père travaille pour Argenton, le ministre, et je ne l'ai jamais vu aussi soucieux. Nous avons dîné chez Julie et Sofiane, et Sofiane est très pessimiste sur la situation sociale. Les policiers sont sous tension, les gens sont à cran. Tout ça est explosif. Ces manifestations qui s'enchaînent, ça ne me dit rien qui vaille.

Lara sent naître un doute. Désagréable. Et si Elia savait, pour la manif du 7 octobre ? Il lui faut rester neutre.

— Tu sais, on est en France. Tout le monde manifeste pour un oui ou pour un non. Chaque année, ça recommence.

— Oui mais là, c'est différent. Je crains que cela ne dégénère. Ce n'est pas à toi que je vais dire qu'une manifestation peut déraper.

Encore cette histoire de l'Italie qui refait surface. Coïncidence ? Lara doit couper court :

— Tu sais, j'ai mis de côté ce qui s'est passé. Mauvais souvenirs, je préfère avancer.

— J'en ai conscience, Lara, mais je m'inquiète. Je sais que tu n'as pas perdu cette volonté de t'engager pour le climat. Pour le changement. Et c'est bien. Mais sois prudente. Je n'aime pas cette ambiance de tensions. Je pense qu'il faut éviter de sortir dans les rues dans les jours qui viennent.

— Qu'est-ce qui te fait dire ça ?

— Je ne sais pas, des signaux faibles. Une intuition. Rien de concret, mais j'ai un mauvais pressentiment.

Lara interroge. Comme son père le lui a appris. Elle pose des questions ouvertes pour obtenir le plus d'informations possible.

— On ne va pas rester enfermés chez nous, quand même ! J'aime bien mon petit studio mais j'aime surtout en sortir. Je ne garde pas de bons souvenirs des confinements de la Covid. Que proposes-tu ?

Elia ne quitte pas le regard de la jeune fille. Elle est concentrée, ses propos sont sérieux. Plus la moindre trace de son sourire, ni de sa bonne humeur des retrouvailles.

— Lara, nous avons échangé avec ton père et il partage mon avis. Je pense qu'il souhaite te préserver. Mais moi, je crois qu'il faut que tu sois prête.

— Prête à quoi ?

— À partir.

Encore une fois, Lara ne peut cacher une réaction de surprise.

— Mais tu veux partir où ?

— Je ne sais pas encore. À la campagne, certainement. Mais loin des villes.

— Tu rigoles, là ?

— Non, Lara. Je suis sérieuse. Si un jour je t'appelle pour te dire qu'il faut partir, ne discute pas. Tu prends tes affaires, tes papiers, et tu me rejoins à l'appartement de ton père, Ok ?

Une foule d'images se bousculent dans la tête de la jeune étudiante. Les manifs, la casse en Italie, la police. Sa belle-mère vient de lui asséner un coup sur la tête.

Chapitre 36

Paris. Octobre 2023

Stan arrive enfin à l'agence. Cela fait une éternité qu'il est en voiture, le centre de Paris est un vrai capharnaüm : travaux, manifestations, bouchons aux stations-service. L'ambiance est morose. Les gens sont nerveux, agressifs. Encore quelques minutes avant de pouvoir pousser la porte de son refuge, loin des bruits de la rue, et surtout avec une machine à café qui ne demande qu'à cracher sa boisson favorite.

Le négociateur a reçu ce matin un message de Spano. Inquiétant. Il commence à lui répondre quand son téléphone vibre. Le nom de Scott Angelbaum s'affiche. La réponse à Spano attendra un peu. Le patron de CNN Paris n'appelle jamais par hasard, ni juste pour prendre des nouvelles. Stan décroche.

— Salut Scott.

— Salut Stan. Ça va ?

Pas une pointe d'accent américain pour ce fils d'une mère française et d'un père new-yorkais.

— Stan, il faut que je te voie. Vite. Tu es où ?

— Paris. Au bureau.

— Je peux venir ? Maintenant ?

— Oui. Je t'attends.

Pourquoi Scott est-il si pressé ? Un rapport avec Argenton et le prix du pétrole ? Quelques minutes, et une nouvelle vibration. Un message : *« Je suis devant. »* Scott Angelbaum vient d'arriver. Installé dans la salle de réunion du sous-sol, Stan remonte l'escalier quatre à quatre pour aller ouvrir au journaliste.

La lourde porte de l'agence s'ouvre sur l'Américain, qui entre rapidement. Le vent s'engouffre avec lui, glacial. Il fait beau mais la température de l'air rappelle à chacun que le mois d'octobre a commencé.

— Stan, mon ami, je suis content de te revoir !

Angelbaum a plus pris de son père que de sa mère, avec son physique à la Nick Nolte. Gueule carrée, autant que ses épaules, tonitruant.

— Salut Scott, moi aussi, je suis content de te voir. Qu'est-ce qui t'amène ? Ça avait l'air urgent, tout à l'heure.

— Tu es seul ?

— Oui. Viens, on descend.

Stan précède Scott pour le guider vers la salle en sous-sol. Les deux hommes s'assoient en bout de table. L'Américain se penche vers son ami, pour marquer le temps de la confidence.

— Écoute, Stan, je vais te faire entendre un enregistrement que la rédaction a reçu ce matin tôt.

Sans attendre de réponse, Angelbaum sort son smartphone, le pose sur la lourde table en bois blanc. Il est allumé, et un fichier audio se lance. La voix est un peu étouffée, signe que le son a été pris à distance, certainement en cachette. « Je ne suis pas en train de vous demander de le crier haut et fort ! Ni une déclaration écrite ! Mais j'ai besoin de votre engagement à nous livrer du pétrole. Vous pouvez même nous le vendre au prix fort ! »

Scott appuie sur le téléphone, pour mettre fin à la diffusion. Cette voix, Stan l'a entendue en direct. Il était là. À Maurice. Dans cette salle discrète de l'hôtel Labourdonnais. Le journaliste interroge :

— Tu reconnais la voix ?

— Oui. C'est Pascal Argenton, répond Stan en encaissant le coup.

— Exactement. Nous avons reçu un e-mail avec le fichier, qui était associé à tout un laïus expliquant les circonstances de l'enregistrement.

Stan reste interloqué mais il garde le contrôle de ses réactions. Sans dire un mot. Ne pas se montrer curieux, à ce stade. Scott poursuit :

— Le truc a été enregistré à Maurice il y a quelques semaines. Lors d'une réunion confidentielle entre des ministres et des dirigeants du secteur pétrolier. Je ne sais pas ce qui s'y est dit mais, manifestement, Argenton les pousse à vendre leur pétrole au prix fort.

Le négociateur a repris ses esprits, après le coup de massue. Il doit en savoir plus.

— Tu avais d'autres infos, dans ton e-mail ?

— Oui. Plus graves. Le message dit que plusieurs politiques européens touchent de l'argent du pétrole depuis des années. Des virements de Russie notamment. Le message mentionne que nous allons recevoir des détails demain, au plus tard.

— Ok… et pourquoi tu me dis tout ça ?

— Tu connais le conseil d'Argenton ?

Stan s'est levé, pour marcher dans la pièce. Son cerveau est en ébullition. Ses réflexes de flic se remettent en route. Option 1 : Argenton en croque. Il faut anticiper le séisme, mais les coups vont pleuvoir. Il va falloir communiquer, déminer, cela va prendre du temps. Et quoi qu'il en soit, l'avenir du ministre s'assombrit. Option 2 : il s'est fait piéger. Là aussi, il y aura des coups à prendre, et Argenton ne ressortira pas blanchi : l'adage disant qu'il n'y a pas de fumée sans feu va jouer à pleins tubes. Mais il y a dans ce cas une question primordiale : à qui profite le crime ?

Scott ne lâche pas Stan du regard. Comme s'il s'attendait à ce que le négociateur le relance. Mais Stan connaît la musique : même si l'Américain est un ami, il est aussi et surtout journaliste. Il ne faut pas lui en donner plus que ce qu'il demande. Et Scott n'est pas en reste :

— Stan, tu te doutes que si j'ai voulu te voir aussi vite, c'est qu'il y a autre chose.

— Vas-y ? interroge laconiquement le négociateur.

Angelbaum reprend son téléphone, et ouvre l'appli des photos. Il clique sur l'une d'elles, pose l'appareil en bout de table et le pousse vers Stan, qui s'approche. Sans saisir l'iPhone, il regarde la photo. La maison des Roches Noires. À Maurice. On y voit Argenton, Adams, Oulianoff, Jonchay, bras dessus, bras dessous avec des verres à la main. Des amis en soirée. Et sur le côté, une silhouette. Peu visible. Stan se reconnaît immédiatement. Le journaliste le voit.

— C'est bien toi ?

— Oui. J'étais à Maurice pour accompagner Argenton, répond Stan calmement.

Scott fixe toujours le négociateur, qui ne bronche pas. La surprise est passée, il contrôle ses gestes, ses mots, son souffle. Le silence est pesant, d'autant que la salle du sous-sol est insonorisée. L'ambiance est de ouate, lourde, épaisse. Mais Stan n'a rien à cacher.

— Argenton a bien prononcé la phrase que tu m'as fait écouter. Mais elle est sortie de son contexte. Je ne peux pas t'en dire plus mais tu te doutes bien que ce n'était pas une réunion à la gloire des pétroliers.

— Oui, je te connais. Je sais que ce n'est pas ta cause. Mais tu as conscience que ce qui compte, ce n'est pas la vérité, mais ce que les gens pensent être la vérité.

— Oui, je sais. Si cela sort, Argenton est politiquement mort.

Étonnants, les sentiments que Stan éprouve pour Pascal Argenton. D'habitude, il n'aime pas les politiciens. Aucun. Pas d'atomes crochus. Il les a côtoyés, quand il était dans la police. Se servir avant de servir, cela aurait pu être leur devise. Mais avec Argenton, c'est différent. Le gars est cash, pas de fioritures. Ça change des discours démagos et des truismes habituels. Mais pas le temps de s'égarer. Stan soupire fortement. La nouvelle n'est pas bonne, mais maintenant, il connaît un peu mieux les cartes. Pour parier, il est préférable d'en savoir un peu plus sur le jeu avec lequel les autres vont poser les mises. Scott fait tapis.

— Ça va sortir. Tu le sais. A priori, plusieurs rédactions ont reçu le même message. BFM, LCI. Le Web. On ne peut pas laisser passer ce type de nouvelle. Et si Bradley Adams est impliqué, comme on peut l'imaginer en le voyant sur la photo, CNN se doit de la sortir.

— Tu ne l'aimes pas, ce type.

— Adams ? C'est vrai, je ne l'aime pas. Mais ce n'est pas la question. C'est mon boulot de faire sortir les vérités, même si elles touchent certains de mes amis.

— Ok, je comprends. Tu sais que je vais prévenir Argenton ?

— Oui, je comprends aussi. Je pense que ça ne sortira pas avant demain, on va faire des vérifications. En tout cas, du côté CNN. Mais je ne garantis rien pour les autres. Je peux t'envoyer un texto si nous recevons d'autres messages.

Le journaliste s'est levé en prononçant sa dernière phrase. Ils se sont tout dit. Pour aujourd'hui. Stan lui sourit, un remerciement sans les mots. L'Américain répond de même. En remontant l'escalier, Scott interroge son ami, pour passer à autre chose :

— Comment vont Lara et Elia ?

— Bien, toutes les deux. Elia passe son temps à l'hosto, et Lara est une jeune étudiante avec sa propre vie : j'aimerais la voir plus souvent mais mon boulot complique les choses. Et toi, la famille va bien ?

— Bof. Linda et moi sommes en instance de divorce. Tu connais ça, ce ne sont pas des moments faciles.

— Je me doute. Dis-moi si vous avez besoin d'un négociateur, je vais avoir un peu de temps dans les mois qui viennent.

— Je te dirai, répond Scott en riant. En revanche, je crois que tu ne seras pas si disponible que ça.

Chapitre 37

Paris. Octobre 2023

Stan est encore dans un taxi. En route vers le ministère de la Transition écologique. Il vient d'appeler Arthur, qui a tout de suite compris que l'heure était grave. Il est bientôt midi, mais Stan n'a pas faim. Son estomac est tordu par le doute. Et si Argenton lui avait menti depuis le début ? S'il était lui-même impliqué dans le yo-yo des prix du pétrole ? Et si ce n'est pas le cas, comment le sortir de cette situation ? Le négociateur aime bien l'adversité, mais là, ça va être difficile pour tout le monde. D'autant que cette fois-ci, il est impliqué. Certes, on ne le voit pas nettement sur la photo mais ceux qui le connaissent n'auront pas de doute. Si celui qui balance est aussi bien informé que ce qu'il a l'air de dire, il lui sera facile de rajouter le nom de Stan dans la liste des « amis » de la soirée des Roches Noires.

Le téléphone posé sur le siège à côté de lui se met à vibrer. Moïse.

— Salut Moïse, on a un souci avec le patron d'Arthur, tu vois qui je veux dire ?

Le négociateur ne prononce pas de nom, il ne connaît pas le chauffeur de taxi et, de toute façon, c'est contraire à sa pratique. Moïse comprend tout de suite.

— Oui. Qu'est-ce qui se passe ?

— Une balance. Des photos de l'île Maurice et des menaces de révélations de financement. Tu peux voir auprès de tes antennes dans les services ?

— Je peux mentionner le nom du patron d'Arthur dans mes recherches ?

— Oui. Au point où nous en sommes, ce n'est pas le plus important.

— Wouaw. Tu as l'air remonté, c'est grave ?

— Je t'expliquerai. Tu es où ?

— Je pars de chez moi pour aller à l'agence. J'appelle Nathalie ? Elle est rentrée à Paris hier.

— Non, vas-y seul. Tu seras tranquille, tout le monde est en télétravail. Je t'y rejoins après avoir vu Arthur.

C'est la fin de l'échange, Moïse l'a compris, il raccroche. Stan jette un œil sur ses messages. Tiens, Spano donne des nouvelles :

« J'ai des infos, c'est chaud, tu avais raison de t'inquiéter. Il y a urgence. »

L'urgence est visiblement partout, en ce moment. Le négociateur répond laconiquement :

« Grosse crise ici aussi. On se contacte plus tard. Fais attention. »

Chapitre 38

Tallinn. Octobre 2023

La jungle. C'est forcément le premier mot qui vient à l'esprit de celui ou celle qui rentre dans la pièce. Il fait une chaleur de fou, la moiteur est presque étouffante. Il y a des câbles partout, et il faut lever les pieds ou baisser la tête pour faire le tour de la salle sans se vautrer de tout son long.

Astana s'étire sur sa chaise. Lentement, en amenant ses bras bien loin derrière sa tête, en allongeant ses jambes. La jeune femme est une grande liane agile : n'importe qui ferait le même mouvement sur une chaise à roulettes se serait effondré au sol. Pas elle. Comme un chat, elle joue avec son corps en douceur, en précision. Elle a toutes les raisons de se détendre : a priori, tout semble se dérouler selon les plans, et l'équipe commence à se structurer. À côté d'elle, Bogdan joue les chefs d'orchestre. Il faut bien coordonner tout ce beau monde, parce que ceux qui sont là ne se connaissaient pas avant d'entrer dans la grande salle de la rue Heina. Des Belges, des Français, des Allemands, des Européens de l'Est. Une communauté savamment concoctée par Astana pour mener à bien son projet. Leurs points communs : jeunes et ultra-compétents. Mais Astana doit s'assurer que leur compétence est mise à profit. Elle appelle Bogdan :

— Hé !

Toujours amicale, Astana. L'Ukrainien répond sur le même ton :

— Qu'est-ce que tu veux ?

— Tu as testé le débit montant de nos connexions ?

— Oui. Thomas vient de le faire. Deux fois. Ne bouge pas, je vais le chercher.

Bogdan se redresse pour relever son siège basculant. Enfin debout, lui aussi s'étire pendant quelques secondes, cela fait plusieurs heures qu'il est assis. Il croit bon de rajouter :

— Je vais aller pisser, aussi. Tu veux que j'y aille pour toi ?

Astana répond par un doigt d'honneur. Elle soupire :

— Je suis contente de le savoir…

Tandis que l'Ukrainien s'éloigne, la jeune femme regarde tout le monde s'agiter : le matériel est arrivé, l'équipe sera au complet demain, et aucun voisin n'a eu l'air de s'inquiéter de voir tout ce monde converger dans l'ancienne banque. Encore quelques tests à faire et tout sera prêt dans les temps. Le Duc sera content.

Bogdan revient avec Thomas. Le jeune Franco-Iranien semble tout juste sorti du lycée. Ses lunettes lui donnent un air d'Harry Potter, mais il ne faut pas s'y fier : il est un des plus pointus de l'équipe. Autodidacte, il a déjà cassé pas mal de systèmes informatiques.

— Alors, Harry, ça va ?

— Astana, tu sais bien que je n'aime pas qu'on m'appelle comme ça…

— Allez, détends-toi. Alors, ce débit, c'est bien ?

— Tiens.

Le jeune homme tend un disque dur à Astana.

— C'est quoi ?

— Netflix.

— Quoi, Netflix ? Une série ?

— L'intégralité de tes séries préférées sur Netflix. Je l'ai téléchargée ce matin. Cela ne m'a pris que quatorze minutes au total. Je pense que je n'ai jamais travaillé sur un système avec une connexion aussi rapide.

Bogdan l'interpelle :

— Pourquoi tu ne me l'as pas donné à moi ?

— T'inquiète, réponds Thomas, je te ferai la même chose avec YouPorn. Chacun son kiff.

Astana éclate de rire.

— Il t'a bien décrypté, le gamin. Thomas, bien joué, c'est top. On ne peut pas remonter jusqu'à nous, j'espère ?

La jeune femme connaît la réponse, mais Thomas n'est pas encore aguerri pour le second degré.

— T'inquiète. Je suis passé par tellement de serveurs intermédiaires que celui qui voudrait nous remonter aurait le tournis avant d'avoir compris. Attaque transparente. Comme d'hab, quoi.

Astana hoche la tête, satisfaite. Elle se tourne vers l'Ukrainien.

— Et au niveau consommation électrique, on est bien ?

— Oui. Il y a de gros pics de consommation, surtout en fonctionnement optimal. Mais on soudait des locomotives, ici, avant. Autant te dire qu'il y a de la puissance disponible. En revanche, la chaleur est la même, conclut Bogdan en essuyant la sueur qui perle sur son front.

Thomas n'a pas bougé. Campé devant la jeune femme, il semble hésiter. Comme un élève convoqué par sa prof et qui ne sait pas encore ce qu'elle va lui dire. Astana le fixe.

— Qu'est-ce que tu attends ? Tu veux que je te donne une sucette ou un bon point ?

Bogdan glousse, Thomas esquisse un sourire. Il commence à se faire au second degré, on dirait.

— Non mais, si tu as un sandwich au thon, je suis preneur. J'ai la dalle.

— Tu me prends pour un kebab ou quoi ?

— Bon, laisse tomber le sandwich, alors. Quand est-ce que tu nous diras ce qu'on fait ici ?

La question qui habite tout le monde. Bogdan tend l'oreille, même lui n'a pas la réponse. Astana sourit.

— Tu es trop impatient. Attends encore un peu…

Chapitre 39

Paris. Octobre 2023

Le coup a été violent. Il est sonné. Son regard est figé, dans le vide. Argenton a perdu de sa superbe, il n'est plus le brillant homme politique qui jouait des effets de rhétorique avec Stan et Arthur quelques minutes plus tôt. Assis dans son fauteuil, il ne bronche pas. À côté de lui, Arthur fait les cent pas. À la cataplexie de son patron, il oppose une agitation stérile. Stan, assis en face du bureau d'Argenton, regarde le spectacle : il n'en faut pas beaucoup pour mette à bas une carrière prometteuse. La France vient probablement de perdre son futur Premier ministre.

Arthur se tourne vers le négociateur.

— Tu es sûr de toi, de ton contact ?

— Aucun doute.

Réponse laconique. Pas la peine d'en rajouter, les capacités cognitives du ministre et de son directeur de cabinet sont déjà saturées. Arthur insiste :

— Mais qu'est-ce qu'il t'a dit exactement ? Qu'est-ce qu'il t'a montré ?

Comme si Stan n'avait pas bien compris. Comme s'il avait pu passer à côté de quelque chose. Pas le temps de se justifier. Le négociateur se lève pour se mettre à la hauteur de son ami.

— Écoute, je comprends que tu sois en colère, ou que tu aies peur de la suite. Mais t'énerver ne servira à rien. Nous n'avons pas le temps pour cela.

Arthur soupire, et se tourne face à la fenêtre. Dans la rue, toujours des groupes de manifestants. Pas très nombreux, mais bruyants. Visibles. Les banderoles accusent.

— Il ne nous manquait que ça ! s'exclame Arthur. Putain, quelle merde ! Avec la manifestation pour le climat qui arrive. Si le truc sort dans la presse avant, on va focaliser toutes les colères sur nous.

Argenton sort de son silence.

— Stanislas, je sais que vous êtes un pro, mais vous êtes sûr que c'est ma voix ?

— Oui, Pascal. L'enregistrement est sorti de son contexte, mais c'est bien vous que l'on entend. Pas de doute.

Arthur se retourne.

— Et c'est quoi, la photo ?

— C'est nous. Dans votre maison des Roches Noires. Car c'est bien votre maison, n'est-ce pas ?

Le ministre lâche, dans un souffle :

— Celle de ma compagne. Mais c'est tout comme.

Le négociateur n'a pas posé cette question par hasard : même si la réaction de surprise d'Argenton était sincère, il a toujours un doute, qu'il doit lever.

— Pascal, je dois savoir la vérité. Je peux vous aider mais je dois tout savoir. Vous avez touché de l'argent ?

Le ministre regarde Stan comme s'il ne savait pas quoi répondre. Comme s'il était prêt à tout révéler.

— Non. Je n'ai rien touché, lâche-t-il, comme une libération.

Le négociateur cherche un tressaillement, une fuite émotionnelle, une microdémangeaison qui pourrait trahir un mensonge. Mais rien. Pas de signe d'inconfort ou d'incongruence. On dirait que le ministre n'a pas menti. Ou il est très fort.

Arthur s'offusque :

— Stan ! Comment peux-tu imaginer que ce soit vrai ?

— Arthur, je fais mon job. On ne se défend pas de la même façon selon que l'on est coupable ou pas.

Le négociateur se tourne vers Argenton, qui se lève à son tour. Ses traits se sont détendus, comme si avoir crié son innocence l'avait soulagé.

— Stanislas a raison, Arthur. C'est important de savoir avec quelles cartes nous jouons. Alors, que faisons-nous ?

Les deux hommes fixent Stan. Ils semblent attendre une solution magique, irréfutable, pour que la vie d'avant reprenne son cours. La réponse du négociateur tombe comme une mauvaise nouvelle :

— Rien. Nous ne faisons rien.

— Tu rigoles, Stan ? Tu veux qu'on se laisse crucifier sans rien dire ?

Arthur perd ses moyens. Ce n'est pas dans ses habitudes. Mais c'est logique : toute une vie à promouvoir et à protéger un homme que l'on va jeter aux loups, c'est une injustice qu'il aura du mal à accepter.

— Arthur ! laisse-le parler ! crie Argenton, sortant lui aussi de sa réserve.

La tension est palpable, les masques de calme et de sérénité habituellement portés par les deux hommes se fissurent. Stan reprend calmement :

— Pour l'instant, nous savons juste qu'un enregistrement et une photo sont arrivés à la rédaction de CNN à Paris. Scott Angelbaum m'a indiqué que CNN ne sortira rien avant demain, afin de faire quelques vérifications. Mais nous ne savons pas si d'autres médias ont eu les mêmes infos. Je ne voudrais pas prendre le risque d'attirer l'attention sur cette affaire en communiquant préventivement si aucun autre organe de presse n'a été contacté.

Arthur a repris ses tours dans le bureau, comme pour s'apaiser. Argenton s'est assis, une nouvelle fois. Pensif. Son brillant cerveau s'est remis en action.

— Stanislas, vous avez vu Jonchay, Adams et Oulianoff sur la photo ?

— Oui, ils sont parfaitement reconnaissables.

— Qui a pu prendre cette photo, d'après vous ?

— C'est à vous que je dois poser la question, Pascal. C'est chez vous que cela s'est passé. Si quelqu'un souhaite vous piéger, il était sur place pour prendre la photo ou il avait un complice pour le faire. Mais je dis « il », je devrais peut-être dire « elle » ?

Argenton lève les yeux. Arthur s'est arrêté. Le négociateur n'est pas mécontent de son petit effet. Le ministre rebondit :

— Vous pensez à quelqu'un en particulier ?

— Votre compagne. Teresa Cadiz.

— Qui vous a dit pour Teresa et moi ?

— Pascal, nous n'avons plus le temps de jouer aux devinettes. La maison des Roches Noires appartient bien à Teresa, non ?

Un nouveau coup sur la tête du ministre. Il s'enfonce dans son fauteuil. Arthur s'est une nouvelle fois dirigé vers la fenêtre, tournant le dos aux deux hommes, comme pour les laisser entre eux.

— La maison des Roches Noires nous appartient à tous les deux. Teresa est ma compagne depuis un peu plus d'un an. La maison de Maurice est un peu notre refuge, loin de la presse et des ennuis.

— Pour cette fois, je dirais que c'est raté. Vous l'avez achetée ensemble ?

— Oui. Enfin… pas directement. C'est compliqué de devenir propriétaire à Maurice quand vous n'êtes ni mauricien ni résident. Vous vous doutez bien qu'un ministre de la République ne peut pas s'installer là-bas ouvertement. On imaginerait un déménagement fiscal. Alors, nous avons acheté avec une société que nous détenons à 50/50 avec Teresa.

— Quel était le prix de la villa ?

— 5 millions d'euros.

— Comment avez-vous financé l'acquisition ?

— C'est la banque que dirige Teresa qui nous a octroyé un crédit. Très avantageux, mais ce n'est pas illégal.

— Non. Juste difficile à expliquer à la Haute Autorité de la transparence de la vie publique. Je suppose que ce bien n'est pas dans votre déclaration de patrimoine ?

— Non…

Arthur n'a pas bougé, ni réagi. Il savait, donc. Cachottier. Stan doit avancer.

— Quel est le nom de votre société en commun avec Teresa ?

— Kalima Real Estate. Nous avons voulu laisser penser qu'il s'agissait d'une société de location de biens de luxe.

— Vous avez des documents, les statuts ? Votre nom apparaît comme étant un des associés ?

— Je ne sais pas. Teresa s'est occupée de tout.

Stan ne peut réprimer un sourire. Crispé. Sacrée Teresa ! Alors, comme ça, on a changé de méthodes ?

— Pascal, je crains que l'on n'en ait pas terminé avec cette affaire. Je vais mettre mon équipe sur Kalima, pour en savoir plus. En attendant, vous continuez votre programme comme prévu. Je vais à l'agence, je vous tiens informé s'il y a du nouveau.

Chapitre 40

Paris. 6 octobre 2023

La sortie de Sciences Po est toujours aussi chaotique. Le chassé-croisé des étudiants qui se pressent pour rentrer chez eux ou pour s'installer aux terrasses chauffées du boulevard Saint-Germain rend la rue Saint-Guillaume aussi active qu'une fourmilière.

Lara est emmitouflée dans son manteau, une écharpe couvrant son visage jusqu'au nez. Octobre va être froid. La jeune étudiante ne s'attarde jamais à la sortie des cours. Ce soir, elle presse un peu plus le pas que d'habitude. Elle retrouve Sarah-Lou au Basile, à deux minutes de Sciences Po.

L'étudiante pousse la porte du bar, laissant échapper une douce chaleur, contrastant avec l'air de la rue, glacial en cette fin de journée bien trop fraîche. Au fond, Sarah-Lou est installée sur un des sièges rouges typiques de l'endroit. Cachée derrière un verre de bière, elle dissimule bien son jeu. Derrière cet air angélique, qui pourrait imaginer la rebelle prête à tout pour sa cause ? La jeune femme sourit à Lara en la voyant s'approcher.

Lara enlève son manteau et son pull devenus inutiles, tant la salle du Basile est chauffée. Elle s'assoit en face de son amie, qui lui demande :

— Prête pour demain ? La manif part à quatorze heures, mais j'ai donné rendez-vous à quelques amis pour qu'on se retrouve avant que ça ne démarre. Ça va pour toi si on se rejoint au début de la rue Broca ?

Lara acquiesce. Dans le même temps, elle capte l'attention du serveur pour commander son café. La jeune Italienne prend une grande gorgée de bière. Lara l'interroge :

— C'est qui, tes amis, demain ?

— Des potes de la fac de sciences. On a déjà fait des manifs ensemble, si tu vois ce que je veux dire…

Le sourire de Sarah-Lou invite à la discrétion. Certainement des éco-militants, peut-être des EcoWarriors. Lara sent la tension monter, le souvenir de ses dernières rencontres avec eux lui inspire autant de crainte que d'excitation. Sarah-Lou s'approche de son amie, pour livrer une confidence.

— Lara, la manif de demain ne sera pas comme les autres. Prépare-toi. Viens avec des fringues souples, il faudra peut-être qu'on coure. Un sac avec des bouteilles d'eau, pour se rincer les yeux en cas de lacrymogènes. Et des masques pour se protéger, aussi.

— Pourquoi tu dis ça ? On t'a dit que ça allait être violent ?

— Je n'en sais pas plus.

— Allez ! Dis-moi ! Et c'est qui, tes potes ? Des EcoWarriors ?

— Lara ! Tu fais une enquête ou quoi ? Écoute, je te dis ce que j'ai entendu. Alors, fais ce que je te dis, et prépare-toi. Demain, il va se passer un truc.

Chapitre 41

Paris. 6 octobre 2023

À l'agence, Moïse ne chôme pas. Penché sur ses écrans, il tape frénétiquement sur son clavier. Stan observe, aussi tendu qu'admiratif.

— Stan, j'ai trouvé les statuts constitutifs de la société Kalima Real Estate, déclare le crack de l'informatique. Avec des documents fiscaux et des informations sur la domiciliation bancaire. Je t'imprime tout ça.

Toujours aussi bon, le gros. Sacré pro. Il suffit de le poser devant un ordinateur pour qu'il retrouve sa jeunesse.

— Je vais avoir besoin de fouiller un peu plus. Est-ce que je peux faire venir Matthias à l'agence ?

— Tu prépares ta retraite ? ironise le négociateur pour essayer de dissiper sa crainte.

— Il est bon, le gamin, j'aimerais bien l'engager avec moi sur cette mission. Une bonne occasion de l'intégrer un peu plus.

— Ok pour moi, mais tu le gères. Il va falloir chercher ce qui traîne sur le Web. Un petit tour sur les messageries de CNN, BFM et LCI ne serait pas de trop non plus, je crois.

— Ok, bien noté, boss. Je l'appelle.

Il est presque vingt et une heures quand Stan se présente pour la troisième fois de la journée au ministère de la Transition écologique. La façade du bâtiment est encore illuminée par les quelques bureaux toujours occupés. À l'accueil, les charmantes hôtesses ont laissé leur place à un agent de sécurité qui lève à peine la tête au passage du négociateur. Il est visiblement trop absorbé par ce qui se passe sur son téléphone. Stan monte les marches quatre à quatre pour se faufiler dans le dédale de couloirs et parvenir à l'antichambre du bureau du ministre. La porte est ouverte, éclairant le vestibule sombre, vide de collaborateurs. La voix d'Argenton résonne, s'amplifiant au fur et à mesure que Stanislas approche :

— Oui, bien sûr, je comprends. Qu'est-ce que vous voulez que je vous dise d'autre ?

Le ministre raccroche vivement juste après l'entrée du négociateur dans la vaste pièce. Arthur est avachi dans un des sièges, devant le bureau de son patron. Argenton s'enfonce dans son immense fauteuil. Il tonne :

— Voilà, mon cher Stanislas. C'est fini !

Arthur, qui tourne le dos à son ami, n'a pas réagi à son arrivée. Le négociateur interroge :

— Qu'est-ce qui est fini ? Les révélations ?

— Non. Moi. Je suis fini.

Le ministre ponctue son propos d'une moue significative.

— Finalement, c'est peut-être mieux comme ça.

Tout en se levant de son fauteuil, Argenton défait sa cravate, qu'il jette sur son bureau, puis dégrafe les boutons de son col de chemise.

— Je viens de raccrocher d'avec le président. Il comprend, bla-bla-bla, il me croit, bla-bla-bla, mais je dois démissionner dans la journée de demain. Franchement, je pense que cela l'arrange. Avec la manif du climat qui s'annonce, je suis une bonne victime expiatoire pour satisfaire le peuple.

Stan ne répond pas. Cela ne servirait à rien, les deux hommes sont abattus. Touchés au cœur. Le choc vient de se produire, la colère devrait arriver dans les heures qui viennent, peut-être les minutes. Mais Argenton veut se donner une contenance.

— À moins que vous n'ayez de très bonnes nouvelles pour nous ?

Arthur s'est retourné, sans rien dire. Pour chercher un sourire du négociateur, une information qui leur sauverait la mise, une idée pour arrêter cette tempête qui s'annonce. Mais il n'aura rien de cela.

— J'ai bien peur que non.

Stan jette un document sur le bureau. Format A4. Argenton s'en saisit, le lit brièvement. Puis le tend à Arthur, tout en demandant au négociateur :

— C'est en russe. À part les chiffres, je ne comprends pas.

— Mes équipes l'ont trouvé en effectuant quelques recherches. C'est un ordre de virement depuis la Banque industrielle de la Fédération de Russie. Vers la société Kalima.

Argenton tend la main vers Arthur, qui lui rend la page de papier.

— C'est quoi, ces conneries ?

Le ministre prend une nouvelle fois le document. Ses yeux courent le long de la page, de gauche à droite, de bas en haut.

— Putain ! C'est marqué où ?

La colère. Face à l'injustice ou à l'impuissance, la réponse systématique. Plus de masque, l'animal ressort. Stan reprend la feuille, pour arrêter la frénésie du ministre.

— Cette page n'est qu'un extrait du document que mon équipe a récupéré sur les serveurs de la banque mauricienne auprès de laquelle votre société Kalima a déposé ses fonds. Je dis votre société parce que selon les statuts, vous en êtes le seul et unique propriétaire, Pascal. Aucune trace de Teresa Cadiz. Nulle part.

Argenton s'effondre dans son fauteuil. Arthur penche sa tête en arrière, pour fixer le plafond. On dirait que les coups n'ont pas fini de pleuvoir. Et puisque les dés sont jetés, autant aller jusqu'au bout :

— Et ce n'est pas la banque de Teresa qui a financé l'acquisition avec un prêt. La maison des Roches Noires a été payée cash après plusieurs virements de la Banque industrielle de la Fédération de Russie. Celle-là même qui finance le pétrole russe, et sur laquelle votre ami Oulianoff a la mainmise.

Argenton bondit de son fauteuil, faisant sursauter son directeur de cabinet.

— Les fils de pute ! Les fils de pute !

Arthur se lève. Sans autre réaction que celle de reprendre ses tours dans le bureau, comme un animal cerné par les chasseurs, ne cherchant même plus à s'échapper, attendant le coup de grâce.

Argenton souffle. Reprend ses esprits. Son cerveau se remet en marche, il retrouve le contrôle. Quelques secondes à inspirer puis à expirer, profondément.

— Bien ! Je me suis fait avoir comme un débutant. Mais finalement, c'est une bonne nouvelle. La ficelle est tellement grosse qu'il sera facile de démontrer la manipulation.

Stan sait bien que non. Le cas d'Argenton est déjà jugé, avant même qu'il n'ait pu ouvrir la bouche pour se défendre. Mais inutile de le lui dire maintenant, cela ne changerait rien. Le ministre reprend la parole :

— Messieurs, je vais vous demander de me laisser. Je vais dormir ici, je n'ai pas envie de rentrer chez moi. J'ai quelques coups de fil à passer. Parce que je sors les griffes. Je ne vais pas me laisser traîner dans la boue aussi facilement. Moi aussi, j'ai quelques informations qui pourraient faire du bruit. Allez dormir, on se voit demain. Stan, je sais que vous avez vos activités à mener, mais j'aimerais que vous nous accompagniez dans ce combat, c'est dans vos cordes ?

— Oui. Bien sûr.

— Je peux vous demander un service ?

— Allez-y, dites-moi.

— Appelez Jonchay demain matin. Pas ce soir, laissons-lui au moins cette nuit tranquille. Prévenez-le qu'il est sur la photo. Pour qu'il puisse se préparer autant que faire se peut.

— Bien. Je m'en occupe.

Arthur s'approche de son patron.

— Tu ne veux pas que je reste ? Je peux dormir à côté, dans mon bureau.

— Non, c'est gentil. Je ne vais pas être de bonne compagnie ce soir, et je préfère que tu passes une bonne nuit chez toi. J'ai besoin que tu sois en pleine forme. Je ne suis jamais meilleur que dans l'adversité. Demain, on se prépare à rendre les coups.

Chapitre 42

Berlin. 7 octobre 2023

Hans Schuller est arrivé particulièrement tôt ce matin. Bien avant que le jour n'ait eu l'idée de se lever, bien avant que qui que ce soit n'ait commencé à se rassembler devant son ministère. Il y a toujours les irréductibles qui campent depuis des jours devant le bâtiment du ministère fédéral de la Transition écologique et de l'Énergie, mais à l'heure à laquelle le ministre est arrivé, tous étaient encore emmitouflés dans leurs tentes couvertes de banderoles.

Aujourd'hui, c'est la manifestation pour le climat. Partout en Europe. Un jour de rassemblement de toutes les luttes. Contre le prix des carburants. Contre les taxes. Contre les inégalités. Contre les politiciens. L'échec patent de la mission qu'il a menée à Maurice avec son collègue français Pascal Argenton le taraude encore. Mais ce n'est pas ça qui l'a empêché de dormir et qui l'a conduit à venir au bureau aussi tôt. Non, c'est l'appel, hier après-midi, de son correspondant auprès du BND qui lui a mis la tête à l'envers. Ce matin, il doit en avoir le cœur net.

Debout devant la grande fenêtre de son bureau, il tente de se changer les idées mais rien n'y fait. Il attend l'appel du BND mais il ne se fait aucune illusion. Les propos de son contact ont été clairs et sans équivoque : le doute est peu probable. Le téléphone du ministre sonne.

— Allo ? Wolfgang ?

— Oui, monsieur le ministre.

— Vous avez du nouveau ?

— Malheureusement oui.

Le ministre s'assoit, il n'aura pas d'heureuse surprise, aujourd'hui.

— Bon. Dites-moi.

— J'ai eu la confirmation du patron de la Tagesschau24 : la rédaction de la chaîne d'info a bien reçu un document sur lequel votre nom apparaît, en compagnie de celui de messieurs Adams, Oulianoff et Argenton.

— Que contient ce document ?

— Ce sont des listes de virements bancaires, émis depuis une banque russe, dont vous auriez été bénéficiaire. Des versements pour un montant de plus de sept millions d'euros vous concernant, sur un compte à votre nom auprès de la banque Humbert Schwartz à Luxembourg.

Hans Schuller sent ses mâchoires se crisper en même temps qu'un frisson lui traverse le dos. La colère et la peur qui se mélangent. Qui s'encouragent. Qui se potentialisent. Une force autant qu'une faiblesse.

— Qu'est-ce que c'est que cette histoire ? Je n'ai pas de compte dans cette banque, je ne la connais même pas !

— Monsieur le ministre, les services ont vérifié, ce compte existe bel et bien.

— Mais ce n'est pas moi qui l'ai ouvert ! Jamais !

Wolfgang garde le silence. Comme s'il doutait. Schuller le sent.

— Wolfgang ! Je vous assure ! Vous me croyez, j'espère ?

— Monsieur, ce n'est pas la question. La chaîne sort l'information dans quelques heures, je pense que c'est ça, la priorité. Que vous ayez raison ou tort, cela n'importe pas. Il va falloir que vous vous défendiez.

— Mais me défendre de quoi ? Je n'ai rien fait !

— Je suis désolé, monsieur.

Le ministre raccroche, effaré de ce qu'on vient de lui confirmer. Sa tête va exploser, ses tempes battent comme si son cerveau allait sortir de son crâne. Comment cela est-il arrivé ? Une carrière impeccable, un engagement sans faille, et tout ça pour finir sur un piège aussi grossier ? Argenton ! Il lui faut l'appeler. Pour savoir s'il est au courant, s'il a une solution, pour qu'il lui dise que ce n'est pas grave. Que ce n'est qu'une mauvaise blague.

Hans Schuller fouille dans son répertoire pour y trouver le numéro de portable de son collègue français. Appel en cours. Interminable. Mais rien ne se passe, seule la voix impersonnelle de la messagerie répond à ses angoisses. Pas vraiment de bon conseil, Argenton, aujourd'hui.

Le ministre ne voit qu'une solution : aller voir le chancelier. Le plus vite possible. Pour lui expliquer, pour le prévenir avant que Tagesschau24 ne sorte l'information et que son nom ne quitte plus le fil d'info de cette chaîne de télévision. Puis des autres.

Il descend rapidement l'escalier du ministère, vide de son personnel à l'exception du service de sécurité, pour rejoindre son véhicule de fonction. Le silence du bâtiment amplifie le bruit de ses chaussures qui claquent sur l'escalier en pierre.

Au sous-sol, la voiture du ministre est prête à repartir. À bord, Kurt Mayer et Dietrich Allmeister. Ils sont eux aussi arrivés très tôt au ministère, vers quatre heures dix, pour déposer leur patron à son bureau. Depuis, ils attendent dans la voiture, c'est ce que Schuller leur a demandé. Les deux anciens du GSG9 veillent sur le ministre dans chacun des instants de sa vie, les bons et les moins bons. Mais aujourd'hui sera un mauvais jour. Le message que Mayer a reçu hier soir de la part du Duc est sans appel : c'est l'heure.

La porte du parking s'ouvre brusquement, laissant apparaître Hans Schuller, visiblement très pressé. À sa vue, Kurt Meyer, son agent de protection, son épaule, sort précipitamment pour lui ouvrir la porte.

— Monsieur, vous avez oublié votre manteau ?

Schuller réalise qu'il n'a pas pris le pardessus qu'il avait en arrivant. Perdu dans ses pensées, il n'a pas senti le froid en pénétrant dans le parking glacial. Mais peu importe, le froid n'est pas sa principale préoccupation ce matin.

— Laissez tomber, Kurt, pas le temps. On fonce à la Chancellerie.

— Bien, monsieur.

Le garde du corps s'approche de la portière arrière droite pour laisser entrer son patron. Il ouvre la lourde porte de la BMW blindée, et s'écarte sur le côté. Le ministre s'engouffre dans le véhicule, pour s'asseoir sur la large banquette. Kurt se penche vers lui.

— Tout va bien, monsieur, vous êtes sûr ?

— Oui. Allons-y, répond fermement Schuller.

Au lieu de fermer la porte comme il fait d'habitude, le garde du corps s'engouffre à son tour dans la voiture, forçant le ministre à se décaler vers la gauche.

— Kurt, qu'est-ce qui se passe ?

— Je suis désolé, monsieur.

Hans Schuller sent une douleur terrible au niveau de sa cuisse. Un bruit étrange, comme une décharge électrique. Il a juste le temps de voir la main de son garde du corps s'écraser une nouvelle fois sur sa cuisse, pour lui infliger un second coup de taser. La douleur est aussi intense que la surprise, le ministre est tétanisé. Ses muscles sont tendus, durs comme de la pierre. Il n'arrive pas à ouvrir la bouche, à demander de l'aide. À appeler au secours. Et à qui demander de l'aider, sinon à celui qui est en train de l'agresser ? Un troisième coup de pistolet électrique termine le travail. Schuller s'enfonce dans l'obscurité, il sent qu'il perd connaissance. Comme si son corps avait décidé de disjoncter, pour arrêter cette douleur et cette sensation infernale. Il s'effondre sur la banquette, tandis que Dietrich Allmeister démarre la voiture et que Kurt Mayer referme la lourde portière derrière lui.

Chapitre 43

Paris. 7 octobre 2023

— Sur CNN ? Vous plaisantez ?

Si Marc du Jonchay n'était pas en train de parler avec Stanislas Monville, il aurait raccroché le téléphone et serait passé à autre chose.

— Marc, je sais que cela peut paraître étrange, mais c'est la vérité. Ils ont également reçu une photo sur laquelle vous apparaissez, avec Argenton, Adams et Oulianoff.

Debout dans son grand bureau, au quatre-vingt-sixième étage de l'une des plus hautes tours de la Défense, Jonchay fixe l'horizon. Plein est. Vers Paris. Le jour est levé depuis peu, et un soleil blafard baigne la capitale d'une lumière étrange, presque surréaliste. Devant lui, son toit-terrasse. Il a l'un des plus beaux bureaux des patrons du CAC40. Une vue à cent quatre-vingts degrés sur la région parisienne, au milieu de quelques plantes. Mais ni la météo ni le froid du matin ne se prêtent à une sortie sur la terrasse.

— Rassurez-moi, ce n'est pas illégal d'être pris en photo avec des acteurs du monde du pétrole, surtout quand on est l'un d'entre eux ?

— Non, bien sûr. Mais quand vous êtes tous dans la maison mauricienne d'un ministre français qui a été payée cash par une banque russe associée à ce même monde du pétrole, même si ce n'est pas illégal, il va falloir vous préparer à vous expliquer.

Un nouveau silence. Jonchay réfléchit. Un long soupir avant de reprendre.

— Stanislas, où êtes-vous, là ?

— À l'agence.

— Bon. Je peux passer vous voir ?

— Bien sûr. Mais vous ne préférez pas que je vienne ?

— Non. Je préfère vous voir dans un lieu plus discret.

— Comme vous voulez.

Jonchay n'en a pas terminé, Stan le sent. Son silence est plein. Plein de sens. Plein de quelque chose qui doit sortir.

— Stanislas, je crois que notre ami Argenton nous cache pas mal de choses. J'ai des informations qui me laissent penser qu'il manœuvre plus qu'il n'est victime. Laissez-moi trente minutes, je vous rejoins. Quelle est votre adresse ?

— Je vous l'envoie par SMS.

— Vous avez déjà entendu parler du Duc ?

— Une fois, oui. Pourquoi ?

— On verra ça tout à l'heure.

Marc du Jonchay raccroche son téléphone, et s'approche de la porte d'entrée de son bureau qu'il entrouvre pour s'adresser à son assistante.

— Estelle, appelez Robert, s'il vous plaît.

— Bien, monsieur.

— Et annulez tous mes rendez-vous de la matinée. Merci, Estelle.

Sans attendre de réponse, le patron d'Oct'Oil est déjà retourné dans son bureau pour enfiler sa veste et ranger les dossiers qui occupent une bonne partie de sa table de travail.

À peine une minute s'est écoulée depuis qu'il s'est adressé à sa secrétaire et quelqu'un frappe à la porte.

— Entrez !

Une armoire à glace pénètre dans le bureau. Costume bleu, chemise blanche, cheveux courts. Mâchoire carrée. Un sportif, ou du moins un ancien sportif, à en juger par ses tempes grisonnantes. Ancien des forces spéciales, il travaille depuis quelques années pour Oct'Oil. C'est le chauffeur de Jonchay, et il assure aussi sa protection, même si le PDG n'aime pas trop ça. L'homme referme la porte derrière lui.

— Robert, nous allons à Paris.

— Bien, monsieur. Déplacement imprévu ? Je ne l'ai pas au planning.

— Oui. Nous allons à l'agence de Stanislas Monville. J'ai cru comprendre que vous le connaissiez ?

— Nous nous sommes croisés dans une ancienne vie.

Jonchay fourre quelques documents qu'il vient de sortir de son coffre-fort dans son cartable, et s'approche de la porte pour sortir. Le chauffeur attrape le manteau de son patron et le tend vers lui pour qu'il puisse l'enfiler avant de descendre. Jonchay passe le bras droit dans la manche du manteau, mais son dos se heurte à une masse imposante. Avant qu'il n'ait pu réaliser, Robert enserre son cou de son bras droit. Marc du Jonchay est figé. Tétanisé par la surprise et par la force de son chauffeur. En un coup sec, l'ancien militaire brise la nuque de son patron, qui s'effondre de tout son poids sur la moquette épaisse. Presque sans bruit.

Robert tend l'oreille. Aucun bruit, personne n'a entendu. Il fait coulisser la baie vitrée du toit-terrasse. Le vent s'engouffre dans le bureau, emmenant avec lui les feuilles d'automne. Le froid est mordant, mais Robert ne sent rien, l'adrénaline fait son œuvre.

L'homme sort sur la terrasse, pour s'assurer qu'il n'y a personne. Vérification inutile, seul Jonchay a l'accès. Et il n'y a aucun vis-à-vis, la tour Oct'Oil est une des plus hautes du quartier. Robert retourne dans le bureau. Il saisit le corps par les aisselles, pour l'asseoir sur le sol. Une masse morte est toujours plus lourde qu'un corps en vie, mais le chauffeur n'en a cure. Il soulève Jonchay, et s'approche sans hésiter de la rambarde de la terrasse. Il hisse le corps à la hauteur de la paroi vitrée, puis le fait basculer dans le vide. Sans même regarder le cadavre chuter, Robert retourne dans le bureau. Il raccroche le manteau à la patère, saisit le cartable de Jonchay, le vide de ses documents qu'il cache dans son dos, à l'intérieur de son pantalon, sous sa veste. Puis, Robert se met à hurler :

— Non ! Non ! Monsieur ! Ne faites pas ça !

Il se précipite vers la terrasse, comme pour empêcher quelqu'un de sauter. Quelques secondes plus tard, Estelle, l'assistante, entre dans le bureau précipitamment. Elle court vers la terrasse, pour rejoindre le chauffeur.

— Qu'est-ce qui se passe ?

— Jonchay ! Il vient de se jeter dans le vide !

Chapitre 44

Berlin. 7 octobre 2023

La lourde BMW s'arrête sur le pont Oberbaum, au centre de l'ouvrage qui enjambe la Spree, reliant les deux rives de Berlin. Ce pont à double étage, entièrement construit en briques à la fin du XIXe, est peu emprunté à cette heure matinale. Une ou deux voitures roulent à vive allure pour traverser la ville, et sur l'étage supérieur, un métro se fait entendre, certainement l'un des premiers de la journée.

Allmeister coupe le contact, ainsi que les feux de position. Il jette un œil dans les rétroviseurs, puis se retourne vers la banquette arrière.

— Vas-y, Kurt, personne pour l'instant.

Le pont est encore plongé dans l'obscurité, la mairie ayant décidé ne plus éclairer ses monuments pendant la nuit, et le jour est encore loin de se lever. Avant d'ouvrir la porte, le garde du corps, assis à côté de son ministre, prend le soin d'éteindre le plafonnier. Il se penche vers Hans Schuller, encore assommé par les coups de taser reçus quelques minutes plus tôt. Le ministre tente de balbutier quelques mots, pour appeler au secours, supplier celui qui le protège depuis tant d'années de l'aider. Kurt s'approche de son oreille.

— Désolé, monsieur. Il se prépare quelque chose qui nous dépasse, vous et moi. Je suis vraiment désolé.

Sans plus réfléchir, Kurt Meyer enfonce son taser dans la poitrine du ministre. Schuller se crispe, tout son corps se tend. La décharge du pistolet électrique est longue, douloureuse, comme si on enfonçait un fer rouge dans son torse. Il sent ses mâchoires se crisper, ses dents vont exploser tant la pression est forte. Aucun son ne peut sortir de sa bouche.

Le bourreau cesse enfin. Il sort rapidement de la voiture par la droite, puis tire sur la veste de costume du ministre pour l'extirper de la BMW. À peine extrait du véhicule, Schuller sent qu'il est saisi par les bras de Kurt Meyer. Soulevé de terre, il ne peut réagir, son corps est complètement tétanisé par les chocs électriques répétés. Le garde du corps s'approche du parapet du pont, pose le corps de Schuller sur le rebord en pierre, et le fait basculer dans la Spree. Le silence, pendant quelques instant, et puis un bruit d'eau.

Hans Schuller vient de toucher la surface de la Spree. Un terrible choc, une chute de plusieurs mètres. L'eau est glaciale, mais le ministre ne sent pas la température. Son corps est trop crispé, presque insensibilisé. Mais l'absence d'air, Schuller la perçoit tout de suite. Il vient d'avaler de l'eau en voulant respirer. Le froid envahit l'intérieur de son corps, il tente de respirer une nouvelle fois. Toujours de l'eau. Et son corps qui est aussi lourd qu'une pierre. Schuller essaie de lever la tête, pour voir au-dessus, voir la surface, apercevoir le plongeon de quelqu'un qui viendrait à son secours. Mais rien. La surface reste intacte.

Seule la légère lueur du ciel fait se détacher la silhouette du pont Oberbaum. Lentement, Schuller se sent couler au fond de la rivière. Une dernière vaine tentative pour respirer, avant que l'obscurité n'enveloppe complètement le ministre.

Sur le pont, Kurt Meyer remonte dans la BMW, à la place du passager avant. Son collègue se tourne vers lui.

— Alors ?

— Il a coulé. Dommage. C'était quelqu'un de bien.

— Tu regrettes ?

— Nous ne pouvons plus reculer. Tu appelles le central ?

Dietrich prend la radio du véhicule et annonce :

— Central ! Central ! Ici le véhicule BW01, véhicule BW01 ! Le ministre Schuller vient de se jeter dans la Spree, à la hauteur du pont Oberbaum ! Le ministre vient de se jeter dans la Spree !

Pendant que Allmeister contacte leur autorité, Meyer tape un message sur son portable :

« Prévenez le Duc. Schuller a quitté la scène. »

Alors que la radio du véhicule se met à cracher les demandes du central pour essayer de comprendre ce qui s'est passé, Dietrich se tourne vers son collègue.

— Tu ne penses pas que les traces de taser sur le corps de Schuller vont faire douter de l'hypothèse de la noyade ?

— Le temps qu'on le repêche, et qu'un légiste se penche sur les marques sur le corps, l'opération sera largement entamée. À ce moment-là, personne ne s'intéressera plus aux traces de taser sur le corps du ministre.

Chapitre 45

Bièvres. 7 octobre 2023

— Pour la compagnie ! À mon commandement ! Garde à vous !

La compagnie républicaine de sécurité est rassemblée sur la place d'armes pour le briefing de la journée. Un de plus. Dans le froid. Si les tenues de maintien de l'ordre sont idéales pour se protéger des flammes d'un cocktail Molotov, elles ne sont pas faites pour travailler dans le froid. Le commandant de compagnie tonne :

— Repos !

Les hommes se relâchent. On fait bouger les doigts pour les réchauffer.

— Messieurs, vous savez que la journée va être longue. Aujourd'hui c'est la manifestation pour le climat. Nous allons être déployés au contact des manifestants, en tête de cortège, place de la Bastille. Alors, il va falloir faire preuve de tact et de diplomatie. Je sais que nous enchaînons les missions, mais je compte sur vous.

Dans les rangs, France soupire. Elle est la capitaine de la compagnie, la commandante en second, il ne faut pas qu'elle montre son agacement quant à ces missions qui s'enchaînent, ces missions qui ne servent à rien, ces missions dont elle ne veut plus. Le commandant reprend :

— Par ailleurs, la hausse des prix de l'essence a fait exploser le nombre des agressions dans les stations-service, et la direction centrale veut nous déployer pour escorter les convois d'approvisionnement de carburant et protéger la distribution dans les stations du sud de Paris.

Une rumeur parcourt les rangs. Les hommes sont fatigués, et on leur en rajoute. France ne peut se retenir de souffler, entre ses dents, un : « Fait chier… » « Métier de merde… »

Le commandant entend la rumeur.

— Bien ! Je sais que vous en avez marre, mais c'est notre mission. Les chefs de section vont vous donner les consignes spécifiques. Pour les sections Protection Intervention, comme d'habitude, vous serez sous les ordres de la capitaine Colombani pour sécuriser la tête du cortège.

Et il hurle, sans temps mort :

— Compagnie ! Garde à vous ! À disposition des chefs de section !

Alors que les lieutenants prennent leurs équipes en charge, France ne pense qu'à une chose : tenir encore quelques heures. Le Duc lui a dit : plus que quelques heures…

Chapitre 46

Paris. 7 octobre 2023

L'horloge vient d'afficher neuf heures quinze. Et Jonchay n'est toujours pas là. La Défense n'est pas à côté de l'agence, et la circulation est chaotique, mais le temps commence à être long. Le négociateur va se faire couler un café, visiblement le dernier, car le stock est vide. Mauvaise journée.

Le téléphone vibre. Stan regarde, s'attendant à voir le nom de Jonchay, pour le prévenir qu'il est en bas. Mais c'est celui d'Arthur qui apparaît. Stan lui a envoyé un message au lever du jour, pour avoir des nouvelles, sans avoir reçu de réponse. Il décroche et met le haut-parleur, pour laisser l'appareil sur la table.

— Bonjour Arthur. Je ne te demande pas si tu as bien dormi…

Pas de réponse. Quelques secondes se passent. Le négociateur insiste :

— Arthur ?

La voix du chef de cabinet est étranglée :

— Argenton.

— Quoi, Argenton ?

— Il s'est suicidé !

Le négociateur sent sa respiration s'arrêter. Comme s'il avait pris un uppercut. Il lui faut quelques secondes pour retrouver ses esprits.

— Comment ça, suicidé ? Qu'est-ce qui s'est passé ?

— C'est une catastrophe. Il est mort, Stan.

Arthur ne répond pas. Stan doit reprendre la main sur la discussion, il lui faut des informations.

— Écoute, je comprends que tu sois bouleversé. Tu viens de perdre ton ami. Mais j'ai besoin que tu me dises ce qui s'est passé.

Au bout du fil, Stan sent la tension de son ami. La tension de l'évènement. Impossible. Inadmissible pour le directeur de cabinet. Inacceptable pour l'ami. Mais Stan a besoin de comprendre.

— Où est le corps ? Au ministère ? Tu as appelé les secours ?

— Non. Il est parti avec les pompiers. Mais il était mort avant.

— Qui l'a trouvé ?

— C'est moi. C'est moi qui l'ai trouvé, Stan ! Putain ! Pourquoi il a fait ça ?

Le choc a l'air d'avoir complètement bouleversé Arthur.

— Tu l'as trouvé comment ? Je suis désolé de te poser ces questions mais je dois savoir exactement comment ça s'est déroulé. Redis-moi ce que tu as fait depuis que tu es arrivé au ministère.

Arthur prend quelques secondes pour se ressaisir.

— Je suis arrivé au ministère vers sept heures trente. Je pensais trouver Pascal dans son bureau en train de dormir, mais le bureau était fermé. Je lui ai envoyé un message pour savoir s'il était rentré chez lui.

— Il t'a répondu ?

— Non, rien. Je suis descendu au bureau des huissiers, puis au service de sécurité. Personne n'avait vu Pascal, ni entrer ni sortir. J'ai attendu jusqu'à huit heures cinquante. Toujours pas de nouvelles. Je l'ai appelé sur son portable, et j'ai entendu la sonnerie dans son bureau. Je suis allé demander le double de la clé au service de sécurité.

— Tu n'as pas la clé de son bureau ?

— Celle de la serrure principale. Mais pas celle du verrou, seul Pascal avait la clé, avec un double dans le coffre-fort du service de sécurité.

— Pourquoi ce verrou ?

— Quand il avait besoin d'être tranquille.

— Donc, tu as fait ouvrir la porte.

— Oui. Nous sommes entrés avec un agent de sécurité. Pascal était assis dans son fauteuil, la tête posée sur le bureau. Nous nous sommes précipités, pour le redresser. Il était déjà froid. C'était horrible.

— Comment s'est-il suicidé ?

— Il y avait trois boîtes de Stilnox vides sur le bureau. Il a tout avalé.

— Vous avez essayé de prendre son pouls ?

— Il était tout froid, je te dis !

Difficile d'en vouloir à Arthur de s'emporter. Stan connaît ces réactions cycliques, entre colère et effondrement, quand on affronte la mort d'un proche.

— Vous avez appelé les secours ?

— Oui, les pompiers de la caserne Lemoine sont arrivés très vite. Ils n'ont rien pu faire.

Stan ne peut s'empêcher de penser à la phrase de Jonchay, sur Argenton, qui pourrait avoir caché des choses. Ce qui pourrait expliquer un suicide. Ou une mascarade de suicide.

— Arthur, le médecin des pompiers a constaté le décès ?

— Constaté quoi ?

— Est-ce que tu as entendu le médecin dire qu'il a constaté le décès de Pascal Argenton ? avec une heure ?

— Non, mais pourquoi ?

Doit-il faire part de ses doutes à Arthur ? Non, pas maintenant. Ce n'est pas le moment. Mais le négociateur doit en avoir le cœur net.

— Tu as prévenu la police ?

— Non. Je t'ai appelé dès que les pompiers ont emmené le corps.

— Bon, laisse-moi faire, je vais appeler mon ami Sofiane, le ministère est sur sa circonscription.

— Ok. Qu'est-ce que je fais ?

— Rien. Reste là. Tu veux que j'appelle Elia pour qu'elle vienne te rejoindre ? Elle pourrait te donner un ou deux calmants.

— Non, ne lui dis rien. Je vais bien. Je suis sous le choc, mais ça va aller…

— Ok. Je te tiens au courant dès que j'ai eu Sofiane.

Chapitre 47

Paris. 7 octobre 2023

Les moments de doutes sont compliqués. Chauds et amers à la fois. Quand le doute arrive au bon moment, il challenge, il chahute, il amène les bonnes questions, il évite parfois les problèmes. Quand il arrive trop tard, il apporte regret, culpabilité. Remords.

À l'heure où elle va fermer son petit appartement, Lara doute. Elle sait que la manifestation pour le climat ne sera pas comme les autres. D'abord parce que Sarah-Lou le lui a dit. Elle a l'air très bien informée, la petite Italienne. Elle savait pour les manifestations violentes du passé, pour les EcoWarriors, pour l'implication de Lara. Les arrestations.

Ensuite il y a eu la conversation avec Elia. Son intuition, ses craintes, sa recommandation de ne pas manifester.

Enfin parce qu'elle a l'intuition qu'il va se produire quelque chose. Elle ne sait pas encore si ce sera bien ou mal, mais ce sera un tournant. C'est certain. Alors, pourquoi ce doute aussi tenace au moment d'éteindre la lumière et de refermer la porte de son appartement d'étudiante ? Arrive-t-il trop tôt ou trop tard ?

Elle s'est engagée à aller jusqu'au bout, alors il ne faut pas lâcher.

Chapitre 48

Paris. 7 octobre 2023

Le temps semble s'accélérer autour de Stan. Le négociateur a l'habitude de gérer des évènements qui s'entrechoquent. Mais il est rarement aussi impliqué personnellement. La dernière fois, il avait failli perdre sa fille. Aujourd'hui, il se trouve pris dans ce qui pourrait être un scandale. Un scandale qui pousse un ministre à se suicider. Il a été photographié avec quelqu'un qui vient de mettre fin à ses jours. Ou qui a tout organisé. Dans les deux cas, c'est une mauvaise nouvelle. Dans la tête de Stan, tout fuse, les informations se mêlent, se comparent, s'évaluent les unes par rapport aux autres. Cette effervescence intellectuelle contraste avec le calme absolu qui règne dans la salle de réunion du sous-sol de l'agence.

Avec le suicide d'Argenton, il en a oublié Marc du Jonchay, qui doit le rejoindre au bureau. Stan se décide à l'appeler, pour savoir où il en est. Mais rien, son téléphone tombe directement sur sa messagerie. Mauvais pressentiment. Les choses prennent un tour qu'il n'apprécie pas du tout.

Il faut aller au ministère, pour rejoindre Arthur. C'est là que les choses ont commencé, c'est là que se trouvent les réponses. Peut-être. L'ancien flic n'en est même pas certain, mais rester dans la salle de réunion de l'agence ne lui apportera rien. L'appel du terrain, comme d'habitude. Il vaut mieux être au contact de ce qui se passe pour espérer influencer l'action. Stan remonte l'escalier quand Moïse apparaît, tel un bonhomme de neige sorti d'une bûche de Noël.

— Salut, Moïse.

— Salut, Stan. Vu ta tête, tu n'as pas dormi.

— Peu et mal dormi. Et toi, reposé ?

— Bof. Tu as eu du neuf depuis hier soir ? Argenton a dû faire une drôle de tête quand tu lui as parlé de sa société et du financement russe…

— Tu ne crois pas si bien dire. Il s'est suicidé cette nuit.

Moïse sourit, comme si c'était une blague. Mais Stan n'a pas la tête à rire, et l'Israélien se fige.

— Tu déconnes ? Argenton suicidé ?

— Oui, apparemment. Arthur l'a trouvé ce matin dans son bureau, avec des boîtes de médicaments vides.

— Pourquoi dis-tu apparemment ?

— Parce que j'ai eu Jonchay d'Oct'Oil au téléphone tout à l'heure. Il sait des trucs sur Argenton et doit passer à l'agence. Je l'attends depuis une bonne heure.

— Et c'est pour ça que tu repars ?

— Non, je vais rejoindre Arthur au ministère. Si Jonchay arrive, tu m'appelles, mais j'en doute.

— Putain, c'est quoi, cette histoire ?

— Je ne sais pas. Remets-toi derrière tes bécanes, et va fouiller dans les boîtes mail des médias. Tu as eu Matthias ?

— Oui, il arrive.

— Appelle aussi Nathalie, si le scandale éclate, j'aurai besoin d'elle pour piloter la communication de crise.

— Ok, je l'appelle.

Tout en terminant sa phrase, Stan enfile son blouson. Un vieux bomber PJS, qui ne le quitte que quand le printemps revient. Son taxi vient de se garer devant l'agence. Juste quelques mètres dans le froid avant de s'enfermer dans la voiture.

— Où va-t-on, monsieur ?

— Au ministère de la Transition écologique, s'il vous plaît.

Le taxi démarre doucement. Pas un bruit. Le plaisir des voitures électriques. En ce moment, il est préférable d'éviter les pompes à essence. Stan saisit son téléphone et entre le numéro de portable de Sofiane.

— Salut, Sofiane. Tu es au courant pour Argenton ?

Pas de préliminaires. Et le négociateur connaît déjà la réponse, ou alors la police a bien changé depuis qu'il l'a quittée.

— Évidemment. Les pompiers ont fait un signalement. Un ministre qui se fout en l'air, autant te dire que mon téléphone n'arrête pas de sonner.

— Tu as vu le corps ?

— Pourquoi cette question ?

Sofiane connaît parfaitement Stan, il sait qu'il ne demande pas ça par hasard.

— Un pressentiment. Tu te rappelles le Duc, dont tu m'as parlé quand nous avons dîné chez toi ?

— Oui, un nom qui ressort sur des écoutes.

— Jonchay m'a demandé tout à l'heure si j'avais déjà entendu ce nom.

— Qu'est-ce qu'il t'a dit exactement ?

— Rien pour l'instant, mais il me rejoint à l'agence. Apparemment, quelqu'un en saurait pas mal sur une affaire qui implique Argenton. Une magouille financière. Ou un piège dans lequel on les a fait tomber.

— Si Argenton est mouillé, pourquoi tu doutes ?

— Marc du Jonchay avait l'air très pressé de venir me parler d'Argenton. Et comme il y a pas mal de choses qui s'agitent en ce moment, je me demande si le ministre est vraiment passé outre-tombe.

Sofiane réfléchit, Stan le sent. Il sait que le policier intègre les informations. Il entend presque fonctionner son cerveau.

— Tu penses que c'est Argenton, ce Duc dont tu parles ?

— Je ne sais pas. Tu sais où est le corps ?

— Les pompiers l'ont amené à l'institut médico-légal. Comme toujours pour un suicide.

— Tu peux aller voir ?

— C'était prévu. J'ai demandé qu'on fasse venir ton ami Arthur de Lamarre au commissariat du VIIIe pour lui poser quelques questions.

— Vas-y tout doux, Argenton et lui étaient très proches.

— L'OPJ qui s'occupe de l'enquête est un pro, ne t'inquiète pas.

Tout en tenant son téléphone à l'oreille, Stan fait signe au taxi de s'arrêter sur le bord de l'avenue qui mène au ministère de la Transition écologique : inutile de s'y rendre si Arthur est au commissariat.

— Tu penses que je dois rejoindre Arthur au CP 8 ?

— Stan, je te connais. Tu vas perturber l'enquête.

— Promis, je ne bronche pas.

— Non ! Tu attends que je te donne des nouvelles, je ne veux pas te voir au commissariat pour l'instant.

Chapitre 49

Tallinn. 7 octobre 2023

Autour de la table, tous les yeux sont tournés vers Astana. Les derniers membres de l'équipe sont arrivés. Tous ont pris leurs quartiers au cœur de l'ancienne salle de marché devenue ce qui ressemble à une *gaming room*. Le plus âgé a à peine dépassé la trentaine, le plus jeune sort de l'adolescence. Mais « la valeur n'attend point le nombre des années », comme le faisait dire Corneille à Rodrigue. Dans cette grande pièce surchauffée se trouve la fine fleur du hacking européen. Tous sont des cadors dans leur domaine : cryptologue, cryptolocker, développeurs, darkwebmaster, backdoor hunter, patcher, rien de ce qui se trouve sur Internet ne leur échappe. Et tous attendent la révélation : qu'est-ce qu'ils font ici ?

Astana les connaît tous, personnellement. Elle connaît leurs talents, leurs exploits, mais aussi leur impatience. Voilà plusieurs jours qu'ils enchaînent les tests, les branchements, les set-up. Il faut donner du sens à ce qu'ils font, sinon, on va perdre leur énergie. Et dans ce job, l'énergie, c'est la clé de l'efficacité. Il faut leur parler.

— Bon, je sais que vous attendez tous de savoir pourquoi nous sommes rassemblés ici.

Les sourires et les regards qui se croisent expriment autant l'enthousiasme que la curiosité.

— Alors, autant vous le dire, même moi je ne connais pas la finalité exacte de cet endroit. Mais ce que je sais, c'est que nous allons lancer dans quelques heures la plus grande action de hacking à laquelle vous auriez pu rêver de participer. Et certainement celle qui pourrait changer le monde.

Bogdan interroge :

— Changer le monde ? Tu vas nous dire ce que c'est ou non ?

— Quelques heures, je t'ai dit. Vous commencez à vous connaître, vous savez ce dont vous êtes capables, ce que vous avez déjà fait dans le passé. Ce n'est rien par rapport à ce qui va se passer ici dans quelques heures.

Chapitre 50

Paris. 7 octobre 2023

Le soleil est clair en cette fin de matinée. Il ne parvient pas à réchauffer l'atmosphère, mais la lumière donne une illusion de presque beau temps. La voiture du commissaire divisionnaire se gare devant l'IML, à deux pas de la Seine. Le métro aérien de la ligne 5 fait entendre sa cadence métallique désagréable, et les piétons qui cavalent sur le trottoir enfoncent leur tête dans leur manteau.

Les bâtiments sont à la hauteur de l'activité qu'ils abritent : fonctionnels, froids et lugubres. Sofiane sort de la voiture rapidement pour s'engouffrer dans le couloir central tandis que son chauffeur manœuvre pour trouver une place sur le parking déjà saturé. Il est toujours surpris par cette odeur froide qui occupe les lieux, presque la même odeur que l'on peut sentir dans une boucherie.

En quelques pas, le commissaire divisionnaire arrive devant le bureau de l'administration. Debout, dans l'encadrement de la porte, une blouse blanche et un visage connu.

— Bonjour, docteure Fayzal !

— Bonjour, monsieur le commissaire !

La docteure sourit : elle connaît Sofiane depuis des années, depuis son stage de commissaire à la préfecture de police. Ces deux-là s'apprécient.

— Mon cher Sofiane, je suppose que tu viens pour le ministre ?

— Absolument, Isa. Le corps est arrivé ? J'ai vu le véhicule des pompiers sur le parking.

— Oui, il est installé en salle d'examen. Mais bon, je n'ai pas trop de doutes sur les causes de la mort.

— Médicaments ?

— Oui. À condition qu'il les ait avalés un par un par le trou qu'il s'est fait à la tempe droite.

Sofiane marque un moment de surprise. Il écarquille les yeux, à la grande joie de la médecin légiste.

— Ah ! Visiblement, tu n'étais pas au courant. Viens voir...

Sans attendre la réponse, la docteure Fayzal se dirige vers le couloir du fond, immédiatement suivie par le policier. Comment peut-on travailler chaque jour entouré de morts, entouré d'histoires plus sordides les unes que les autres, entouré par le chagrin et les larmes ? Sofiane a toujours eu beaucoup d'admiration pour la légiste, qui hante l'IML depuis bientôt vingt ans. Une belle femme, blonde, grande. Toujours le sourire. Toujours le mot pour faire sourire, malgré les circonstances tragiques des rencontres. Il faut au moins ça pour faire ce job.

La médecin légiste pousse une porte à demi vitrée avec un bruit de grincement qu'on ne retrouve que dans les hôpitaux. Sofiane lui emboîte le pas, et les deux se retrouvent dans une pièce sombre, encore plus froide que le reste du bâtiment. Sur une table en inox, un corps, toujours habillé. L'homme a l'air d'avoir une cinquantaine d'années. Une chemise blanche maculée de sang, et un pantalon de costume sombre. Sur le visage de l'homme, un air de sérénité. Au niveau de la tempe droite, un orifice noir.

— Voilà ton ministre. Une balle dans la tempe droite. Petit calibre, je dirais un 22 long rifle. Pas d'orifice de sortie, la balle est encore dedans. A priori une munition sous-chargée.

— Sous-chargée, donc subsonique. Un silencieux ?

— Ça, on ne le saura que si tu retrouves l'arme. Moi, je pourrai juste te récupérer l'ogive quand j'aurai ouvert ce crâne comme un œuf à la coque.

Isabelle Fayzal accompagne sa dernière phrase d'un haussement de sourcil. L'humour, un moyen de passer au travers de tant de malheurs et de tristesse. Contente de son effet, la médecin légiste poursuit :

— Tu le reconnais ? Moi, je ne l'ai vu qu'à la télé.

— Je l'ai rencontré plusieurs fois. Laisse-moi voir.

Sofiane s'approche du corps, et se place à hauteur du visage. Il examine longuement, puis se recule.

— Oui. C'est Pascal Argenton. Je dois passer un coup de fil.

— Avec un ministre qui s'est flingué sur ta circo, tu n'es pas près de t'arrêter de passer des coups de fil, mon grand.

Sofiane sort de la salle et remonte le couloir vers l'entrée principale, avec le désir inconscient de retrouver la lumière et l'air frais. Tout en marchant, il compose le numéro de Stan.

— Stan, je suis à l'institut médico-légal.

— Tu as vu le corps ?

— Oui.

— Alors ? C'est bien Argenton ?

— Oui. Aucun doute. C'est le ministre.

Stan aurait préféré que ce ne soit pas lui, que son intuition ait été la bonne. Parce que Argenton aurait été parfait dans le rôle de ce Duc qui a l'air de tirer les ficelles. Teresa, la maison des Roches Noires, les virements. C'était plutôt logique. Mais visiblement, ce n'est pas lui : pourquoi se suicider alors qu'aucune révélation n'est encore publique ? Il va falloir revoir les hypothèses. D'autant que les chaînes d'information viennent d'annoncer que Jonchay s'est jeté du haut de la tour Oct'Oil. Il n'est pas près de lui raconter ce qu'il savait sur Argenton. Mais c'est le signe que c'est une très grosse affaire.

Sofiane l'interrompt dans ses réflexions.

— Quand Arthur de Lamarre t'a appelé, il t'a dit qu'il avait trouvé le corps ?

— Oui. Il a dit qu'il y avait des boîtes de médicaments sur le bureau.

— La chemise d'Argenton est couverte de sang, il ne peut pas ne pas avoir vu. Il t'a menti.

Le négociateur maîtrise sa voix, mais la colère s'installe. Le petit goût métallique sur le bout de langue qui apparaît quand cette émotion arrive. Le signal qu'il lui faut maîtriser la montée, pour que cela ne se voie pas, pour que la colère ne se dégrade pas. Parce que oui, Arthur, son ami, lui a menti.

— Sofiane, je te rejoins au commissariat ?

— Oui, je m'y rends tout de suite. J'ai pas mal de questions pour M. Lamarre.

Alors qu'il demande à son taxi de reprendre la route vers le commissariat du VIIIe, un message de Spano apparaît sur son téléphone :

« Il se prépare un truc énorme. Je ne sais pas quoi mais j'ai un pressentiment bizarre. »

Chapitre 51

Paris. 7 octobre 2023

La circulation est difficile sur les grandes avenues. Tout comme dans les rues adjacentes aux Champs-Élysées, qui sont encore plus bouchés qu'à la normale. Comment se peut-il que Paris soit si embouteillé à n'importe quelle heure de la journée ou de la nuit, alors que le prix de l'essence n'a jamais été aussi haut ?

Stan s'interroge sur le fait qu'il est peut-être plus judicieux de terminer son trajet à pied – le commissariat du VIIIe est à quelques centaines de mètres – quand son téléphone vibre une nouvelle fois. Moïse appelle.

— Stan, tu as vu les infos ?

— Non, je suis dans un taxi.

— Branche-toi sur France Info, ou BFM. C'est sur toutes les chaînes. L'affaire. Les suicides. Jonchay, Argenton, Schuller.

— Schuller ? Le ministre allemand ? Il s'est suicidé ?

— Oui, il s'est balancé dans le fleuve à Berlin ce matin.

— Fais-moi une synthèse, ce sera plus simple.

— Bon, pour faire bref, les grands groupes pétroliers internationaux, parmi lesquels figure Oct'Oil, financent le train de vie des politiciens européens depuis des années. En échange, ces mêmes politiciens maintiennent les prix du pétrole au plus haut pour que tout le monde se gave.

— Putain, c'est la merde.

— Matthias est avec moi, on ne cherche même plus dans les boîtes mail des journalistes, tout est à la une de toutes les chaînes d'info. Nathalie nous rejoint.

Le puzzle se met en place dans la tête de Stan. Le voyage à Maurice, la maison des Roches Noires, Teresa, les photos, les virements. Ça sent le piège à plein nez, mais on ne désamorce pas une bombe qui vous a déjà explosé au visage. Moïse poursuit :

— Autant te dire que tout ça est organisé, les chaînes infos ont un package complet à balancer sur Argenton. Ils ont les photos de la soirée à Maurice, les copies des virements, ils balancent le nom de la société Kalima, de la Banque industrielle de la Fédération de Russie. Elle aurait versé des dizaines de millions d'euros depuis les cinq dernières années. Et comme par hasard, son président meurt d'une crise cardiaque il y a quelques jours.

— Et les journalistes posent les bonnes questions ?

— Même pas ! on leur donne des réponses toutes faites avant même qu'ils n'aient l'idée de poser la question qui va avec.

Une boule se forme dans l'estomac de l'ancien flic. Il ne sait que trop comment s'organise un lynchage médiatique. Il faut qu'il sache.

— Et moi ? Je suis nommé ? On me voit sur les photos ?

— Non, tu n'apparais nulle part. Ni photo ni documents bancaires, rien du tout.

Il souffle. Assez fort pour que l'Israélien l'entende.

— Tu étais inquiet ?

— Je sais que je n'ai rien touché. Mais tu sais comme moi que l'innocence n'est pas très à la mode, en ce moment.

— Bon, qu'est-ce qu'on fait, alors ?

— Continuez à monitorer ce qui se passe et ce qui se dit. Tiens-moi au courant chaque fois qu'une nouvelle info arrive. Et essayez d'identifier le point commun à tous ceux qui sont impliqués, c'est peut-être là qu'on trouvera un début de piste.

— Ok.

Tandis que le taxi se faufile tant bien que mal au travers de l'enchevêtrement de véhicules en direction du Grand Palais et du CP 8, Stan est taraudé par une question qui le hante depuis ces dernières heures : à qui profite le crime ? À qui servent ces révélations qui mettent à mal ces hommes politiques et le monde du pétrole ? Est-ce une manœuvre pour déstabiliser le pays, comme le pensait Argenton ? Ou pour faire s'effondrer le cours de l'action Oct'Oil ? Une OPA ? Pourquoi vouloir discréditer tout ce beau monde ?

Le négociateur est perdu. Trop d'informations, trop d'enjeux, trop d'hypothèses. Il déteste cette situation, comme si le collet se resserrait autour de son cou. Il lui faut des réponses. Et c'est Arthur qui peut les lui apporter.

Chapitre 52

Paris. 7 octobre 2023

— Vous avez vu les infos sur les réseaux ? Un truc de dingue !

Sarah-Lou n'est pas peu fière de son effet. Visiblement, la petite bande rassemblée au bas de la rue Broca n'a pas écouté les informations.

— Un syndicaliste vient d'être interviewé, il a dit que la manifestation qui allait démarrer ne quitterait pas Bastille tant que tous les fumiers du gouvernement n'auraient pas démissionné !

— Mais c'est quoi, ton histoire ? demande un des jeunes hommes du groupe.

— Des magouilles du pétrole ! répond Sarah-Lou. Les ministres sont tous pourris, c'est Oct'Oil qui a payé leurs baraques et leurs montres de luxe, à ces blaireaux. Depuis ce matin, ça se suicide à tout va. Bon débarras ! finit l'Italienne en crachant par terre.

Les rires fusent. Les quelques personnes que Lara ne connaissait même pas il y a encore une heure rient de la mort de ceux qu'ils détestent. Sans même savoir qui ils sont. Qui ils étaient. Ni se demander s'ils avaient une famille. Des enfants.

— Le gars d'Oct'Oil s'est jeté du haut de la tour, j'imagine le steak tartare à l'arrivée ! lâche un des garçons.

Les rires redoublent. Lara est mal à l'aise. Celles et ceux qui l'entourent n'ont certainement pas côtoyé la mort comme elle.

— Bon, en tout cas, c'est le moment d'aller demander des comptes, relance Sarah-Lou. Aujourd'hui, on sait pourquoi on paye l'essence à ce prix. Les syndicats ont dit que personne ne bougerait de Bastille, alors on ne bougera pas !

— Ouais ! Et s'il faut tout péter, on sait faire, pas vrai ? renchérit le plus âgé du groupe.

Ils sont sept, à piétiner pour se réchauffer. Pour passer le temps. Pour canaliser une énergie qui déborde. Il y a trois filles, quatre garçons. À part Sarah-Lou, Lara ne connaît personne : ni ce qu'ils font ici ni ce qu'ils veulent faire dans la manif. Et puis, sait-elle vraiment qui est Sarah-Lou ?

La bande s'échauffe. Le goût du sang. Ou l'effet de groupe, qui galvanise autant qu'il déresponsabilise. Lara se donne une contenance, elle ne veut pas être la rabat-joie de service. Elle fait semblant de rire, comme les autres. Elle s'approche de son amie.

— Sarah-Lou ? Tu savais pour les révélations ? Quand tu m'as dit que la manif serait spéciale, tu savais ce qui allait sortir ?

— Ne pose pas de questions, Lara, profite…

Chapitre 53

Paris. 7 octobre 2023

Les véhicules des sections de protection et d'intervention se sont positionnés boulevard Richard-Lenoir. Deux sections, dix véhicules, soixante bonshommes. Et la « blanche », le C25 dans lequel se trouve le café chaud, indispensable.

Alignés sur la droite du boulevard Richard-Lenoir, en direction de la place de la Bastille, les véhicules des SPI ont plutôt fière allure. En apparence. Quand on s'approche de plus près, les cicatrices apparaissent : feux brisés et recollés à la va-vite, impacts de pierres ou de boulons sur les carrosseries, traces de peinture mal nettoyées… Si les camions des CRS pouvaient parler, ils raconteraient la lente montée en tension des manifestations de ces derniers mois. D'ailleurs, ce n'est pas un hasard si ce sont les SPI qui seront positionnés en tête de cortège : équipés de tenue les faisant ressembler aux Tortues Ninjas, ils sont spécialisés dans la gestion des casseurs dans les manifs. « Gestion », le terme n'est peut-être plus le bon : voilà des mois que la police ne gère plus grand-chose, elle évite juste que les dérapages ne soient trop visibles dans les médias. Les casseurs ont bien compris que pour exister, il ne suffisait plus de s'en prendre aux queues des manifestations, et qu'il valait mieux attaquer les cortèges en tête, là où se trouvent les journalistes. De petits groupes ultra-rapides, bien coordonnés, peuvent harceler une manifestation sans jamais se faire attraper.

France a conscience que ses équipes ne servent qu'à prendre les coups et à maintenir un ordre qui n'existe presque plus. Mais aujourd'hui, c'est différent : plus question de se laisser marcher sur les pieds par les casseurs, par les gauchistes, par les hooligans. Aujourd'hui, c'est son heure de gloire. Pour sa fille. Elle n'a pas bu depuis plusieurs jours. Elle doit être en possession de tous ses moyens. Être précise et avoir la tête froide.

Dans le véhicule de tête, les deux brigadiers et les deux lieutenants-chefs de section sont assis en cercle. Le véhicule de commandement est équipé de sièges pivotants, permettant au capitaine de voir tous ses adjoints en même temps. La capitaine de police regarde chacun dans les yeux.

— Bon. Grosse manifestation aujourd'hui, vous l'avez compris. Peut-être la plus grosse de l'année. Les renseignements territoriaux annoncent au moins un demi-million de personnes. Des rassemblements sont en train de se former aux quatre coins de Paris, et tout ce beau monde va converger vers nous. Point de contact prévu entre quinze et seize heures place de la Bastille.

Elle laisse un silence, pour que chacun réalise l'ampleur de l'évènement. France continue :

— Nous serons aux premières loges. Devant la manifestation, en tête de cortège. Cela veut dire que nous serons devant l'œil des caméras de tous les médias, et durant tous les discours des leaders politiques et syndicaux qui vont se succéder. Donc… attention aux comportements ! On ne dérape pas, on garde son calme, et nous irons tous nous coucher avec la conscience tranquille ce soir.

Les officiers et les brigadiers se regardent en souriant. Bensalah lâche :

— On ne peut pas aller se coucher tout de suite, capitaine ?

France sourit à son tour. Cela ne fait pas de mal de détendre l'atmosphère.

— Vous irez vous coucher quand on aura fini, ok ?

— Bon, tant pis, achève le brigadier sous les sourires des autres.

La capitaine reprend :

— On attend des casseurs sur le long du cortège, et la préfecture de police craint une action violente sur l'avant de la manif. C'est pour cela que nous sommes là. Alors, dispositif un peu exceptionnel aujourd'hui : je veux un gardien avec un G36, au cas où.

Un des lieutenants intervient :

— Un fusil automatique en maintien de l'ordre ? C'est inhabituel, non ?

— Je sais, lieutenant. Consigne de la direction générale. Alors, discret. Crosse repliée, le G36, pour que ça n'attire pas l'œil des journalistes. Un gardien qui reste avec moi et la radio, ok ?

— Bien reçu.

— Parfait. Faites déjeuner rapidement vos gars, on se met en place dans trente minutes.

France a toujours aimé ces ambiances de briefing, au cours desquelles il faut galvaniser les hommes, les motiver. Avant, elle le faisait pour la mission : protéger, servir, maintenir l'ordre. Aujourd'hui, elle le fait pour elle. Pour sa mission.

Chapitre 54

Paris. 7 octobre 2023

La chaleur monte dans la salle de réunion de l'agence. Voilà plusieurs heures que Moïse et Matthias cherchent des informations sur ce que les médias appellent désormais « l'affaire Argenton ». Nathalie est arrivée aussi rapidement qu'elle a pu. Mais pour Stan, elle n'hésite jamais. D'abord surprise par l'ampleur de ce qui se passe, elle a rapidement repris son rôle de psy, en essayant de rester la plus objective possible.

Devant eux, plusieurs écrans sont allumés, relayant le flux d'information autour du « scandale du siècle », d'après un commentateur. Sur les chaînes d'info, les plateaux se remplissent d'experts autoproclamés, qui viennent pour donner leur avis sans rien savoir, ni rien connaître. Voilà des lustres que la présomption d'innocence a été balayée par le « devoir » d'information, comme disent ceux qui informent plus vite qu'ils ne vérifient. La vérité n'existe plus, elle n'existera plus jamais.

Matthias est affairé sur son clavier.

— Sur les réseaux complotistes, y a des gars qui veulent aller mettre le feu à la tour Oct'Oil. Et au ministère de la Transition écologique.

— Qu'est-ce que ça dit ? demande l'Israélien.

— Il n'y a que des commentaires très agressifs. Avec des instructions explicites. La mayonnaise monte vite, on dirait.

— Oui, confirme Nathalie. De mon côté, je n'ai pas mieux. Les appels à la violence se multiplient. Je ne suis pas sûre que nous puissions sortir de l'agence, si ça continue.

Moïse lit les résultats d'une recherche qu'il vient de recevoir.

— Je pense que c'est la merde, dit-il. Je me suis connecté sur le compte mail du journaliste qui a prévenu Stan. Il y a des listes de comptes en banque qui sortent, notamment à la Humbert Schwartz à Luxembourg. Hans Schuller, Marc du Jonchay, Pascal Argenton. Ils ont tous de l'argent là-bas. Et pas des petites sommes.

Nathalie, les yeux dans le vague, réfléchit à voix haute :

— Il faut trouver le point commun entre toutes ces personnes impliquées, c'est ce que nous a demandé Stan. Si on trouve le dénominateur commun, on trouvera qui tire les ficelles.

Matthias lève la tête de ses écrans, et se tourne lentement vers la psychologue, puis vers l'Israélien. Il sourit, en penchant légèrement la tête sur le côté.

— Nathalie. Moïse. Ne me dites pas que vous n'avez pas compris ?

— Quoi ? demande l'expert du renseignement.

— Le point commun, qui relie tout le monde…

Matthias joue avec les nerfs et la patience de l'équipe. Moïse s'énerve :

— Mais tu vas le dire, oui ?

Le jeune hacker savoure son plaisir, puis lâche :

— Le point commun, c'est Stan.

— Quoi, Stan ? interroge Nathalie.

— Ben oui. Qui était à Maurice avec Argenton, Jonchay et Schuller ? Qui était dans la salle quand l'enregistrement de la voix d'Argenton a été fait ? Qui connaît Arthur Lamarre depuis des années ? C'est Stan, non ?

L'ancien du Mossad est abasourdi. Matthias a sorti ses arguments avec un tel calme et un tel aplomb qu'il ne sait pas quoi répondre. Nathalie n'a pas plus de répondant. Matthias poursuit :

— Moi, je pense que toute cette affaire est vraie. Les pots-de-vin, les versements à Argenton et toute la clique. Et quand Stan s'en est aperçu, il a fait sortir les infos à la presse. Tout est trop bien organisé, c'est fait par un pro qui tire les ficelles. Franchement, je suis sûr que c'est Stan. Et si c'est lui, chapeau. Si cela peut mettre un grand coup de pied dans la fourmilière, c'est bien joué. S'il se présente aux élections présidentielles, je vote pour lui !

La respiration de Moïse s'emballe. Celle de Nathalie se bloque. La peur. Le stress. Parce que Matthias a raison : Stan connaissait chacune des parties prenantes de cet imbroglio. Il conseillait Marc du Jonchay, Pascal Argenton. Il a côtoyé Schuller et Oulianoff à Maurice. Et c'est un ami d'Arthur Lamarre.

— Tu dis n'importe quoi, gamin, objecte l'Israélien. Je connais Stan, ce n'est pas son genre de pousser les gens au suicide.

— Tu m'as dit toi-même qu'il avait été ébranlé par la grosse opération que vous avez gérée. À mon avis, les écolos dingos lui ont fait prendre conscience de la nécessité de faire place nette. Ou alors, il s'est fait retourner la tête par la famille japonaise dont tu m'as parlé.

— Les Kuzuka.

— Oui, les Kuzuka.

Moïse ne parvient pas à se donner une contenance. Il ne croit pas un mot de ce que vient de dire Matthias. Il ne veut pas y croire. Il croise le regard de Nathalie. Interdite. La psychologue non plus ne peut croire à ce qu'elle vient d'entendre.

— Écoutez, je suis vraiment désolé si je vous mets le doute, mais c'est plausible en tout cas.

Devant le silence des deux membres de l'équipe de Stan, Matthias propose, presque pour s'excuser :

— Je vais chercher un truc à manger, je meurs de faim. Je vous rapporte quelque chose ?

Nathalie, agacée par ce qu'il vient de suggérer, s'abstient de répondre pour ne pas être grossière. Pas dans ses habitudes de laisser paraître ses émotions. Elle sait les contrôler. Mais on ne touche pas à Stan ni à son équipe.

Chapitre 55

Paris. 7 octobre 2023

Stan est à peine descendu du taxi que Sofiane sort en courant du bâtiment accolé au Grand Palais. Il se précipite vers lui.

— Stan ! Ton ami de Lamarre vient de tirer sur deux collègues qui allaient le chercher au ministère !

Le négociateur a du mal à réaliser ce qu'il vient d'entendre.

— C'est une blague ?

— Non, malheureusement. Quand les enquêteurs sont arrivés à son bureau, il a prétexté d'aller chercher son manteau et il est revenu avec un calibre.

— Merde ! Y a des blessés ?

— Oui, un des deux collègues a pris une bastos dans le ventre. L'autre a riposté, et de Lamarre s'est retranché dans son bureau.

— La blessure est grave ?

— A priori, un petit calibre. Le Samu est en route, et je viens de mobiliser la BRI.

Le doute n'est plus possible. Arthur est à la manœuvre depuis le début, il est le dénominateur commun.

— Laisse-moi venir avec toi. Je connais Arthur, je peux le raisonner.

— Tu sais que tu n'es plus négociateur de police ?

— Je sais. Mais je suis toujours négociateur et je peux faire sortir Arthur.

— Ok, tu viens. Mais tu fermes ta gueule tant que je ne t'ai pas donné le feu vert pour entrer en contact. Et seulement si la BRI est d'accord.

Assis sur la banquette arrière de la voiture de police qui le conduit au ministère de la Transition écologique, Stan réfléchit à toute vitesse. Il lui faut « accrocher » Arthur, accrocher la relation avec lui pour pouvoir négocier. Parce que personne d'autre ne saura négocier avec un cerveau aussi brillant et rapide que celui de l'énarque. Le danger, il le sait, c'est l'engagement émotionnel. Perdre son objectivité, privilégier la relation au détriment de l'objectif de la relation : faire sortir Arthur pour comprendre ce qui se passe. Parce que Arthur, c'est le Duc dont Jonchay parlait ce matin.

Absorbé par ses pensées, Stan est surpris de sentir la vibration de son portable. Un numéro inconnu. Certainement un journaliste qui veut l'inviter sur un plateau pour parler de l'affaire. S'il savait. Mais le négociateur décroche son téléphone par acquit de conscience.

— Allo ?

— Bonjour, Stan. Je ne vous dérange pas ?

La voix surprend le négociateur. Autant qu'elle confirme son intuition.

— Teresa. Quelle surprise ! Bonne ou mauvaise, vous allez me le dire.

— Je sais que vous êtes un peu dans l'œil du cyclone, en ce moment.

— J'ai l'habitude. En revanche, vous, vous m'avez l'air particulièrement sereine pour une femme qui vient de perdre son compagnon.

Teresa ne répond pas tout de suite. Une montée émotionnelle pour la banquière espagnole ? Ou juste un peu de temps pour préparer sa réponse ?

— Victime collatérale. Vous mieux que personne savez qu'il faut parfois faire des sacrifices pour réussir une mission.

Stan est traversé par le souvenir de sa dernière mission en Afghanistan. Il y a eu des victimes. Des victimes collatérales comme elle le dit. Et elle le sait. Tentative de déstabilisation. Il ne doit rien laisser paraître et reprend sur le même ton :

— Alors, vous êtes en mission, Teresa ? Je croyais que vous aviez changé vos méthodes.

— Elles ont changé. L'avenir nous dira si c'était le bon choix.

Les cartes sont distribuées, la partie peut commencer. C'est Teresa qui fait l'annonce :

— Nous avons besoin de vous.

Au moins, c'est clair. Direct. Pas de risque de mal interpréter.

— Vous me l'avez déjà proposé la dernière fois, et je vous ai dit non. Je n'ai pas changé d'avis.

— Stan, c'est le monde qui a changé depuis l'année dernière. Dans les heures qui viennent, des choses graves vont se produire. Importantes. Irrémédiables. Des choses nécessaires. Et nous avons besoin de vous pour nous aider à les accomplir.

Stan aime les discussions sans fioritures. Comme un combat de boxe. Ou une bagarre au rasoir. Il fronce les sourcils sur ses yeux noirs, de plus en plus noirs.

— Il se passe déjà des choses graves, ici. Nous en sommes à trois morts. Dont votre compagnon. Ou plutôt l'homme à qui vous avez fait croire qu'il était votre compagnon.

— Pascal était un naïf. Il voulait changer le monde en discutant. En négociant. Un peu comme vous, tiens. Alors, ça avance ? Le monde change, avec vos méthodes ?

— Il change doucement. Mais au moins, avec mes méthodes, il n'y a pas de morts.

— Vous croyez ? Combien de morts chaque heure, chaque seconde, parce que nos dirigeants s'empêtrent dans des discussions sans fin ? Parce qu'ils pleurnichent sur la nécessité d'endiguer le changement climatique, tout en passant d'une conférence à un sommet avec leurs jets privés ? Alors, c'est sûr, ces morts-là ne font pas la une des journaux.

— Vos méthodes ne m'intéressent pas. Je garde les miennes.

— Bien. C'est votre choix. J'avais instruction de vous donner une ultime chance de nous rejoindre. C'est fait. Si vous n'êtes pas avec nous, vous êtes contre nous. Dont acte.

Le ton de Teresa est devenu froid, cassant. Stan répond de même :

— Vous aviez des instructions du Duc, Teresa ?

— Adieu, Stan.

Le négociateur n'aura pas sa réponse. Il sait qu'il est désormais une cible.

Chapitre 56

Paris. 7 octobre 2023

Les voitures avancent au ralenti. Mais elles avancent, c'est déjà ça. Quand il a quitté l'agence, Matthias a craint de rater son vol. Parce qu'il n'est pas parti chercher à manger, comme il l'a dit à Nathalie et à Moïse. Il doit prendre un avion. Et il sera à l'heure, c'est la seule chose qui compte.

Le chauffeur de taxi a bien tenté de lancer la conversation, mais Matthias n'en a pas eu envie. Il n'en a jamais envie. Il a répondu avec un terrible accent hongrois, pour lui faire comprendre qu'il comprenait mal le français. Du coup, le chauffeur n'a pas eu le courage de poursuivre.

Le jeune homme repense au doute qu'il a peut-être transmis à l'équipe de Stan, tout à l'heure, à l'agence. Il sourit. Son téléphone sonne. Un appel entrant, sur Signal. Il reconnaît le pseudo de son interlocuteur.

— Alors, tu es en route ?

— Oui, dans mon taxi. Et toi, tu as reçu mon fichier, ce matin ?

— Oui ! Assez lourd, mais j'ai tout eu. En revanche, je ne sais pas à quoi ça sert.

Matthias aime cette voix. Échanger par messagerie cryptée, cela va cinq minutes. La voix, cela change tout. Elle donne le ton, l'entrain, l'énergie. Et cette voix-là lui réchauffe le cœur plus que tout.

— Tu es toujours aussi impatiente. J'ai mis des mois à concocter ce protocole, et toi tu voudrais tout savoir en quelques heures.

— D'ailleurs, pourquoi l'avoir appelé « protocole Vanessa » ?

— Tu es jalouse ? lâche Matthias en riant.

— Oui, grave ! répond la voix.

— Astana. Mon amour. Tu sais bien que tu es la seule femme de ma vie.

À l'autre bout du fil, la jeune Hongroise sourit de plus belle. Autour d'elle, ceux qui l'observent ne peuvent pas se douter qu'elle s'adresse à son mec. Seul Bogdan ne s'y trompe pas, et lance :

— C'est Matt ? Quand est-ce que tu nous rejoins ?

Dans le taxi, le hacker entend la voix de son camarade de promo en cryptologie. À peine quelques années depuis qu'ils se sont quittés à la sortie de l'université de Kiev. Et pourtant, la sensation que plusieurs vies se sont écoulées.

— Dis-lui que j'arrive !

Dans le rétroviseur, le chauffeur essaye de comprendre ce que dit son client, qui parle en hongrois. Amusant de le voir tendre l'oreille pour écouter une conversation à laquelle il ne comprend rien. Matthias poursuit :

— Tu veux savoir pourquoi Vanessa ?

— Oui, je veux bien. Même si c'est une ex…

— Non. Pas une ex. Vanessa est le prénom de ma grand-mère.

Chaque fois qu'il pense à elle, Matthias à un pincement au cœur. Il n'a jamais vu sa grand-mère, morte bien avant sa naissance. Mais on lui a tellement parlé d'elle qu'il a l'impression de l'avoir rencontrée. Il ne connaît que son visage sur de vieilles photos. Pourtant, il a parfois des souvenirs d'elle, qui lui viennent, où il imagine qu'elle lui parle. Comme si elle l'avait senti, Astana n'interrompt pas ce moment. Matthias reprend ses esprits.

— J'ai choisi le prénom de ma grand-mère pour mon programme parce que ça l'aurait bien fait marrer, ce qu'on va faire.

— Je ne connais pas ta grand-mère, mais je l'aime !

Astana baisse d'un ton, pour parler plus discrètement :

— Le Duc a donné son feu vert ? On y va ?

— Non, on attend son message pour lancer l'opération.

— Tu nous auras rejoints à Tallinn avant que ça ne commence ?

— Je ne sais pas. Ici, c'est déjà commencé. La presse balance sur les politiques et les pétroliers, et la manifestation pour le climat va être très tendue.

— Tu es à l'abri ?

— Dans un taxi vers l'aéroport, c'est tout comme.

— Bon, je fais comment pour lancer l'opération si tu n'es pas arrivé quand le Duc donne son feu vert ?

— Tu es devant ta bécane ?

— Non, laisse-moi une minute.

Tout en gardant son téléphone collé à l'oreille, Astana se lève pour aller s'asseoir devant son portable. À la place qui est devenue son nid d'aigle, son point d'observation sur tous les membres de l'équipe. Elle ouvre son ordinateur et poursuit :

— C'est bon, je suis devant.

— Ok. Le protocole Vanessa est un programme en implantation automatique. Dès que tu l'auras lancé, il va attaquer ses cibles les unes après les autres. On va faire en deux phases : d'abord une première attaque, sur une seule cible. Puis une seconde, plus massive. Dans les deux cas, on ne fait rien sans la validation du Duc.

— Tu sais qui c'est, le Duc ?

— Ce n'est pas important. Tu as compris ce que je viens de t'expliquer ?

— Oui. Une première attaque, puis une attaque massive et on ne bouge pas sans le feu vert du Duc.

Le taxi est sorti des bouchons et roule désormais à vive allure sur l'autoroute A1 vers l'aéroport Roissy-Charles-de-Gaulle.

— Mon amour, je vais bientôt arriver à l'aéroport. Si le Duc déclenche avant que je n'aie atterri, tu sais quoi faire.

— Oui, je sais. Mais j'espère que tu seras là.

— Je me pose à Tallinn vers vingt-trois heures. Je te rejoins dans la foulée.

Matthias n'a pas envie de rater le début de l'opération. Mais Astana saura gérer toute seule si nécessaire. La jeune femme souffle dans le téléphone, à voix basse :

— Je t'aime.

— Moi aussi, je t'aime, répond Matthias.

Chapitre 57

Paris. 7 octobre 2023

Le dispositif se met en place. Tranquillement, à pas feutrés. Bizarrement, Stan n'a rien oublié de l'installation d'un groupe tactique. Comme si rien n'avait changé depuis son départ de la police. Ou comme si, à l'instar du vélo, cela ne s'oubliait jamais.

Le bâtiment du ministère de la Transition écologique a été entièrement vidé de ses occupants. À l'étage où Arthur s'est enfermé, le calme règne. Le calme avant la tempête. Une colonne d'assaut, composée de six policiers de la BRI, s'est positionnée sur la droite du couloir qui mène au bureau où se trouve de Lamarre. Un lourd bouclier tactique est placé à la porte, pour protéger la colonne, au cas où Arthur voudrait sortir et arroser tout le monde avec son flingue. Apparemment, il utilise un 22 long rifle. Petite munition mais qui fait des dégâts à courte distance. Parfait pour refroidir un ministre qui ne veut pas se laisser suicider. Ou qui veut crier son innocence. Sofiane vient d'avoir l'information, la médecin légiste de l'institut médico-légal n'appuie pas la thèse du suicide. D'abord parce qu'il n y'a pas de résidus de poudre sur l'orifice d'entrée. Ensuite parce que la balle est entrée dans la tempe droite. Or Argenton est presque invalide du bras droit. Difficile de se mettre une balle de ce côté-là. Alors pour Stan, la thèse la plus probable est qu'Arthur l'ait aidé à mourir.

— Je ne sais pas ce qui peut l'avoir poussé à faire ça, mais je pense que c'est Arthur qui pilote.

Devant lui, Alain Falco, le patron de la BRI, hoche la tête. Ancien officier du RAID, il dirige désormais la célèbre brigade antigang. À côté de lui, Sofiane ne manifeste aucun avis. Réminiscence de son métier à la DGSI et dans le recrutement de sources, pour lequel il vaut mieux masquer ce que l'on pense ou ce que l'on ressent. Enfin, Pierre Jeantet, le négociateur de la BRI. Sofiane rebondit :

— Stan, le Duc dont on a parlé, tu penses que c'est Arthur de Lamarre ?

— Je crois. Il est au cœur de tout ce qui se passe. À ce sujet, je sais que vous connaissez votre job, mais vous avez mis en place une brouille tactique ? S'il continue à communiquer à l'extérieur, je ne sais pas ce qui peut encore se passer.

— Oui, c'est fait, confirme Falco. Vous qui le connaissez, on peut négocier ?

— Je pense. Nous sommes assez proches, c'est un ami d'enfance de ma femme.

Sofiane intervient :

— Tu es un peu trop impliqué émotionnellement, Stan. Je ne suis pas sûr que tu sois le mieux placé pour négocier avec lui.

— Et moi je pense que je peux le faire sortir.

Sofiane et le commissaire Falco se regardent. Et se tournent vers Pierre, le négociateur, qui donne son avis :

— Pas de problème pour que tu prennes la main. Je me mets en deux, si c'est ok pour toi ?

— En deux ? demande Sofiane.

— Négociateur en second, explique Stan. Il va assurer mon back-up, et me souffler dans l'oreille si nécessaire.

Les regards entendus des deux hommes suffisent à rassurer Sofiane et le patron de la BRI. Dans un bureau adjacent, un policier en tenue d'intervention fait signe de s'approcher. Les quatre hommes se dirigent vers la grande table sur laquelle est posée une valise avec plusieurs écrans. On y voit un bureau, sous plusieurs angles, et un homme assis derrière. Le policier explique la situation :

— Nous avons quatre caméras qui nous montrent ce qui se passe à l'intérieur. Deux à travers le faux plafond, et deux sous les portes d'entrée, celle à gauche qui est condamnée, et celle à droite qui est verrouillée. Nous avons à l'intérieur un homme d'une cinquantaine d'années, chemise claire, assis derrière le bureau.

— On voit ce qu'il fait ? interroge Falco.

— Il attend, répond le policier.

— Il attend quoi ? demande Sofiane.

— Moi, répond Stan. Il attend que je le contacte. Et comme il voit bien que son téléphone n'a plus de réseau avec la brouille tactique, il attend que je lui parle derrière la porte. Arthur a fait un passage à la DGSE. Ce n'était pas un agent mais il connaît la plupart des trucs qu'on pourrait lui faire. Il sait qu'on le voit, d'ailleurs. Regardez.

Stan montre avec son doigt un des écrans. On y voit Arthur de Lamarre fixer une des caméras du plafond. Falco reprend :

— Qu'est-ce qu'on fait ? Vous y allez ?

— Oui. Je vais aller à côté de la porte. Pierre derrière moi. Sinon, on peut lui glisser un *throw phone*.

— Un quoi ? demande Sofiane.

— Un téléphone filaire auquel nous sommes reliés, uniquement lui et nous. Un dispositif qu'utilise le FBI. Plus confortable que de rester derrière la porte, précise le négociateur de la BRI.

— Ok, on prend contact et on voit ce que cela donne, annonce Stan. Je prends juste une minute pour me concentrer.

Tout en terminant sa phrase, Stan s'assoit dans un des fauteuils du bureau. Il ferme les yeux, pose ses mains sur ses tempes et commence à faire de petits cercles avec le bout de ses doigts. Un rituel immuable. Pour s'isoler dans sa bulle de négociation. Comme il l'a déjà fait des centaines de fois. Des milliers de fois. Quand la vie est en jeu, la performance n'est pas négociable. Pas question de rater. Cette fois, il connaît la personne derrière la porte. Du moins, il croyait la connaître. Arthur a bien caché son jeu. Maintenant, il est isolé dans ce bureau. Plus de téléphone, plus d'instructions à donner. Juste Stan et lui. Dans quelques secondes.

Le négociateur se lève. Autour de lui, tout le monde a respecté sa bulle. Pierre est déjà prêt.

— Allez, on y va, dit le négociateur de la BRI.

— En piste, les clowns, lâche Stan.

Pierre le regarde en souriant.

— Tu utilises encore cette phrase ?

— Toujours. Les bonnes habitudes ne se perdent pas. Surtout dans les moments difficiles.

Les deux hommes remontent sans bruit le couloir qui amène au bureau dans lequel tout va se jouer. Sur leur droite, la colonne d'assaut. Stan regarde chacun des opérateurs. Il perçoit leurs yeux, derrière leurs visières blindées. Trois centimètres de plexiglas spécialement conçu pour arrêter tous les calibres. Mais la visière n'évite pas le mal de tête pendant les semaines qui suivent l'impact. Stan en garde un mauvais souvenir de son ancienne vie. Sous leur cagoule, pas de haine. Pas de colère. Même si un policier a été blessé, ils sont là pour interpeller en douceur. Ou par la violence si nécessaire. Ça, ce sera la décision d'Arthur : sortir au sirop ou sortir à la casse.

Stan arrive au niveau du bouclier tactique. La Ramsès. Un sarcophage de Kevlar, posé sur trois roues, il passe les marches et arrête tout : kalachnikov, calibre 45. Alors, un 22 long rifle, cela devrait être facile. Si Arthur n'a pas un autre atout dans sa manche. L'opérateur qui l'a mis en place s'écarte un peu sur la droite, pour laisser Stan se poser sur le côté gauche du bouclier. Abrité. Au cas où Arthur prendrait la décision de tirer à travers la porte, qui elle, en revanche, n'arrêterait pas grand-chose.

Derrière lui, Pierre pose sa main sur l'épaule droite de l'ancien négociateur de police. Qui se retrouve projeté vingt ans en arrière. Négocier derrière un bouclier. Avec l'odeur de l'huile des armes. L'odeur du Cordura. La sensation d'avoir une locomotive en acier blindé derrière soi. Il faut y aller, maintenant.

— Arthur ? Tu m'entends ?

Quelques secondes, puis une voix étouffée par la porte du bureau.

— Salut, Stan. Tu en as mis, du temps.

— Quelques trucs à régler.

— Je me doute. Tes amis de la BRI sont bien installés ? Ils te laissent négocier, alors ?

— Comme tu vois.

— Cela doit te rappeler de sacrés souvenirs, non ?

— Je ne regarde jamais en arrière, tu le sais. Pour l'instant, je suis là avec toi.

— Tu es là pour négocier. Négocions, alors. Qu'est-ce que tu proposes ?

Arthur n'est pas un débutant. Il sollicite une proposition, pour voir ce que Stan a dans le ventre. Mais le négociateur connaît la musique. Et les paroles.

— Je n'ai rien à te proposer, Arthur. À part balancer ton arme au sol et sortir.

— Mince, moi qui croyais que tu allais me trouver un hélicoptère pour m'enfuir dans un pays de mon choix, je suis déçu, déclare Arthur en riant.

Stan ne peut s'empêcher de faire de même, et de poursuivre :

— C'est dans les films policiers que ça se passe comme ça. Ici, c'est la vraie vie.

— Oui. Et quelle vie ! Quand je regarde ce que j'ai fait depuis que je suis sorti de l'ENA, je suis assez fier du travail accompli.

— Même ces dernières heures ?

— Tu parles d'Argenton ?

— Entre autres. Je t'avoue ne pas comprendre.

Arthur se lève. Les policiers qui se trouvent devant la mallette aux écrans s'activent. L'un d'eux fait un signe avec ses doigts, un V inversé, pour dire que le forcené est sur ses deux jambes. Puis un signe avec l'index et le majeur pointés vers l'avant, pour confirmer qu'il tient son arme à la main. Stan sent la main de Pierre se serrer sur son épaule, prête à le tirer derrière le bouclier si nécessaire. La colonne d'assaut s'agite. Le policier, qui a toujours l'œil rivé sur les écrans des caméras, fait un geste d'apaisement, avec les deux mains à plat, pour signaler que le forcené est calme.

Arthur s'est approché de la porte. Stan l'entend se coller au chambranle. Respirer profondément. Sa voix est moins forte, plus intime :

— Stan, qu'est-ce que tu penses de tout ça ?

— Qu'est-ce que tu entends par « tout ça » ?

— Ce qui se passe. Les manifs, la politique, les gens. Tout ça, quoi. Tout ce pour quoi nous avons donné notre vie, notre temps. Nos sacrifices.

— Ce n'est pas ce que je pense qui est important, Arthur. Ce qui m'intéresse, c'est pourquoi tu as fait ce que tu as fait.

Pierre fait un geste de la main à hauteur du visage de Stan, avec le pouce relevé, pour lui indiquer que sa réponse est la bonne, comme s'il s'adressait à un bleu. Ne pas se laisser entraîner à donner son avis personnel, mais recentrer sur le forcené. Stan sourit intérieurement. Son binôme veille sur lui. Arthur n'a pas répondu, il faut aller le chercher.

— Alors, Arthur pourquoi ?

En guise de réponse, deux coups de feu retentissent. Avant même qu'il ait eu le temps de réagir, Stan se sent tiré en arrière, happé comme une mouche frappée par la langue d'un caméléon. Pierre l'a immédiatement mis en sécurité, tandis que la colonne d'assaut s'est tendue comme un arc.

Derrière le bouclier, Stan tente de reprendre contact :

— Arthur ! Qu'est-ce qui se passe ?

Quelques secondes qui semblent interminables. Et la voix d'Arthur :

— Dis à tes amis de la BRI de ne pas me prendre pour un imbécile !

Incrédule, Stan regarde Pierre, qui fait un geste de la tête pour exprimer son incompréhension. Arthur poursuit :

— Si je revois un flic passer sa tête par la fenêtre qui donne sur la rue, je tire dedans, cette fois.

Stan s'est retourné, pour observer le patron du groupe d'intervention, qui chuchote à l'oreille d'un de ses collègues. Visiblement, un grimpeur de la BRI s'est fait repérer. Cela n'est pas fait pour apaiser les discussions entre Stan et Arthur.

Chapitre 58

Paris. 7 octobre 2023

Le soleil chauffe l'air ambiant. La foule piétine depuis maintenant une heure. Et à entendre les discours enflammés des leaders politiques et syndicaux qui se succèdent à l'avant du cortège, les manifestants ne sont pas près de rentrer chez eux. Rien de mieux qu'un bon scandale pour mobiliser les troupes.

Lara et son petit groupe trépignent. Les esprits s'échauffent :

— Putain ! Qu'est-ce qu'on fout ? On attend quoi, là ?

— C'est vrai, on est venu pour tout secouer ou non ?

Les garçons sont véhéments. Ils sont venus pour en découdre, et rien ne bouge. Les manifestants sont remontés mais pas énervés. On dirait que les choses n'étaient pas prévues comme ça. Lara se rapproche de Sarah-Lou.

— Quand tu m'as dit que la manifestation ne serait pas comme d'habitude, c'est ça que tu attendais ? Le scandale du pétrole ?

— Non, pas exactement.

— Tu ne veux pas m'en dire plus ? Les garçons commencent à s'énerver.

Sarah-Lou est bien moins à l'aise que ce matin, quand elle galvanisait ses troupes. Autour d'eux, tout le monde parle, crie, chante. Appelle à la démission. Sarah-Lou se rapproche au plus près de Lara.

— Il devait se passer un truc. Je ne sais pas quoi mais un truc super grave. Et c'était le signal. On devait casser du flic.

— Nous sept ?

— Non, il y a plein de petits groupes comme nous dans la manif. Et pas qu'en France, apparemment, c'est prévu comme ça dans toutes les manifs des villes européennes. On attend un signal. Je ne sais pas exactement ce que c'est, on nous a dit qu'on ne pourrait pas le rater. Mais pour l'instant, rien ne se passe.

Le doute. Instantané. Qui revient comme un boomerang. Qu'est-ce qu'elle fait là ? Il va falloir qu'elle casse du flic, elle aussi ? Lara sent cette peur, celle qu'elle ne connaît que trop. Celle qui vous dit que les choses vont mal tourner.

Chapitre 59

Paris, ministère de la Transition écologique.
7 octobre 2023

— Qu'est-ce qui t'a poussé à faire ça, Arthur ? Pascal était ton ami.

— Non. Ça, c'est ce que tu crois. Pascal était un outil que j'ai façonné pendant des années. Chaque jour. Un outil que j'ai amené au plus haut. Un outil que j'ai fait tomber, quand je l'ai décidé, et avec lui tout un château de cartes.

Stan laisse Arthur s'exprimer. Il est tenaillé par l'envie de lui poser des questions, pour en savoir plus, et par la nécessité de le laisser s'exprimer à son rythme, sans orienter ses réponses par des questions trop intrusives. Il lui faut appliquer une écoute non directive. Difficile quand on est impliqué émotionnellement. Il chasse de son esprit des images de leurs soirées entre amis, complices. Elia, Arthur et lui débattant et riant en dégustant des crus de Bourgogne.

— Stan, tu réalises que nous sommes les descendants de cinq extinctions de masse. C'est classe, non ? À chaque fois, ce sont les plus forts des survivants qui ont proliféré. Et pour finir, nous voilà. Aussi faibles q insignifiants qu'au début. Mais survivants. Si l'histoire de la planète était un livre de mille pages, nous ne serions que les trois dernières lignes de la toute dernière page. Intéressant, non ?

— Très intéressant. Je ne te savais pas aussi instruit sur l'histoire de la planète.

— Elle me passionne. Et ce qui me passionne encore plus, c'est notre pusillanimité. Notre manque d'audace. Nous sommes arrogants, nous pensons contrôler le monde, mais nous ne contrôlons rien. Ne trouves-tu pas drôle de voir dans les rues, aujourd'hui, tous ces guignols qui veulent sauver la planète ?

— Tu trouves que ce sont des guignols ? paraphrase Stan.

— Ils veulent sauver la planète, mais elle s'en fout, la planète. Elle était là bien avant nous, et elle sera là encore après. Ce qu'il faut sauver, ce n'est pas la planète, c'est nous. L'espèce humaine. C'est aussi simple que ça.

À côté de Stan, Pierre prend des notes. Relève les mots-clés. Les expressions. Pour les réutiliser ensuite, si besoin. Le négociateur relance :

— Et toi, là-dedans, quel est ton rôle. Tu es le Duc ?

— Moi, là-dedans, mon ami, je suis une sorte de détonateur. Tu sais ce qui manque à ce monde ?

— Non, dis-moi.

— L'adversité. Nous sommes devenus oisifs, faibles. Nous sommes surprotégés. Par tout le système. Biberonnés aux aides, subventions, primes. Primes à ne rien faire, à subir un système politique qui ne prend plus aucune décision d'importance. Qui va dans le mur en klaxonnant.

Pierre tend une page sur laquelle il a écrit une phrase précédemment prononcée par Arthur, sur laquelle Stan rebondit.

— Quand tu parlais de tout faire tomber, comme un château de cartes, tout à l'heure, tu parles de ce système-là ?

— Oui. Les gens ne savent plus se défendre tout seuls. Parce qu'ils ont confiance dans le fait que, si tout va mal, le système politique, financier, économique va les sauver. Comme lors de la Covid, où on a distribué des milliards comme la caravane du Tour de France balance des bonbons sur le bord des routes.

— Qu'est-ce qu'il faudrait faire, d'après toi ?

— Il faut faire de tous ces gens des survivants. Et pour ça, nous devons détruire cette confiance dans le système. Il faut remettre les gens face à eux-mêmes, les rendre plus responsables. Nous avons déjà commencé.

La voix d'Arthur est apaisée. Plus qu'au début de la discussion. Stan parle aussi sur un ton plus posé, plus lent. Presque amical.

— Arthur, c'est toi qui as organisé tout ça ?

— Tu voulais savoir si j'étais le Duc, tout à l'heure.

— Oui.

— Je vais te décevoir, mon ami, j'aurais adoré que l'on me choisisse pour cette tâche, mais ce n'est pas moi. Je ne suis qu'un détonateur, je te l'ai dit. Un simple rouage.

— Un rouage de quoi ?

— J'adore tes techniques : reformulation, questionnement, recadrage. Mais je pense qu'il est temps que tu le dises, Stan. C'est bon, tout a commencé, maintenant, on n'arrêtera plus ce que nous venons de lancer.

— Qu'est-ce que tu veux que je dise ?

— Que c'est toi, le Duc.

Stan sent la main de Pierre se crisper sur son épaule. Un long silence, brisé par le rire d'Arthur, et sa voix :

— Allons ! Il faut tomber les masques. J'ai tué Argenton, les autres ont été suicidés. Et ça va continuer, ce n'est que le début. Alors, sois fier de ton œuvre, Stan ! Le Duc !

Stan est tendu. Un stress déroutant, qu'il connaît bien mais dont il n'est pas coutumier. Arthur qui l'accuse. Et la tension de la main de Pierre sur son épaule.

Il faut répliquer, il ne peut pas laisser Arthur l'accuser de la sorte. Mais son ancien ami le devance :

— Stan ! Embrasse Elia pour moi, dis-lui que je l'aime.

— Arthur ! Ne fais pas ça !

Dans le même temps, un bruit de verrou se fait entendre, et la porte du bureau s'ouvre. Stan comprend ce qui va se passer, mais l'opérateur sur sa droite l'a déjà saisi par la ceinture et le tire vers lui, à l'abri du bouclier. Pierre s'est collé contre lui pour le protéger. Stan ne peut crier aux opérateurs de ne pas tirer, sa voix est bloquée, son souffle coupé par le poids du négociateur de la BRI sur son dos. Il a juste le temps de voir le bras d'Arthur sortir de la pièce, un pistolet automatique à la main. Il tire. Stan voit l'arme, au ralenti, les douilles éjectées s'échappent lentement vers le haut. Deux détonations étouffées, un petit calibre. Une fraction de seconde plus tard, c'est un déluge de feu qui s'abat sur Arthur de Lamarre. Sa chemise blanche se macule de sang. Les opérateurs de la BRI ont riposté. En légitime défense. Il a tiré, ils l'ont neutralisé.

Un déluge de feu, un déluge de bruit. Puis le silence. Celui de la mort. Des regrets. L'odeur de la poudre. Stan est assourdi, l'acouphène est terrible, ses oreilles vont exploser.

Stan ne réalise pas encore. Arthur est mort.

Chapitre 60

Paris. 7 octobre 2023

La marée humaine est un phénomène à la fois fascinant et inquiétant. Fascinant, car à voir ces flots de personnes s'écouler dans les artères parisiennes, on ne peut qu'être subjugué devant la fluidité des foules. Inquiétant, parce qu'il ne faudrait pas grand-chose pour qu'un regroupement tranquille ne se transforme en piège mortel.

D'après les services de renseignement, ce sont finalement près de sept cent mille personnes qui ont convergé vers la capitale pour manifester. Les syndicats, eux, annoncent plus d'un million de personnes. Pas si éloignés, cette fois. Le point de regroupement était à l'origine Bastille, mais c'est tout le quartier de l'Arsenal qui s'est rempli d'une foule colossale, désormais à l'arrêt. Impressionnant. Autant de personnes qui décident de passer leur journée à manifester ne peuvent pas avoir foncièrement tort. Ou alors elles sont tellement convaincues qu'elles ont raison que même leurs idées fausses deviennent la vérité. En tout cas, le scandale Argenton n'a pas mis longtemps pour électriser les groupes qui se sont retrouvés dans les diverses branches de cette manifestation qui, quoi qu'il en soit, restera mémorable. Depuis maintenant trente minutes, les appels radio se multiplient pour annoncer des accrochages entre individus cagoulés et forces de l'ordre, des rixes entre manifestants ne venant pas du même bord, ou des mises à sac de tout ce qui ressemble de près ou de loin à une banque. Des stations-service ont même été prises d'assaut, l'une d'entre elles serait en feu au niveau du boulevard Voltaire. Un seul cri fait l'unanimité : « Gouvernement : démission. »

Boulevard Richard-Lenoir, la tension monte. Positionnées à quelques dizaines de mètres de la tête du cortège, à hauteur de la Bastille, les sections d'intervention de France se trouvent prises à partie. Verbalement pour l'instant, mais les policiers sentent que l'agressivité des manifestants est exacerbée par les annonces des chaînes d'info. Dans les véhicules, les radios FM sont allumées et on suit en direct les commentaires des journalistes et les prises de position des politiques et des syndicalistes qui condamnent unanimement. Pas un mot de compassion pour les trois hommes qui se sont suicidés, l'heure n'est pas au recueillement. Même dans les rangs des sections, les propos sont vifs contre ces politiques que l'on accuse de s'être gavés sur le dos des citoyens.

Difficile pour France de leur donner tort. Elle devrait réagir, mais ce n'est pas le plus important. Ce qui compte, c'est qu'elle soit à l'endroit où elle doit être, au moment où elle doit y être. Frénétiquement, elle regarde son téléphone. Comme tous les quarts d'heure, depuis quinze heures. Toujours aucun message du Duc. L'inquiétude de s'être préparée pour rien commence à créer un doute désagréable. Et si tout cela n'était qu'une vaste blague ? Si on s'était joué d'elle ? Si elle n'avait pas rendez-vous avec son destin aujourd'hui ? Ou alors, il s'est passé quelque chose de grave. Quelque chose qui empêche le Duc de la contacter.

La radio du gardien de la paix à côté de lui crépite :

— Victor 2, ici Victor. Votre position ?

Le commandant de la compagnie, positionné à l'autre bout du boulevard, cherche à joindre son adjoint. France saisit le combiné et répond :

— Victor, ici Victor 2. Position inchangée, nous sommes angle Richard-Lenoir-rue Amelot.

Tous les fonctionnaires à proximité immédiate tendent l'oreille. Le commandant poursuit :

— On voit passer des groupes de jeunes masqués et cagoulés qui remontent vers vous. Ils nous ont caillassés, il est possible qu'ils arrivent sur l'arrière de votre position dans quelques minutes.

— Bien pris, Victor. Je fais déployer quelques boucliers en protection du convoi.

Fin de contact. Pas grand-chose de nouveau. Et toujours pas de message du Duc.

Chapitre 61

Paris, ministère de la Transition écologique.
7 octobre 2023

— Tu penses que c'était le Duc ?

Sofiane interroge Stan. Les yeux dans les yeux. La fumée s'est à peine dissipée, et l'odeur de la poudre est encore perceptible dans le couloir du ministère. Les acouphènes continuent de faire siffler les oreilles de tous ceux qui se trouvaient là et qui n'avaient pas de casque de protection auditive. Le négociateur est encore sous le choc, mais il reprend ses esprits, parce qu'il ne saurait en être autrement.

— Je ne sais pas. Je ne crois pas. Si c'était le Duc, il ne se serait pas mis en situation d'être abattu par la police. Il a tué Argenton, il l'a dit. Et il a aussi dit que les autres avaient été suicidés. Tout a l'air organisé, et il semblait bien au courant. Mais il a dit qu'il n'était qu'un rouage.

Sofiane est assis sur un fauteuil, en face de Stan. Ils sont dans le bureau où se trouvait il y a encore quelques minutes la mallette avec les écrans de suivi des caméras. Aussi rapidement qu'ils sont arrivés, les hommes de la BRI ont quitté les lieux. Il reste les policiers qui doivent effectuer les constatations d'usage, mais le gros des troupes est parti.

Dans le bureau du fond, le corps d'Arthur de Lamarre est recouvert d'une couverture de survie dorée. On dirait une papillote sur le parquet du ministère. Le médecin de la BSPP a confirmé le décès. Procédure inutile, au vu du nombre d'impacts reçus, mais nécessaire. Stan n'est pas allé voir. Sofiane insiste :

— Écoute, ce n'est pas la première fois qu'on entend parler de ce Duc. Dans les rapports DGSI, c'est un nom qui revient. Dans plusieurs pays européens, depuis quelques mois. Mais on ne l'attendait pas dans un scandale financier lié au pétrole, il est plutôt lié à des milieux écologistes radicaux. Tu penses que ça colle avec ce que tu connais d'Arthur de Lamarre ?

Stan se masse les tempes, pour faire fuir ce mal de tête et cet acouphène infernal.

— Franchement, je ne sais plus trop quoi penser d'Arthur. Je ne comprends toujours pas son histoire de pion, de château de cartes. Pourquoi mêler Argenton, Jonchay et Schuller à un scandale financier ?

— Pour attiser la crise sociale ? Ou préparer une attaque contre Oct'Oil ? La presse balance aussi les noms de Bradley Adams et de Vladimir Oulianoff. Cela implique les États-Unis et la Russie, difficile pour eux d'accaparer Oct'Oil ensuite.

Stan sent son téléphone vibrer dans sa poche. Le négociateur regarde ses messages, et voit qu'Elia et Moïse ont tenté de le joindre à plusieurs reprises. Il doit appeler Elia. Évidemment. Pour lui dire ce qui s'est passé. Mais Stan ne souhaite pas le faire tout de suite. Il lui faut un peu de temps pour trouver les mots.

Et puis pas par téléphone. Le négociateur envoie un message WhatsApp : *« Elia. Tu es à la maison ? Il faut que je te voie. Tout de suite. »* Réponse immédiate : *« Je suis à la maison. Je t'attends. »* Le négociateur n'a pas le temps de lâcher son téléphone que Moïse insiste. Stan décroche :

— Stan, cela ne sent pas bon. Tu viens d'être cité par la presse.

— Merde. Qu'est-ce qu'ils disent ?

— On dit que tu as été payé plusieurs dizaines de millions d'euros pour garder le secret sur le financement des politiciens par l'industrie du pétrole. Ils sortent des factures de l'agence envoyées à Oct'Oil, sans préciser qu'il s'agissait de nos exercices de crise.

— Comment ils ont eu ces factures ?

— On s'est fait pirater de l'intérieur.

— Mais comment c'est possible ?

— Très compliqué de rentrer dans notre système depuis l'extérieur, mais facile si tu te branches dans la salle de réunion. Je pense que c'est Matthias qui a copié nos dossiers. Désolé, Stan, je crois que je me suis fait avoir.

Stan reçoit le coup.

— Matthias… Évidemment. C'est Arthur qui me l'a présenté. Quel salopard !

— J'ai vérifié nos messageries, tout a été entièrement effacé. *Idem* pour les archives et les back-up.

— Tu rigoles ? Même les back-up amovibles ?

— Non, ceux-là doivent être au coffre. Dans ton bureau. Mais tout le reste a disparu. Le problème, c'est qu'avec ce qui commence à sortir sur toi, ça va donner l'impression qu'on a tout détruit pour faire disparaître des preuves.

Teresa a dit que si le négociateur n'était pas avec eux, il était contre eux. On dirait que la chasse vient de commencer.

Chapitre 62

Paris. 7 octobre 2023

Le corps d'Arthur vient d'être emmené par une équipe de l'institut médico-légal. Sans grande précaution. Comme si le cadavre du criminel n'avait pas droit aux mêmes égards que celui des autres. Stan a failli réagir, leur demander de faire attention. Mais il s'est ravisé. Par lâcheté, peut-être. Par peur de montrer une trop grande proximité avec celui qui a tué un ministre et blessé un policier, certainement. Inutile de faire une autopsie du dircab. Il a reçu au moins une dizaine de balles de 5,56 mm. Certainement quelques-unes de 9 mm. L'examen ne devrait pas durer longtemps.

Le calme revient peu à peu à l'étage du ministère. Mais rien ne sera plus comme avant dans ce lieu : deux morts violentes, en moins de douze heures. Plus personne ne pourra jamais oublier ce qui s'est passé ici.

Stan est tiraillé par la tristesse et la colère. La tristesse d'avoir perdu un ami. La colère d'avoir été trahi. Et ce sentiment d'impuissance : lui, le négociateur que tout le monde s'arrache, n'a pas pu empêcher cette issue fatale. Il a beau se persuader qu'Arthur de Lamarre avait décidé dès le début de ne pas se laisser prendre vivant, le goût de l'échec est amer.

Sofiane s'approche.

— Stan, tu peux venir s'il te plaît ?

Sa voix est grave, et il accompagne ses mots d'un geste, tirant par le bras le négociateur pour l'emmener dans le grand escalier du ministère de la Transition écologique. Et le guider vers le rez-de-chaussée. Sans autres paroles. D'un pas rapide. Les policiers qui assurent le contrôle des accès s'écartent en voyant le commissaire divisionnaire. Les deux hommes se retrouvent sur le trottoir. Sofiane se retourne brusquement vers son ami.

— Stan, il faut que tu me dises. Est-ce que tu as quelque chose à voir avec tout ce bordel ?

Les yeux du policier sont noirs. Il y a de la colère. Du doute. Une frustration. Stan répond calmement :

— Il n'y a rien que tu ne saches déjà.

Sofiane reprend, en sifflant entre ses dents :

— Arrête avec tes putains de discours de négociateur ! Dis-moi si oui ou non tu es impliqué !

L'homme s'emporte rarement. Il faut que Stan arrête de contrôler ses émotions. Il faut qu'il montre aussi sa colère pour être crédible.

— Sofiane ! Je conseillais Argenton, j'étais l'ami d'Arthur, mais je ne suis pour rien dans ce qui se passe.

— Depuis une bonne heure, la presse dit le contraire. Tu aurais croqué. Payé par les organisateurs de tout ça. Et Arthur qui dit que tu es le Duc !

— Tu vois bien qu'on essaye de me mouiller ! De m'impliquer ! Si j'étais le Duc, je ne serais pas venu négocier avec Arthur pour qu'il se rende.

— Ou tu l'aurais fait pour laisser croire à ton innocence.

Sofiane souffle. Il regarde le trottoir, tourne le dos, fait quelques pas, puis revient devant Stan pour une nouvelle fois plonger ses yeux dans les siens.

— Stan, nous sommes amis. Depuis presque trente ans. Une dernière fois : regarde-moi dans les yeux et dis-moi la vérité : es-tu impliqué dans l'organisation de tout ça ?

Le négociateur plonge à son tour ses yeux dans ceux du policier. Il prend quelques secondes. Les yeux se parlent avant les mots, Sofiane voit la réponse avant qu'elle ne sorte de la bouche de son ami :

— Non. Je n'y suis pour rien.

Stanislas n'est pas sorti d'affaire. Loin de là. Mais au moins, son ami sait qu'il n'est pas celui que les médias présentent comme l'organisateur du scandale Argenton.

Le commissaire divisionnaire reprend :

— Il faut que tu partes. Tout de suite.

— Pourquoi ?

— Je viens de recevoir un appel de la DGSI. Ils viennent te chercher.

— Comment ça, ils viennent me chercher ?

— Ils viennent t'interpeller. J'ai eu un commissaire de l'anti-terro, un mec que je ne connais pas. Il m'a demandé de te retenir ici en attendant qu'ils arrivent.

— C'était quand ?

— Juste avant qu'on descende. Il y a cinq minutes. Et ils viennent avec une équipe du GAO[1].

— Ils me prennent vraiment pour un terroriste.

— Tu les connais. Ils ne vont pas faire dans la dentelle.

---

1. Groupe appui opérationnel.

Ce n'est pas la première fois que le négociateur doit affronter les difficultés. C'est même une seconde nature. Mais là, ça ne sent vraiment pas bon, tout a l'air d'être organisé pour qu'il n'ait aucune chance de s'en sortir.

— Il faut que j'aille à la maison, Elia m'attend.

— Non, s'ils ne te trouvent pas ici, ils vont aller directement chez toi.

— Il leur faut combien de temps pour arriver ici ?

— Disons vingt minutes pour équiper le groupe d'intervention. Plus trente pour arriver ici avec les bouchons. Plus quinze pour aller ensuite chez toi quand ils ne te trouveront pas ici. Tu as une grosse heure d'avance.

Sofiane fouille ses poches, et sort un jeu de clés.

— Les clés de ma bagnole. Tu iras plus vite avec un gyrophare et un deux-tons. Si on me demande, je dirai que tu as pris les clés dans ma poche.

En joignant le geste à la parole, Sofiane colle les clés dans la main de Stan, qu'il serre. Comme un encouragement. Comme une marque d'amitié. Comme un frère.

Chapitre 63

Paris. 7 octobre 2023

Stan vient de garer la C5 de Sofiane dans une rue à quelques pas de celle de son appartement. Inutile d'attirer l'attention, et il aura peut-être encore besoin de la voiture pour se mettre à l'abri. Et une pensée surgit : il faut prévenir Moïse. Si les hommes de la DGSI ne sont pas trop bêtes – et ils le sont rarement –, ils vont aussi aller perquisitionner à l'agence. Après avoir interpellé Stan, normalement. Mais s'il leur prend l'idée d'aller figer les lieux, au cas où, ils vont bientôt débarquer et cueillir l'Israélien. Tout en accélérant le pas, Stan sort son téléphone portable et appelle son ami :

— Moïse ! Ne pose pas de questions et fais ce que je te dis. Vide le coffre de mon bureau, code 179328, et prends les back-up informatiques. Tout de suite.

— Stan, j'ai déjà mis les systèmes informatiques de l'agence à l'arrêt. Matthias les a vidés, de toute façon, ils ne servent à rien.

— Il y a aussi des passeports dans le coffre, et mon 45 mm avec trois chargeurs aussi. Nath est toujours là ?

— Oui, elle est morte d'inquiétude. Tu veux lui parler ?

— Non, pas le temps. Vous prenez tout ce que vous pouvez et vous vous mettez en sécurité. Pas chez toi ni à l'hôtel de Nathalie. Prenez une chambre sous un faux nom.

— Ne t'inquiète pas, je sais où aller. Quand tu as été membre du Mossad, tu fais toujours un peu partie de la famille. Je connais une planque où nous serons bien accueillis.

— On ne communique plus, sauf si je reviens vers toi. Tu m'envoies l'adresse sur notre serveur Discord. Ok pour toi ?

Moïse ne répond pas. Ils ne se sont jamais retrouvés dans une telle situation avec Stan. Le négociateur reprend :

— Moïse, tu sais que je ne suis pour rien dans cette affaire ?

— Je sais, mon pote, inutile de me le dire. Fais attention à toi.

— Vous aussi. Veille sur Nathalie.

Fin de la discussion. Stan se retrouve seul. Il faut prévenir Spano, aussi. Un message court : « *Ça tourne mal. Ne m'envoie pas de message avant que je ne sois revenu vers toi. Fais attention.* »

Chapitre 64

Paris. 7 octobre 2023

Stan entre dans le hall de son immeuble avec une appréhension inhabituelle. En traversant la rue, il a observé les passants, regardé les voitures en stationnement. Rien qui évoque un véhicule de police banalisé. Personne qui déambule devant le bâtiment, le nez au vent. Il monte les étages en silence, dans l'ombre. Il écoute. Pas de bruits particuliers, pas de chuchotements. Pas de signe d'une équipe qui l'attendrait. Arrivé devant sa porte, il glisse la clé dans la serrure puis ouvre en silence. À l'intérieur, la chaleur, qui contraste avec le froid du couloir. Un bruit de télévision, en fond. Et l'odeur de chez lui, familière, rassurante. Tout en enlevant son blouson, il entre dans le salon rapidement. Assise sur le canapé, Elia pousse un cri de surprise.

— Stan ! Tu m'as fait peur !

Elle se lève d'un bond et tombe dans les bras de son homme. L'étreinte est forte. Pour se donner de l'énergie. Du courage. Pour faire face. Elia recule d'un pas et interroge :

— Stan, qu'est-ce qui se passe ? Les médias ont dit qu'il y avait eu un mort, en plus d'Argenton. C'est Arthur, n'est-ce pas ?

Les yeux d'Elia sont remplis de larmes. Elle a déjà compris. Stan ne peut que confirmer :

— Je suis désolé, chérie. J'ai essayé, mais il n'a rien voulu entendre…

Elia accuse le coup, et s'assoit sur le grand canapé. Elle maîtrise sa respiration. Stan s'assoit à côté d'elle.

— Écoute, je vais devoir partir. Je suis recherché par la police, et je pense qu'elle ne va pas tarder à venir frapper à la porte.

— Mais qu'est-ce que tu as fait ? Les chaînes d'info ont cité ton nom, en disant que tu étais un proche de plusieurs personnes impliquées. Argenton, Jonchay. Ils disent que tu as reçu des sommes considérables. C'est vrai ?

Elia le fixe, et Stan entre dans ses yeux. Les émotions sont contenues. Les larmes retenues. Elle reprend :

— Que vas-tu faire ? Te rendre ?

— Me battre. Expliquer ce qui s'est passé. Que j'ai été piégé par le Duc. Par Arthur.

Elia se lève, pour faire quelques pas dans le salon. Stan relance :

— Elia, j'ai besoin de toi. Il va falloir que tu m'aides.

Elia se place devant Stan. Debout face à son homme, toujours assis, elle répond calmement :

— Je ne vais pas pouvoir, Stan. Pas cette fois.

Elia reprend sa déambulation dans le salon. Calmement, comme si de rien n'était. Elle saisit la télécommande de la télévision, et coupe le son. Puis se retourne encore une fois vers Stan.

— Je sais ce qui se passe, Stan. Et c'est pour cela que je ne peux pas t'aider.

— Je ne comprends pas.

— Je sais que tu as refusé l'offre de Teresa. Je m'en doutais, même si une part de moi continuait à espérer. La nuit dernière, j'ai failli venir te parler, quand tu étais sous la douche. Pour te convaincre, moi aussi. Mais c'était peine perdue.

Stan ne répond pas. Elia poursuit :

— Tu es donc contre nous, Stan.

Le négociateur sent toute la chaleur de son corps s'échapper. Des fourmis dans ses pieds, son souffle s'accélère. Contre sa volonté. Elia voit le trouble chez lui, chez celui qu'elle connaît si bien. Elle souffle, avec sa voix la plus douce :

— Stan, le Duc, c'est moi.

Un autre coup de poing atteint Stan. Violent. Impossible à parer. Impossible de riposter. De respirer. Il doit reprendre le cours des choses, reprendre la main sur la situation. Tout va très vite. Trop vite.

— Elia, qu'est-ce que c'est que cette histoire ?

— Nous avons tout organisé, Stan. Depuis des années. Nous avons placé nos pions, tranquillement, pour agir au bon moment. Et le bon moment, c'est maintenant.

Stan ne peut empêcher l'expression de la surprise qui saisit son visage.

— Mais qui est ce « nous » ? Les Kuzuka ?

— Je sais que tu as été ébranlé par ce qui s'est passé avec les Kuzuka. Moi aussi… J'ai failli tout arrêter, mais je ne l'ai pas fait. Les enjeux sont trop forts, trop importants. Bien plus importants que toi et moi.

— Je croyais que rien n'était plus important que toi et moi.

Elia ne peut retenir son rire. Celui que Stan aime tellement. Ce rire qui illuminait sa journée. Aujourd'hui, ce rire le glace. Qui est-elle vraiment ?

— Arrête d'être utopiste ! Tu es aussi naïf que l'était ton ami Argenton. Reviens sur terre ! Regarde les choses comme elles sont, pas comme tu voudrais qu'elles soient. Les Kuzuka financent, mais ceux qui veulent renverser le système vont bien au-delà des Kuzuka. Bradley Adams, par exemple. Il est un des premiers à avoir vu la nécessité d'arrêter ce gâchis. Oulianoff aussi. Puisque les dirigeants de ce monde ne sont pas capables de prendre les décisions qui s'imposent, nous avons placé nos pions. Partout où il y a du pouvoir, nous sommes derrière.

— Mais tu vas enfin me dire qui est ce « nous » ?

— Nous, Stan. Ceux qui veulent survivre ! Ceux qui veulent sauver ce qui peut encore l'être ! Les Kuzuka paient, nous sommes leur bras armé. Tu crois que les gens vont accepter de renoncer à leur surconsommation, comme ça, juste parce qu'on va leur demander de le faire ? Non ! Il leur faut une catastrophe pour les forcer à renoncer.

Stan ressent ce sentiment d'impuissance qu'il déteste. Cette incapacité à maîtriser les éléments, cette incapacité qu'il fuit depuis des années en construisant à chaque fois des hypothèses, pour anticiper le pire des scénarios.

Il lui faut des réponses.

— Pourquoi tu as fait tout ça ? Pourquoi ? Comment peux-tu renier tes valeurs, Elia ? Tu oublies ton serment d'Hippocrate ? *Primum non nocere.* Avant tout ne pas nuire. Comment t'arranges-tu avec ça ?

Elia laisse s'échapper un rire.

— Mais je ne nuis à personne, Stan. Les gens se nuisent à eux-mêmes, tout seuls. Ils décident seuls de tout saccager, de tout annihiler. Pour consommer, toujours plus, jusqu'à en vomir.

— Je n'aurais jamais imaginé t'entendre dire ce genre de chose, Elia. Je ne te reconnais plus.

— Peut-être que tu ne m'as jamais vraiment connue, Stan ?

Depuis de longues minutes, plus aucun mot tendre. Plus aucune attention entre Stan et Elia. Chérie. Mon amour. Mon homme. Plus aucun de ces mots ne vient naturellement. Comme si les masques étaient tombés.

— Nous sommes victimes de notre propre succès. Tout est devenu trop facile : plus besoin de se battre pour manger, pour se protéger, pour se déplacer. C'est la facilité qui a affaibli les foules, qui en a fait des enfants gâtés, des « jamais contents ». Il faut remettre de l'adversité dans tout cela.

— De l'adversité, dis-tu ?

— Oui, exactement. Parce que les gens ont trop confiance. Dans leurs acquis. Dans leurs droits. Ils critiquent les hommes politiques, mais ils leur font confiance pour sortir de la crise quand ça va mal. Ils détestent la police mais ils lui font confiance pour les protéger. Il y a trop de confiance. Alors, nous allons devoir la tuer.

— Arthur m'a dit la même chose, qu'il fallait tuer la confiance.

À l'évocation du nom d'Arthur, Elia semble marquer un temps d'arrêt. Mais Stan ne perçoit aucune fuite émotionnelle. Plus rien ne lui rappelle la femme qu'il aime.

C'est une étrangère qui s'adresse à lui. Même son ton de voix ne lui est plus familier.

— Arthur. Sais-tu qu'il avait compris, depuis toujours, que le premier pilier à abattre était la confiance du peuple dans ses dirigeants ? Nous sommes des animaux de meute, disait-il. Sans chef, sans leader que nous reconnaissons comme capable de nous guider, nous ne serons que bons à nous entre-dévorer.

— C'est pour cela qu'il a poussé Argenton au sommet ? Pour que les gens lui fassent confiance jusqu'à ce qu'Arthur décide de le jeter à bas ?

— Oui. Une idée de génie, non ? Tu construis un personnage inoxydable, vertueux dans tous ses actes. Tu le laisses monter à la force du poignet, tu l'engages dans des combats tous plus valorisants les uns que les autres. Tu lui permets d'obtenir le ministère le plus en vue, la transition écologique, en pleine crise climatique et dans la tourmente du prix du pétrole toujours plus haut. Et patatras ! Tu déclenches un scandale et tu montres aux gens que celui qu'ils prenaient pour le plus honnête était en fait le pire de tous. Amusant, non ?

— Et pourquoi Jonchay ? Pourquoi Schuller ?

— Jonchay parce qu'il était le leader du pétrole. Facile. Normal qu'il arrose tout le monde. Et Schuller, parce que l'expérience ne va pas juste toucher la France. L'objectif, c'est l'Europe.

Stan tourne le dos à Elia, il commence à faire les cent pas dans le salon, pour réfléchir. Son cerveau en ébullition commence à mettre bout à bout les morceaux de cette histoire. Il revient rapidement pour se camper devant sa femme.

— Elia, je n'arrive pas à croire ce que j'entends. Tu es prête à semer le chaos pour une... expérience ?

— Oui, Stan, une expérience. Nous allons bien voir ce qui va advenir de ce vieux continent quand chacun devra se débrouiller tout seul. La solidarité ? Tu crois ? Ou la compétition pour survivre ?

— Comment as-tu pu en arriver là ?

Elia rompt le contact visuel, elle se met à marcher dans le salon, à son tour. Un jeu entre eux s'est mis en place. Chacun prend la main sur le tempo. Mais aucun ne souhaite vraiment danser avec l'autre.

— Je ne t'ai jamais parlé de mes parents, je crois ?

— Non.

— Que sais-tu d'eux, Stan ?

— Ton père était médecin. Pédiatre, c'est ce qui t'a donné ta vocation. Ta mère était médecin aussi. Je crois...

— Sais-tu comment ils sont morts, Stan ?

— Non.

— Nous avons eu un accident de voiture. Un terrible accident. J'étais petite, à peine huit ans. Je dormais sur la banquette arrière quand la voiture a quitté la route et que nous avons fait plusieurs tonneaux.

— Je ne savais pas.

— Peu de gens savent. J'ai été éjectée. Mes parents sont morts sur le coup.

Elia parle en marchant. Ses mots sont calmes. Posés. Ce sujet devrait laisser apparaître des touches d'émotion dans sa voix, mais rien. Stan ne perçoit rien d'autre qu'une histoire sans âme. Une histoire d'une âme morte.

— Ce qui a tué mes parents, Stan, ce n'est pas l'accident. Ce qui les a tués, c'est la confiance. Ils ont fait confiance. Mon père était un spécialiste des maladies respiratoires chez l'enfant. Ma mère était pneumologue. Avec mon père, ils sont les premiers médecins en Europe à avoir fait le lien entre le plomb contenu dans l'essence des véhicules et le développement des morts par cancer du poumon, asthme, bronchites chroniques. En leur âme et conscience de médecins, ils ont alerté leurs collègues, puis l'Académie de médecine, sur cette corrélation. On leur a dit de ne pas communiquer leurs résultats, que les autorités allaient se saisir du problème pour le régler. On les a même remerciés. Et ils ont fait confiance.

— Mais rien ne s'est passé, répond laconiquement le négociateur.

— Non. Au contraire. Mes parents constataient l'augmentation du nombre de cas, et rien. Pas de réponse des autorités. Alors mon père a voulu s'adresser à la presse. Il a fait des dossiers, qu'il a fait parvenir aux grands patrons des rédactions. Mais voilà, dans ces années-là, la France sort de deux chocs pétroliers, un premier en 1973 avec l'OPEP, un second à cause de l'Iran en 1979. Il lui faut construire un champion du pétrole. C'est la création du groupe Oct'Oil. Alors, tu te doutes bien qu'il n'est pas question que deux pauvres médecins viennent sonner l'alarme sur l'utilisation de l'essence au plomb alors qu'on essaie de bâtir le premier géant français du secteur. Trop d'intérêts en jeu. Et pas uniquement pour le positionnement stratégique de la France dans le pétrole. Des proches du pouvoir ont mis beaucoup d'argent dans le projet Oct'Oil. Des fortunes vont se faire. Colossales. Alors, des gens qui crachent leurs poumons à cause de l'essence distribuée par leur champion, ce n'est pas important.

Au fur et à mesure qu'Elia raconte son histoire, Stan a l'impression de retrouver dans ses mots quelques touches de la femme qu'il connaît. Des intonations familières. Le ton de leurs confidences. Elia n'est peut-être pas si loin. Elle continue :

— Un matin de 1982, alors que l'on roule sur une route de campagne, la voiture de mes parents sort de la route et fait plusieurs tonneaux. Je m'en sors par miracle, mais pas eux. Fin de l'affaire. Jusqu'en 1997.

— Qu'est-ce qui se passe en 1997 ?

— Les parents d'Arthur et les miens étaient très proches, tu le sais. Ils se sont occupés de moi, et j'ai aussi fait médecine parce que le père d'Arthur était un des élèves de mon père. En 1997, Arthur entre au cabinet du directeur du renseignement de la DGSE. Il fait quelques recherches. En cherchant « Eisenberg », le nom de mes parents, il tombe sur un dossier.

Elia laisse passer quelques fuites émotionnelles. Furtives. C'est la première fois qu'elle raconte à son mari l'histoire de ses parents. Cette histoire qui hante ses souvenirs, ses nuits, quand Stan la sent se réveiller en sursaut. Il aimerait la prendre dans ses bras, la réchauffer, lui montrer qu'il est là, qu'ils sont toujours un binôme. Prêts à tout affronter à deux. Mais Elia reprend son récit, sa voix s'est posée encore une fois :

— Arthur a vu le dossier. Mes parents ont été tués sur ordre. Pour l'intérêt de la France. C'est ce qui était écrit. Ils ont voulu sauver des vies, ils ont fait confiance, et on les a tués. Ils ont été poussés hors de la route par un camion conduit par des agents français des services secrets.

— Et toi aussi, tu étais dans la voiture.

— C'est vrai, mais je n'ai été que la spectatrice. Je dormais à l'arrière, et quand je me suis réveillée, j'étais à plusieurs mètres de la voiture. Bizarrement, je n'avais pas froid. J'ai attendu de longues minutes de voir la main de ma mère bouger. Parce qu'elle ne pouvait pas être morte. Une maman, ça ne meurt pas, surtout quand elle a une petite fille de huit ans.

Stan s'est approché d'Elia. Les yeux de sa femme se sont remplis de larmes. Sa voix est froide mais ses yeux expriment douleur et colère.

— Elia, mon amour. Je t'en prie, ne laisse pas parler ta colère.

— C'est toi qui me dis ça ? Toi qui fais de ta colère ta principale force ?

Elia s'est reculée, elle parle plus fort :

— Ma colère est ma force, à moi aussi ! Et je la mets au service d'un avenir différent. Nous sommes des milliers à penser qu'il faut prendre des décisions radicales.

— Et tu crois que cela justifie de tuer Argenton, Jonchay, Arthur ? Pour te venger d'Oct'Oil ?

— Arrête avec ça ! Il n'est pas question de vengeance mais de salut !

— Elia. Tu m'as aimé ou tu m'as utilisé ?

Un sourire apparaît sur le visage d'Elia.

— Je t'ai choisi parce que tu étais le meilleur, parce que tu pouvais m'aider. Quand je t'ai présenté à Arthur, il m'a dit que tu étais le choix idéal pour nous, et que si je parvenais à te retourner, tu pourrais nous aider à monter ce projet ; mais voilà, tu as été plus fort que moi. Tu as été le seul moment heureux de ma vie. Tu as failli me faire perdre le sens de ma mission. Ils ont voulu te tuer, tu sais ?

— Tu n'as pas répondu à ma question, Elia.

— Je t'aime toujours, Stan. Je t'aimerai toujours. Mais les enjeux nous dépassent, dépassent ce que je peux ressentir pour toi. Il nous faut faire des sacrifices, des renoncements, Stan. Et mon sacrifice, c'est toi.

Les mots frappent comme des couteaux. Tranchent. Lacèrent. Stan se sent transpercé. Il sait reconnaître la détermination quand quelqu'un s'exprime. Elia est plus déterminée que jamais.

— Ce qui se passe n'est qu'un début. Nous avons cassé la confiance des gens envers leurs politiques. Ils vont devoir agir sans eux, décider par eux-mêmes. Nous allons aussi casser la confiance que les gens ont envers ceux qui sont censés les protéger. Pour qu'ils redeviennent acteurs de leur propre sécurité. Pour les rendre plus forts. Et tant pis pour les plus faibles.

— Tu peux tout arrêter, Elia. Il est encore temps. Si tu es le Duc, je suis certain que tu peux mettre un terme à tout ça, pour qu'il n'y ait pas de conséquences plus graves encore.

— Non, Stan, je ne m'arrêterai pas.

— Moi, je peux t'arrêter.

— Si tu m'arrêtes, quelqu'un d'autre prendra ma place. Duc, c'est le terme que les gens ont retenu. Le terme exact est Dux. Comme Dux Bellorum. Les chefs de guerre que les Romains déployaient dans toute l'Europe pour organiser leurs actions. Il y a des Dux dans toute l'Europe, Stan. Nous sommes organisés, je te l'ai dit. Joshua en était un. Tu te rappelles ?

— Comment oublier celui qui a failli nous tuer tous ?

Stan a changé de ton, lui aussi. Elia le sent. Mais il n'y a pas de peur sur son visage. De l'autre côté de la porte d'entrée, des bruits se font entendre. Stan tourne la tête, pour mieux écouter. Quelques légers bruits de frottement, de ceux qu'une équipe d'intervention peut faire en se mettant en place dans un couloir. On chuchote. Visiblement, l'équipe d'intervention de la DGSI a fait vite pour retrouver le négociateur. Elia lâche :

— Tiens, on dirait qu'ils sont là. Toi qui aimes avoir le choix, tu n'en as plus guère. Soit tu te rends à la police, et il y a suffisamment de preuves contre toi pour que personne ne te croie innocent, soit tu fuis et tu accrédites le fait que tu es coupable.

Stan doit décider. Et il n'est pas du genre à se laisser enfermer dans une cage.

— Il faut qu'on parte. Vite ! Viens avec moi, Elia !

— Je n'ai rien fait, moi. Je suis une femme abasourdie, qui découvre ce que son mari a fait. Tu penses que si tu leur dis que je suis le Duc, ils vont te croire ? Pour eux, pour tout le monde, c'est toi, le Duc. Tu ferais mieux de t'enfuir tant que tu peux encore. Adieu, Stan.

Les bruits s'intensifient dans le couloir. Dans quelques secondes, le bélier va défoncer la porte. Il lui faudra peut-être quelques coups, mais ils vont rentrer. Stan se dirige rapidement vers le fond de l'appartement. La porte de service. Ce serait le diable que les policiers de la DGSI y aient pensé. Il tire le lourd rideau qui isole l'appartement de la vieille porte en bois, tourne les deux verrous, et ouvre d'un coup sec. Personne. L'escalier de service poussiéreux et qui sert de débarras à tous les appartements de l'immeuble va certainement lui sauver la vie. Le négociateur a à peine le temps de refermer le rideau et la porte de service qu'il entend un énorme bruit sourd. Puis des cris : « Police ! Police ! »

Chapitre 65

Paris. 7 octobre 2023

Les policiers de la DGSI n'ont pas fait dans la dentelle. Comme prévu. Les débris du chambranle de la porte blindée jonchent le sol, des morceaux de bois et de métal sont éparpillés dans l'entrée. Un bélier n'aurait pas réussi, mais le pousseur hydraulique a fait son œuvre.

Les flics ne sont pas restés bien longtemps, leur objectif avait filé. Et la DGSI ne s'occupe pas d'interroger les témoins, alors aucun intérêt de ramener Elia à Levallois. D'autant que Sofiane est arrivé sur place pour prendre le relais : le Renseignement quitte les lieux quand la Sécurité publique entre en scène.

Il fait froid dans l'appartement, la porte d'entrée ne ferme plus, et la porte de service est restée ouverte après que des hommes du GAO ont tenté en vain de rattraper Stan. Sofiane et Elia sont seuls dans la cuisine. Sans un mot, le commissaire regarde autour de lui, pour constater le chambardement dans la vie de son couple d'amis. Elia brise ce silence pesant :

— Je te fais un café ?

— Oui, je veux bien. Tu as pu discuter avec Stan avant qu'il ne s'échappe ?

— Discuter n'est pas le terme juste. Disons que je lui ai expliqué les raisons de tout cela.

— Et comment il a réagi ?

— Mal. Mais il fallait s'en douter.

Le bruit de la machine à café vient apporter un semblant de vie à ce lieu qui semble avoir perdu son âme en quelques minutes. Sofiane ne dit rien, regardant couler les deux cafés fumants. Elia rajoute :

— Et je lui ai dit que j'étais le Duc.

— Pourquoi as-tu fais ça ?

— Je préfère que Stan pense que je suis à la manœuvre. On ne sait jamais, s'il est interpellé, cela te laisse le temps nécessaire aux dernières étapes de l'opération.

— Tu as bien fait. Je suis sûr qu'il n'a jamais réellement cru que c'était Arthur.

Elia prend les deux tasses qu'elle pose sur le plan de travail de l'îlot central de la cuisine.

— Julie est prête ?

— Oui, répond Sofiane. Nous avons préparé nos sacs et fait le ménage derrière nous. Elle doit nous rejoindre au Bourget comme prévu. Et pour Lara ?

— Je la considère comme ma fille. Et elle croit en notre cause, alors nous allons l'emmener. Son père est un fugitif, maintenant.

— Vas-y doucement quand tu vas lui parler de ce qu'a fait Stan. Même s'ils sont en froid, c'est son héros. Elle va avoir du mal à le croire coupable.

— Oui, je sais. Mais elle ne l'appellera pas, parce que je vais prendre les devants.

Elia s'approche du commissaire, pour lâcher en souriant :

— Bon, Duc, je te laisse finir ton travail.

Sofiane ne répond pas à son sourire, il la fixe encore, l'air grave.

— Elia ?

— Oui

— Pas de regrets ?

— Non, pourquoi tu reviens là-dessus ?

— Parce que Stan est l'homme de ta vie et que tu viens de le perdre.

— *Était*, Sofiane, *c'était* l'homme de ma vie. N'en parlons plus s'il te plaît.

Elia prend sa tasse et quitte la pièce pour se diriger vers le salon. Dans la cuisine, Sofiane sort son téléphone portable et le pose sur le plan de travail. Il cherche le fil de messages de France dans son application cryptée. Puis tape simplement : *« Go. »*

Chapitre 66

Paris. 7 octobre 2023

Le téléphone de la capitaine de CRS vient de vibrer, pour lui délivrer le message attendu. Enfin ! C'est donc maintenant que tout commence. Ou que tout finit. France se sent libérée de cette crainte que tout n'ait été qu'un jeu. Et oppressée par l'idée qu'elle sait qu'elle ne reverra jamais sa fille.

France enlève lentement son calot. Elle le glisse consciencieusement dans sa poche. Autour d'elle, ses collègues n'ont rien remarqué de particulier. Personne ne voit le sourire qu'elle arbore. Elle s'approche du gardien de la paix qui, depuis des heures, patiente à côté d'elle avec son G36 en bandoulière. Le fusil d'assaut est lourd, et le porter de la sorte n'est pas fait pour soulager le dos.

— Berton, allez boire un café, ça fait des plombes que vous êtes debout avec votre G36. Donnez-le-moi, je vais le mettre dans mon véhicule en attendant que vos reveniez.

— Merci capitaine, j'avoue qu'un café serait le bienvenu. Je vous en rapporte un ?

— Oui, avec plaisir. Un seul sucre.

Avec un sourire non dissimulé, le gardien de la paix fait glisser la bandoulière de l'arme au-dessus de ses épaules et tend le fusil d'assaut à son officier avant de s'éloigner vers l'arrière du convoi. France fait demi-tour vers son véhicule de commandement. Calmement, elle déplie la crosse de l'arme. Son sourire ne la quitte plus. Elle va accomplir sa mission. À la vue de la tête de cortège, sur la place de la Bastille devenue estrade politique, elle ouvre le haut de sa combinaison de maintien de l'ordre. Sur son gilet pare-balle, plusieurs chargeurs de G36. Remplis jusqu'à la gueule de munitions perforantes de 5,56 mm. Balles de guerre. Pour commencer une guerre.

Tout en chambrant l'arme, France hurle :

— Un tireur ! un tireur !

Dans le même temps, elle lève son arme vers le ciel, pousse le sélecteur de tir de la position sûreté à la position coup par coup et tire. Une fois. Une détonation énorme, un bruit sourd qui assomme tous les chants et discours qu'on entendait jusqu'à présent. En quelques secondes, la panique saisit la foule. Nous sommes à quelques centaines de mètres du Bataclan.

En tête du cortège, personne n'a vraiment réagi. Occupés par leur discours et leurs jeux de positions, les leaders syndicaux n'ont pas bougé, malgré les cris de la foule. France ne voit plus qu'eux : pris par l'effet tunnel, elle a l'impression qu'elle est entrée dans un couloir qui la mène à son objectif. Tranquillement, elle épaule le fusil automatique et vise le rang des femmes et des hommes devant elle. Elle tire. Calmement. Un coup après l'autre. Les corps s'effondrent. France n'est pas un très bon officier de police. Mais au tir, elle ne craint personne. Elle vise la tête. Un coup. Au suivant.

Derrière elle, France entend une voix :

— Capitaine ! Qu'est-ce que vous faites ?

La femme se retourne et voit le brigadier Bensalah, son arme à la main. France baisse son arme, et dit en souriant :

— Tout va bien, Bensalah, tout va bien.

Face à elle, le brigadier reste interdit, son incompréhension se lit sur son visage. France relève brusquement son G36 et tire une fois. Le brigadier reçoit la balle en pleine tête. Il s'effondre comme un pantin de chiffon. Calmement, elle éjecte son chargeur presque vide, et le remplace par un de ceux qu'elle cachait sous sa tenue. Elle fait demi-tour pour repartir vers la manifestation. La panique est générale. On se bouscule, on se piétine, on s'écrase pour sauver sa peau. Où sont passés les chants de lutte ? Où sont passés les discours de combat contre ce système à bout de souffle qu'on veut mettre à bas ? Où est la solidarité que tout le monde prônait il y a quelques minutes ? Non, quand la vie est en jeu, c'est l'instinct de survie qui s'exprime. Mort aux faibles.

France arrive à la hauteur des corps sur lesquels elle a tiré il y a moins de trente secondes. Au sol, à ses pieds, un jeune homme, qui gît sur le pavé de la place de la Bastille. La moitié de son visage a disparu. Des râles montent. Tout le monde n'est pas mort. Tandis que France avance parmi les corps, une douleur la saisit dans le dos. Elle n'a pas entendu la détonation, mais elle comprend qu'on vient de lui tirer dessus. Étrangement, la douleur n'est pas désagréable. Ni la seconde, qu'elle perçoit dans sa cuisse. Elle essaye de se retourner, mais sa jambe ne répond pas. Elle est prise par l'envie irrépressible de regarder vers sa cuisse, mais ses yeux ne peuvent se détacher de cette foule, devant elle, qui fuit et qui hurle. Une troisième balle atteint France en pleine tête. Fin de mission pour Victor 2.

Autour du corps de la capitaine encore agité de quelques soubresauts nerveux, les policiers qui viennent de l'abattre s'approchent. L'un d'eux donne un coup de pied dans l'arme, pour l'éloigner, au cas où. France ne verra plus jamais sa petite. Elle ne tuera plus personne, non plus. Elle ne saura même pas si tout cela aura servi à quelque chose.

Chapitre 67

Paris. 7 octobre 2023

La clameur est montée d'un coup. Comme dans un concert, quand la star arrive sur scène. Les hourras des fans, qui ont tant attendu. Et tout le monde n'a pas immédiatement perçu que le bruit sourd, tout au début, était un coup de feu. Mais maintenant, les choses sont claires. Il y a des tirs en tête du cortège. Des hurlements de peur. Et la vague. Comme un tsunami qui se déplace sans que rien puisse l'arrêter.

Lara et Sarah-Lou se sont hissées sur la pointe de leurs pieds, pour voir ce qui se passait. Et la foule les a renversées. Sans qu'elles puissent rien y faire. Heureusement, Lara a réussi à se relever pour suivre le mouvement. Mais Sarah-Lou n'a pas eu cette chance. Lara a juste eu le temps de la voir se faire piétiner par les gens, fous, apeurés, enragés de survivre. Le petit groupe a explosé quand la foule a commencé à bouger.

Prise dans le mouvement, elle s'est rappelé les réflexes de survie que son père lui avait enseignés en cas de mouvement de foule : rentrer la tête dans les épaules, serrer les dents, mettre les bras en avant pour ne pas se faire écraser contre ceux qui avancent moins vite, et ne pas tomber. Surtout ne pas tomber. Autour d'elle, des hurlements. Personne ne sait ce qui se passe, mais la terreur est contagieuse, et elle gonfle à chaque seconde. Prise par le stress, Lara sait qu'il est un allié. Elle ne sent pas la douleur de son bassin pourtant meurtri quand elle est tombée avec Sarah-Lou. Elle trouve aussi la force de pousser sur ses bras, pour préserver son espace vital. Maintenant, elle doit s'éloigner du centre de la vague, pour s'échapper par les rues adjacentes. En quelques minutes, elle arrive à hauteur de la rue Mornay. Autour d'elle, tout le monde court. Elle parvient à rejoindre le boulevard Morland, et à retrouver un peu d'espace autour d'elle. La panique est générale, mais Lara maîtrise. Elle vérifie que son téléphone est bien dans sa poche, parce qu'il va falloir prévenir ses proches qu'elle va bien. Déjà trois messages d'Elia. À l'abri sous le porche d'un garage, Lara la rappelle. Sa belle-mère répond immédiatement :

— Lara ! Dis-moi que tu vas bien.

— Je vais bien, je vais bien.

— Tu étais à la manif ?

— Oui, mais j'ai réussi à m'échapper. Qu'est-ce qui s'est passé ?

— La télé dit que des policiers ont tiré sur les syndicalistes et sur la foule. Il y a des dizaines de morts.

Lara ne parvient pas à réaliser ce que lui dit Elia. Comment la police peut-elle tirer sur les manifestants ? En France ? Elia reprend :

— Lara, c'est très grave. Vraiment. Et ton père est impliqué.

— Quoi ?

— Oui, on dit qu'il a organisé tout ça. Le financement d'Argenton, les pots-de-vin payés par Oct'Oil. Il aurait fait partie de tout ça.

La jeune fille est désemparée. Son père au cœur de tout ça. Impossible.

— Mais ce n'est pas vrai, n'est-ce pas ?

— Ton père est passé à l'appartement, il est recherché par la police. Ils ont défoncé la porte d'entrée.

— Ils l'ont attrapé ?

— Non, il s'est enfui. Mais il m'a demandé de m'occuper de toi, Lara. Il faut que tu me rejoignes, le plus vite possible. Et ne réponds à aucun appel désormais. Même pas de ton père, les flics ont certainement mis son téléphone sur écoute. Viens à l'appartement, je t'attends.

Autour d'elle, les gens continuent à courir. Certains sont blessés, d'autres se soutiennent, se portent. Une personne crie :

— Les flics ! ils nous tirent dessus ! Barrez-vous, vite !

Le chaos semble vouloir s'installer. Sarah-Lou avait dit que ce serait spécial. Elle n'avait pas tort.

Chapitre 68

Aubervilliers. 7 octobre 2023

Les rues sont pleines. Des voitures, des scooters, des gens. Tout le monde a l'air apeuré. Pressé. Paniqué. Stan a laissé la voiture de Sofiane à la porte de la Chapelle. Au milieu des voitures stationnées de manière erratique. Quand les gars du quartier vont voir qu'il y a une voiture de police posée là, ils vont la désosser en moins de deux.

Le négociateur a pris soin de bien remonter le col de son blouson sur ses oreilles, pour ne pas être reconnaissable au cas où les caméras de vidéosurveillance de la zone fonctionneraient encore. Au vu du délabrement des bâtiments alentour, il y a peu de chances, mais on ne sait jamais. Ses années dans la police lui ont appris à réaliser une filature discrète comme à s'évaporer rapidement dans un lieu très fréquenté.

Il marche depuis quarante minutes, en faisant quelques détours et plusieurs coups de sécurité. A priori, personne n'est derrière lui. Encore quelques pas et il sera à la hauteur du numéro de la rue Heurtault que lui a transmis Moïse avant qu'il ne coupe son portable, qu'il en retire la puce et qu'il ne le jette dans une poubelle.

À l'adresse dite, une petite maison de ville, avec un jardin minuscule et quelques arbustes. Les feuilles sont en train de tomber, seul un sapin est encore vert. Stan appuie sur la sonnette du portail. Un rideau bouge à l'intérieur. Puis un bruit de clenche métallique, et le portail est ouvert. Le négociateur monte les escaliers pour arriver sur le perron quand la porte d'entrée s'entrouvre. Moïse l'accueille :

— Vite !

Stan pénètre dans l'entrée vieillotte d'une maison des années 1920. L'odeur caractéristique d'un endroit qu'on aère peu lui rappelle des souvenirs d'enfance. Sans prendre le temps de lui montrer le reste de la bicoque, Moïse emmène son ami dans le salon, tout proche. Là aussi, les années ont fait leur œuvre, et la décoration est digne d'un décor d'Agatha Christie. Moïse remarque le regard circulaire de Stan.

— Tu croyais que tu allais arriver dans un bunker ultramoderne avec des écrans partout ?

— Je m'attendais un peu à ça, oui.

— On préfère la discrétion à l'esbroufe, ici.

Une dame âgée passe la tête, et s'adresse à Moïse en hébreu. Celui-ci lui répond de même. Stan interroge :

— Un agent ?

— D'après toi ? répond Moïse en souriant. C'est Judith. Elle s'occupe de la maison.

Stan salue la femme de la tête, qui lui répond par un sourire. Il demande :

— Moïse, tu es sûr de ce lieu ?

— Tu sais, nous les juifs, on a plein de défauts, mais on ne se dénonce pas entre nous.

Moïse invite Stan à s'asseoir sur le canapé. Derrière eux, une voix s'exclame :

— Stan !

Nathalie entre dans le salon, en larmes. Elle se jette dans les bras du négociateur, qui est presque déséquilibré par la fougue de la Québécoise. Stan l'enlace, pour tenter de la rassurer, autant que faire se peut. Ça fait du bien de la retrouver. Une présence rassurante qui arrive au bon moment. La psychologue lève les yeux.

— C'est une histoire de dingues.

Stan ne répond pas, maintient son étreinte. Comme si la chaleur de Nathalie lui redonnait de l'énergie et de l'espoir après la folie des dernières heures. Elle insiste :

— Je sais que tu n'es pour rien dans tout ça.

— Oui, nous le savons tous.

Comme si tous les deux se rendaient compte que Moïse les observent, Nath et Stan s'éloignent l'un de l'autre. Dans un coin de la pièce, une télé est allumée. Moïse la pointe du doigt.

— Le seul écran qu'on a ici, c'est celui-là. Et les nouvelles ne sont pas bonnes. Tu as vu ce qui s'est passé à Bastille ?

— Non.

— Une fusillade. La police qui a tiré sur la foule.

— Quoi ?

Tout en répondant, Stan pense immédiatement à Lara.

— Tu as un téléphone ? Il faut que j'appelle Lara. Elle était certainement à la manif.

Stan tente de garder son calme. De mauvais souvenirs lui reviennent en tête. Nathalie se rapproche, pour poser sa main sur l'épaule de son patron.

— Oui, je vais te trouver ça, répond sobrement Moïse.

Pendant que son ami se lève, Stan monte le son de la télévision. Sur l'écran, une chaîne d'information en édition spéciale :

« Voilà ce que nous savons de la fusillade qui s'est déroulée cet après-midi lors de la manifestation sur le climat dans le quartier de la Bastille. Il y a maintenant une heure trente, un ou plusieurs policiers ont ouvert le feu sur la tête du cortège qui se trouvait au niveau de la place de la Bastille. Ces policiers, membres des compagnies républicaines de sécurité, ont utilisé leurs armes de service pour abattre plusieurs des leaders syndicaux présents. D'après les premières informations données par la préfecture de police, la fusillade aurait fait dix-sept morts et au moins trente-quatre blessés. Sur les réseaux sociaux circulent plusieurs vidéos montrant un policier armé d'un fusil d'assaut et faisant feu à plusieurs reprises sur la foule. »

Stan tente de garder son calme, de se rassurer. Lara ne peut pas avoir été en tête de cortège. Si elle était allée manifester, elle serait restée dans la foule. Et elle sait se mettre à l'abri si nécessaire. La télévision continue son édition spéciale :

« Plusieurs représentants de l'opposition ont d'ores et déjà appelé à la démission immédiate du président de la République, accusé par certains d'avoir donné l'ordre de tirer sur les manifestants. On parle de coup d'État, et Jacques Ronfard, le député d'opposition, a appelé tout le monde à rester barricadé chez soi. Par ailleurs, plusieurs manifestations en Europe, et notamment à Bruxelles et à Berlin, auraient également fait l'objet de tirs de la part de la police, sans que nous puissions à ce stade confirmer ces informations. »

Moïse entre dans la pièce, et tend un téléphone portable à Stan.

— Tiens. Pour les messageries cryptées et Discord, c'est parfait. Cependant, aucun appel sur le portable de Lara : les flics te cherchent, ils vont traquer son portable, comme le tien.

Chapitre 69

Tallinn. 7 octobre 2023

Il est vingt-trois heure quarante à Tallinn. Une heure de moins à Paris. Matthias vient d'envoyer un message à Astana : *« Je suis devant. »* Et il n'a pas fallu plus de trente secondes pour que la jeune Hongroise ouvre les deux lourdes portes qui protègent la salle remplie d'ordinateurs et pour qu'elle se jette dans les bras de son mec.

— Je n'en pouvais plus de t'attendre ! lâche Astana.

Matthias respire enfin. Tout ça pour ça. Tous ces risques pour enfin la retrouver. La toucher. Sentir son odeur. La fermeté de ses muscles sous ses doigts. Les amants diaboliques, enfin réunis. Même sous les coups, Astana n'avait jamais donné le nom de son complice quand ils avaient piraté le système de contrôle du gazoduc russe. Elle ne l'a jamais lâché. Ils sont un. Unique ensemble. Tout en guidant Matthias dans les couloirs, Astana ne peut s'empêcher de se retourner vers lui en souriant, fière de lui montrer ce qu'elle a réalisé.

— Alors, tu aimes ?

— J'adore ! La plus belle *gaming room* du monde !

Au sein de la salle, tous saluent l'arrivée de Matthias. Que personne ne connaissait avant ce soir. Sauf Bogdan, qui tombe dans les bras de son ami.

— Hé ! crie l'Ukrainien.

— Salut, mon pote. C'est bon de se retrouver.

L'agitation ambiante pourrait laisser croire qu'un match de foot se prépare et qu'on va s'installer dans un canapé avec des bières. Mais chaque membre de l'équipe est installé à proximité de son poste, prêt à lancer l'opération que tous attendent sans vraiment savoir ce dont il s'agit. Astana se pose près de Matthias.

— Bon, alors, tu peux me dire ce qu'on va faire ici ?

— Oui, maintenant je peux. Si je te parle de système AIS, ECDIS ou ARPA, cela n'évoque rien pour toi. Ce sont des systèmes de cartographie, de positionnement et de navigation de tous les navires qui circulent sur les océans du globe. Quand vous aurez injecté les programmes du protocole Vanessa, nous allons brouiller tous ces systèmes. Tous les bateaux qui naviguent sur les océans et sur les mers seront aveugles, sourds, et incapables de se localiser sur une carte.

Astana laisse apparaître une expression de surprise, en même temps qu'un sourire.

— Tous les bateaux ?

— Oui, tous. Cela va entraîner l'arrêt du trafic maritime. Et pour pas mal de temps, parce qu'il y aura des échouages, des collisions. Des marées noires. En grand nombre.

— Pourquoi les bateaux ?

— La seule façon d'arrêter le carnage écologique, c'est de stopper les approvisionnements en pétrole. Plus de tankers. Les raffineries vides. Plus d'essence. C'est brutal, mais on ne peut pas faire autrement.

Astana regarde Matthias sans broncher. Peut-être ne réalise-t-elle pas l'impact de ce qu'elle se prépare à faire. Ou alors cela n'entraîne aucune émotion chez elle. Matthias reprend :

— La première attaque ne visera qu'une seule zone, dans le golfe de Guinée. Pour valider que cela fonctionne. La seconde touchera tous les navires, sans exception. Le chaos sur les mers et les océans de la planète.

Un message arrive dans le même temps sur les téléphones d'Astana et de Matthias. Le Duc donne son feu vert à l'opération.

— Voilà, Astana. À toi de jouer. Tu peux libérer Vanessa…

Chapitre 70

Le Bourget. 7 octobre 2023

La nuit est tombée depuis deux heures quand les trois véhicules de police entrent en trombe sur le tarmac du Bourget. Le trajet depuis le centre de Paris n'a pas été de tout repos. Entre les embouteillages qu'il a fallu forcer au gyro et les jets de projectiles des manifestants dispersés, le petit cortège a failli ne jamais arriver. Un des motards de l'escorte n'a d'ailleurs pas eu la chance de terminer sa mission, il est tombé après avoir été heurté par un véhicule. Les autres n'ont pas eu le temps de s'arrêter pour lui prêter main-forte, le risque était trop grand de ne pas pouvoir repartir. Il ne fait pas bon être policier depuis la fusillade de la Bastille.

Dans la voiture de tête, Sofiane coordonne l'exfiltration. Il vient d'envoyer son dernier message pour la soirée à Matthias et Astana. Les amants diaboliques, comme il les appelle. Il ne lui reste plus qu'à mettre en sécurité les quelques VIP qu'il faut éloigner de Paris. Parmi eux, Elia, Julie – sa femme – et Lara occupent la dernière voiture.

La jeune fille a passé le trajet à poser des questions sur ce que la presse raconte sur son père, sur ce qu'on lui reproche. Ce pour quoi la police cherche à l'interpeller. Ce qu'il risque. Elia a tenté de la rassurer mais arrivée au Bourget, Lara n'en a pas fini :

— Je ne peux pas partir sans mon père. Au moins sans avoir eu de ses nouvelles.

Julie, la femme de Sofiane, assise sur la banquette arrière à côté de la jeune fille, tente de l'apaiser :

— Lara, tu connais ton père. Il s'en sort toujours. Ne te fais pas de soucis.

— Il peut se sortir de tout, mais il n'a jamais été traqué par la police en France. Par ses anciens collègues. Alors, si, je me fais du souci. Quand j'appelle sur son téléphone, je tombe sur sa messagerie.

Elia intervient :

— Lara, si nous savons tous que ton père est innocent, il faut qu'il se mette à l'abri. Et avec ce qui s'est passé à la Bastille, je ne sais plus si nous pouvons faire confiance à la police. Il a dû couper tous ses moyens de communication pour ne pas être tracé.

Sofiane s'est approché et frappe du revers de la main à la fenêtre.

— On y va, c'est bon, confirme Elia en ouvrant la porte.

Un vent glacial s'engouffre dans la voiture. Lara s'en extrait après Julie, et se retrouve sur le tarmac de cet aéroport très particulier, réservé principalement à l'aviation d'affaires. Seuls quelques jets sont stationnés sur les pistes. À l'arrière de la voiture, deux policiers sortent des valises du coffre. Lara s'étonne.

— Vous avez eu le temps de faire de si grosses valises ? Et pourquoi vous partez avec nous ?

Sofiane entend la question, et se rapproche de la fille de Stan.

— Nous sommes dans la ligne de mire de la police, comme tous les amis de ton père. Je préfère qu'on se mette à l'abri en attendant que ça se calme.

— Mais tu es flic, toi. Tu ne peux pas leur dire que mon père n'a rien fait ?

— Je leur ai expliqué mais ils doutent aussi de moi. Ne t'inquiète pas, on va trouver une solution.

Tout en marchant dans le vent glacial qui souffle sur le tarmac, Lara voit des personnes qu'elle ne connaît pas embarquer dans un gros jet.

— Et eux, pourquoi ils partent ?

— Ce sont des amis. Ils sont inquiets de la situation. Allez, dépêche-toi ! On va rater notre créneau de décollage, insiste Sofiane.

— On va où ?

— Tu verras. Allez, embarque !

Chapitre 71

Golfe de Guinée. 7 octobre 2023

L'alarme retentit dans les coursives, comme une corne de brume, grave et longue. Dans sa cabine exiguë, McHollister ne parvient pas à savoir s'il rêve ou s'il est réveillé. À la porte, le bruit des coups de poing finit de lui confirmer qu'il est bien sorti de son sommeil.

— Mac ! Mac ! Réveille-toi !

L'Écossais extirpe son long corps de son lit trop petit et ouvre tant bien que mal la porte de sa cabine. Devant lui, Bash est complètement affolé.

— La barge dérive, rejoins-moi vite à la salle de contrôle !

Sans plus d'explications, l'ingénieur syrien tourne les talons. Le capitaine en second enfile sa veste à la va-vite et sort de sa cabine. Dans le bâtiment, tout le monde s'agite. Les opérateurs de jour sortent un à un des cabines, à moitié réveillés, à moitié habillés. Les opérateurs de nuit s'activent à rejoindre les postes d'urgence qui leur sont affectés quand l'alarme se déclenche.

Sur ce genre de bateau, il peut y avoir des dizaines de raisons pour que les alarmes se mettent en œuvre. Depuis qu'il navigue sur les bâtiments ou sur les barges d'Oct'Oil, Mac a déjà subi pas mal d'incidents et de déclenchements de cette corne marine qui hurle à tue-tête depuis maintenant quinze minutes dans les entrailles d'*Angbo One*. Il a eu à gérer une tempête, une fuite de gaz, un incendie en salle des machines. Même une attaque des pirates du MEND l'an dernier. Mais une barge qui dérive toute seule, c'est une première. Et une première particulièrement inquiétante.

La lumière crue des coursives est une torture quand vous venez de vous réveiller en sursaut. Mac termine de fermer les attaches de son gilet gonflable, obligatoire dès que les alarmes sonnent. Il arrive devant la lourde porte de la salle de commande, que Bash a laissée ouverte. À l'intérieur, le calme habituel a laissé la place à un affolement inquiétant. Bash est debout, derrière deux de ses collègues qui s'affairent. On parle vite, on gesticule. Mac doit ramener de la raison dans ce qui semble être un début de panique.

— Stop ! On se calme !

L'ingénieur syrien se retourne, comme les deux hommes assis devant.

— Qu'est-ce qui se passe ? tonne le capitaine en second.

Bash s'explique :

— On dérive.

— Une dérive liée à la marée ou aux courants ?

— Non, évidemment, sinon on ne t'aurait pas réveillé. On dérive parce que le géopositionnement change toutes les trente secondes.

— Quoi ? Qu'est-ce que tu racontes ?

— Nos trois points de repère changent de manière aléatoire, et la barge croit qu'elle est en train de bouger alors qu'elle n'a pas changé de place. Elle essaye de compenser avec les propulseurs auxiliaires pour retrouver un positionnement qu'elle n'a pas perdu. Et du coup, elle dérive.

Mac interroge l'opérateur de positionnement assis face aux consoles :

— Bon. Qu'est-ce que tu peux faire ?

— L'indicateur de verticalité du bâtiment doit rester dans une zone de 2 % à 4 % par rapport au fond de mer et à la surface. Si on dérive et que l'indicateur dépasse 4 %, on arrache les risers. Toutes les remontées de pétrole se déconnectent et c'est la marée noire.

— Et tu sais éviter ça ?

— Non, le passage en manuel se déconnecte, c'est le programme-système qui reprend la main et il est persuadé qu'on bouge, alors il compense.

Mac serre les poings. De rage et d'impuissance.

— Que dit Big Mama ? demande l'Écossais à Bash.

— Ils sont aux fraises, Mac. Aveugles. Leurs systèmes on-shore nous disent que tout va bien alors qu'ils constatent comme nous que nos coordonnées de positionnement changent sans cesse.

Le capitaine en second se saisit du combiné qui relie son navire à la salle de commande à terre.

— Big Mama, ici *Angbo One*. Répondez.

— *Angbo One*, Big Mama écoute.

— Quelles sont vos instructions ?

— On n'en sait rien. Tous les bâtiments de la zone sont touchés par les mêmes dysfonctionnements. On est submergés de données incohérentes. Les alarmes sonnent de tous les côtés.

Bash et Mac croisent leurs regards, le stress se lit en eux. Et pas le bon stress, pas celui qui rend efficace, mais le stress qui fait perdre ses moyens parce qu'on ne maîtrise plus rien.

— Putain ! Qu'est-ce qu'on fait ? hurle Mac.

— C'est vous le capitaine, à vous de décider.

— Vous pouvez nous évacuer par hélico ?

— Négatif. Nos hélicoptères sont engagés sur l'évacuation du *Polaris Tiger* qui a brisé ses ancres. Vous devez évacuer par vos propres moyens.

L'Écossais balance le combiné contre une console. Big Mama les lâche.

— On évacue ! Tout de suite ! lâche McHollister.

Dans le même temps, il enfonce un bouton placé sur le haut des consoles de contrôle. L'alarme change de sonorité, de puissance, et des flashs lumineux se déclenchent dans tout le bâtiment. Il faut quitter la barge le plus vite possible. L'opérateur annonce alors une mauvaise nouvelle :

— On vient de déconnecter les ombilicaux des puits 17 et 21 ! Et on est en tension sur les 3, 7 et 14. Ils vont tous s'arracher les uns après les autres !

La marée noire a commencé.

Chapitre 72

Aubervilliers. 8 octobre 2023

Les chaînes d'information ne savent plus où donner de la tête en ce début de matinée. La date entrera dans l'histoire. Un scandale politico-financier, des fusillades dans des manifestations et maintenant des marées noires et des bateaux qui seraient en perdition dans le golfe de Guinée.

Stan n'a pas fermé les yeux de la nuit. Installé dans le canapé vieillot de la maison de la rue Heurtault, il a tenté de joindre Lara sur les réseaux sociaux. Mais rien. Aucun contact. Et la peur s'est installée. La peur qu'il lui soit arrivé quelque chose de grave. La peur qu'il ne la revoie plus. Les larmes montent à ses yeux. Le négociateur est épuisé. Cela fait plusieurs jours qu'il est à la manœuvre, sur tous les fronts. Qu'il est pris dans la tourmente. Dans la machine à laver les cerveaux des chaînes d'information. Mais il y a un bien dans le mal : depuis la fusillade de la Bastille, on ne parle plus de lui.

Une main se pose sur son épaule. Nathalie. Elle sait que Stan pleure. Parce qu'elle ressent ce qu'il ressent. Même s'ils ne sont plus amants depuis longtemps, il y a une persistance des sensations, malgré les années.

Mais Nath ne dit pas un mot. Juste une tasse de café chaud qu'elle pose sur la petite table devant lui. Avant de repartir, certainement dans la cuisine. Elle sait qu'il est mort d'inquiétude pour Lara. Et Elia… L'amour qu'il avait pour elle… Le premier jour où il l'a vue, il a su qu'il ferait sa vie à ses côtés. Tout le monde l'a compris, même elle. Ce jour-là, elle a su qu'elle resterait toujours dans l'ombre et que dans les bras solides de Stan, il n'y aurait plus aucune autre femme qu'Elia.

Stan doit se reprendre. Le combat commence tout juste. Il avale son breuvage, son soutien moral qui ne lui a jamais fait défaut. Moïse entre à son tour dans le salon, un grand mug de thé à la main. C'est toujours étonnant de voir un ami sous un jour nouveau. Stan a toujours été celui qui avait la main sur les missions, sur les décisions. Aujourd'hui, il est sous sa protection. Et celle du Mossad. Il ne maîtrise plus grand-chose. L'Israélien s'assoit à côté de lui.

— Je ne te demande pas si ça va. Des nouvelles de Lara ?

— Non, toujours pas. Mais ce n'est pas forcément mauvais signe.

Moïse ne relancera pas sur Lara. Évidemment que l'absence de nouvelles n'est pas de bon augure, mais Stan essaye de se rassurer comme il peut.

— Tu as dormi sur le canapé ?

— Pas vraiment dormi. Mais je suis reposé. Tu as vu les infos ?

Stan monte le son de la télévision. Sur l'écran, le plateau d'une chaîne d'information. Et des experts qui commentent.

« La fusillade de la Bastille, au cours de laquelle, je vous le rappelle, des policiers ont tiré sur les manifestants, faisant plus de vingt morts, a donné lieu à des échauffourées un peu partout sur le territoire national. Une trentaine de commissariats et de postes de police ont été incendiés, attaques au cours desquelles quatre policiers ont été tués. On indique aussi que suite à la riposte de policiers, au moins douze personnes auraient été abattues, dont deux femmes et un adolescent dans le quartier sensible du Mistral, à Grenoble. À Marseille, les policiers du service de nuit ont quitté leur poste face aux manifestants qui se sont rendus devant le commissariat central de la ville aux cris de “Policiers assassins”. Un peu partout en France, on assiste à des affrontements avec la police. »

Le journaliste parle alors que des images de guet-apens sont diffusées sur les écrans. Des voitures de police qui flambent. Des corps allongés dans les rues. Sur le bandeau d’information qui défile sans discontinuer, des chiffres de morts et de blessés associés à des noms de villes s’égrènent.

« Sur le plateau, nous avons Pierre Escoffier, ancien ministre de l’Intérieur. Comment interprétez-vous la démission de l’actuel ministre de l’Intérieur, annoncée ce matin ?

— Écoutez, je suis sidéré par ce qui se passe. La fuite du ministre de l’Intérieur, parce que c’est une fuite, disons-le, est soit un aveu d’impuissance, soit un aveu de culpabilité. Je n’ose imaginer que l’on ait donné l’ordre à la police de tirer sur les manifestants ; mais si c’était le cas, ce serait un véritable coup d’État. Et quand je vois l’ampleur du scandale Argenton, le financement du train de vie de nababs de tous ces ministres européens, de ces journalistes dont la liste ne cesse de s'allonger toutes les heures, je me dis que la compagnie Oct'Oil a bien mené sa barque. Avec des prix du pétrole en hausse et des bénéfices nourris par nos concitoyens qui ne peuvent même plus faire leur plein d'essence pour aller travailler. »

Discours de politicien. Mais sur le fond, la messe est dite. En même temps que Pierre Escoffier s'emporte, des images apparaissent sur les grands écrans du studio de télévision. Une barge pétrolière au milieu de l'océan :

« Des informations arrivent en ce moment dans les rédactions. À ce stade, nous ne savons pas si ces informations sont liées, mais plusieurs navires et plusieurs barges pétrolières seraient entrés en collision ou auraient arraché leurs ancres au large des côtes africaines, déclenchant des déversements de pétrole dans le golfe de Guinée. »

Stan et Moïse se regardent.

— Matthias ? demande Stan.

— Oui, forcément. Tu plantes les systèmes de navigation et plus aucun bateau ne peut circuler. Plus de barges, plus de tankers, plus d'approvisionnement des raffineries. Et s'il n'y a plus de pétrole dans les raffineries, il n'y a plus de fioul, plus de kérosène, plus d'essence. Plus de déplacements.

Stan commence à relier toutes les informations entre elles.

— Elia m'a parlé d'une expérience. Tuer la confiance pour remettre les gens dans l'adversité. Tu fais monter la pression sociale en maintenant les cours du pétrole au plus haut. Puis tu détruis la confiance des gens dans leurs hommes politiques avec un beau scandale, et il n'y a plus d'autorité. Ensuite, tu détruis la confiance des gens dans leur police avec des assauts contre les citoyens : il n'y a plus de sécurité. Et enfin, tu détruis la croyance des gens dans leur liberté à se déplacer en arrêtant les approvisionnements en carburant : il n'y a plus de capacité à fuir. L'adversité revient. Avec l'instinct de survie et sa cohorte de comportements grégaires.

Moïse acquiesce en hochant de la tête :

— Et s'il n'y a plus d'essence, plus de transport de marchandises, plus de réassort des magasins de nourriture, plus de véhicules de pompiers, plus d'ambulances. Plus rien. Je ne sais pas si Elia et ses amis ont anticipé les conséquences de leur petit jeu, mais cela peut être catastrophique.

— Elia est intelligente, bien sûr qu'elle a conscience des conséquences. Comment a-t-elle pu en arriver là ?

Stan se lève, fait quelques pas, comme un lion en cage. Il respire fort, pour contenir sa colère. Il se retourne vers son ami.

— Le gros truc que Spano m'annonçait est encore bien plus gros que ce que j'imaginais, Moïse.

Chapitre 73

Océan Indien. 8 octobre 2023

Les roues du jet viennent de toucher le tarmac quand Lara se réveille. À l'intérieur de l'avion, les passagers se lèvent lentement, et la porte s'ouvre. Chacun sort à son rythme. Il y a là une dizaine de personnes, en plus de Julie, de Sofiane et d'Elia.

À peine a-t-elle passé la porte que la jeune femme est frappée par le soleil et la chaleur. Elle jette un œil à sa montre : sept heures du matin. Mais le soleil est déjà haut, Lara en déduit qu'ils ont voyagé vers l'est. Une dizaine d'heures de vol. En tournant sur elle-même, elle sait exactement où elle est. L'avion est stationné loin du terminal principal mais elle n'a pas besoin de lire le nom de l'aéroport pour savoir. Le relief. L'odeur. Elle est à Maurice.

À une vingtaine de mètres de l'avion, six voitures patientent. Des SUV noirs, aux vitres teintées. Des voitures de VIP. Et c'est d'ailleurs ce à quoi ressemblent les autres passagers du jet que Lara n'avait jamais vus auparavant. Elia s'approche d'elle.

— Ça va, Lara ? Pas trop fatiguée ?

— Non, ça va. Je suis juste inquiète pour mon père.

— Je comprends, moi aussi je suis morte d'inquiétude. Mais pour le moment nous devons faire profil bas et surtout ne passer aucun appel.

Sofiane, qui a entendu l'échange, arrive à la hauteur de Lara et Elia.

— Elia a raison, Lara. Nous sommes ici en sécurité. Mais il faut surtout que personne ne sache où nous sommes. Ne t'inquiète pas, nous allons sortir ton père de ce mauvais pas.

La jeune fille lâche, en s'éloignant :

— Mon père a toujours su se sortir des mauvais pas. C'est sa spécialité.

Sofiane et Elia se regardent. Elle a du caractère, la petite. La même force que Stan dans le regard. Julie les rejoint. Sofiane indique à voix basse :

— Astana a confirmé le succès du protocole Vanessa. On ne connaît pas encore l'ampleur des dégâts, mais le FPSO d'Oct'Oil est à l'arrêt. D'autres navires ont peut-être aussi été touchés dans la zone. Ça fonctionne. Nous pouvons préparer la suite. Si nous lançons la poursuite de l'attaque d'ici à deux jours, dans trois semaines, au plus tard, il n'y aura plus une goutte d'essence en Europe. J'ai eu aussi eu les confirmations d'Adams et Oulianoff : le président américain va annoncer sous peu le blocage de tous les stocks de carburant pour l'export. *Idem* pour les Russes.

Elia demande, toujours à voix basse :

— Tu as eu des infos sur Stan ?

— Non, rien. La DGSI l'a perdu. C'était une erreur de le voir une dernière fois, Elia. On lui a donné un peu d'avance en l'envoyant chez toi, et il est malin. Son téléphone ne borne plus. Je pense qu'il a trouvé refuge chez des proches.

— Moïse, confirme Elia. Tu peux être sûr qu'il est avec lui.

— Le Mossad ne collaborera pas avec la DGSI. Mais Stan va devoir rester terré, il ne pourra plus se bouger.

Elia sourit, longuement, avant de compléter :

— On dirait que tu ne connais pas Stan. Rien ne l'arrêtera.

— C'est un problème. Il peut être dangereux.

— Je sais, soupire tristement Elia.

— Tu sais ce que ça veut dire ?

Elia ne répond pas. Sofiane insiste :

— Elia, tu sais ce que ça veut dire ?

— Oui. Je ne veux pas savoir ce qui va se passer.

— Ok, lâche froidement Sofiane avant de s'éloigner.

Julie et Elia restent seules.

— Comment vas-tu ? demande la femme de Sofiane.

— Mal dormi.

— Tu penses à Stan ?

— Oui. Je ne peux m'empêcher de penser qu'il aurait dû être avec nous.

— Tu as essayé, Teresa a essayé, il n'a pas voulu nous suivre.

— Je comptais tellement sur lui.

— Je sais. Moi aussi, je suis triste qu'il ne soit pas avec nous. C'est comme ça, ce n'est pas ta faute. Allez viens, on va aller mettre les bagages dans les 4 x 4.

Elia vient d'arriver sur le complexe de villas où elle et Lara vont passer quelque temps. Elle sort un téléphone satellite de son sac, et met l'appareil sous tension.

En attendant que la connexion soit faite, Elia regarde par la fenêtre. Malgré la température chaude de l'été dans l'hémisphère Sud, Elia est gelée. La chaleur de Stan lui manque. Lui le feu et elle la glace. Peut-être ne l'aimait-il pas suffisamment pour la suivre… Pas autant qu'il lui laissait croire. Les larmes montent, mais elle doit les retenir. La dernière phrase de Sofiane au sujet de Stan était un arrêt de mort. Comment ont-ils pu en arriver là ? Le bip de la connexion satellite l'arrache à sa tristesse. Elia compose un numéro sur le terminal. Quelques sonneries, puis une voix :

— Oui.

— C'est moi. Comment vas-tu ?

— Je vais bien. Et toi ?

— Ça va.

Les échanges sont courts. Elia continue :

— Astana va bien ? Tu es avec elle ?

— Oui. Elle est à côté de moi. Tu veux lui parler ?

— Non. Tu la féliciteras pour moi. Vous avez cartonné, avec ton protocole, Noé.

— Maman, s'il te plaît. Appelle-moi Matthias, tu sais que je n'aime pas quand tu m'appelles Noé.

Elia sourit. Son fils est aussi fort que tout le monde le dit.

— Ton protocole Vanessa va mettre Oct'Oil à genoux. Jusqu'à la mort. Ta grand-mère serait fière que tu ais donné son prénom à ton programme.

— J'aime bien l'idée qu'elle revienne comme ça, d'entre les morts.

— Tu lui as redonné vie, Noé. Et ce n'est qu'un début. Astana et toi êtes prêts pour la phase suivante ?

— Oui. Dès que le Duc nous donnera le feu vert.

Chapitre 74

Golfe de Guinée. 8 octobre 2023

Mac regarde par le minuscule hublot du module de survie. Sur l'horizon, la silhouette d'*Angbo One* se détache depuis que le jour s'est levé. Le colosse écossais contemple une épave à quatorze milliards d'euros. Le PDG d'Oct'Oil ne va pas être content, pense-t-il. Mac ne sait pas encore que Marc du Jonchay ne se fait plus aucun souci pour grand-chose.

Assis en face, dans l'habitacle exigu, Bashar essaye de comprimer la plaie qu'il s'est faite au front en passant la porte du canot de survie. Mac vient s'installer à côté de lui, obligeant les autres passagers de fortune à se serrer un peu plus.

— Bash, tu penses la même chose que moi ?

— Oui. Les données aléatoires balancées sur les systèmes SCADA. L'attaque de la dernière fois.

— C'est la même chose. Tu brouilles le géopositionnement des navires, tu obliges les systèmes de sécurité à revenir à la normale, mais la normale n'a pas changé. C'est comme une maladie auto-immune : ton corps pense qu'il est malade, alors il lutte contre pour revenir à la normale, mais en pensant te défendre, il te tue.

— Tu penses que c'est ce qui nous est arrivé ?

— J'en suis sûr. Il faut beaucoup de puissance de calcul et de puissance d'injection pour saturer les satellites GPS, pour brouiller les systèmes de localisation et d'anticollision AIS. Mais si tu as le bon matériel et la bonne équipe derrière, tu plantes le trafic maritime. Simple mais redoutablement efficace. Quand un navire brise ses ancres et s'échoue, ou quand une barge déconnecte ses risers ou part à la dérive, il faut des mois de travail pour réparer. Quand c'est possible.

Mac tourne la tête, et regarde ses hommes. Ils ne sont pas près de retrouver du travail sur un navire pétrolier. Pour l'instant, à cent vingt kilomètres du Nigeria, il leur faut croiser les doigts en attendant qu'on vienne les récupérer.

Chapitre 75

Aubervilliers. 8 octobre 2023

Stan tourne en rond dans le salon de la maison d'Aubervilliers. Comme un animal coincé au fond de son terrier. Un bip venant de son téléphone. Un message de Spano sur Discord :

« Tu vas bien ? »

Stan répond immédiatement :

« Oui. Et toi ? »

« En sécurité. Elia joue un double jeu. »

« Je sais. »

« Elle ne sait pas pour moi. Tu avais raison de te méfier. »

« Mon intuition. Où es-tu ? »

« Maurice. Sofiane est là aussi. Avec Julie. »

Stan souffle. Ses mâchoires se crispent. Ses poings se serrent. Mais Spano est dans la place, maintenant. C'est son atout. Le négociateur tape un dernier message :

« Il faut savoir ce qui se trame. Je suis sûr qu'il y a autre chose qui se prépare, et j'ai besoin de toi. Fais attention à toi. Je t'aime plus que tout. »

Spano répond :

« Je t'aime, Papa. »

Chapitre 76

Aubervilliers. 8 octobre 2023

Lara, informatrice. Infiltrée. Il se demande encore ce qui l'a poussée à une telle folie. Ce qui l'a poussée à faire croire à une brouille entre eux. Cette intuition. Qui ne lui ment jamais. Pourtant, il a tellement espéré qu'elle soit fausse. Qu'Elia n'ait rien à voir là-dedans. Mais voilà, il y a des signes qui ne trompent pas. Comme les cauchemars, qu'elle essaye de cacher et pendant lesquels elle parle. Comme les discussions anodines, sur la surpopulation, les gens assistés, la nécessité de faire quelque chose. Il aurait pu lui dire qu'il savait. Mais il y a autre chose derrière tout ça. Quelque chose qui n'est pas terminé. Quelle folie as-tu prévue Elia ?

La porte d'entrée s'ouvre en laissant échapper un grincement, sortant Stan de sa réflexion. Le froid de la rue Heurtault s'engouffre dans le vestibule, et vient mourir aux pieds du négociateur. Une femme et un homme viennent d'entrer. Jeunes. Sportifs. Mossad. Face à eux, Moïse. Il leur parle en hébreu. Stan a toujours aimé les sonorités de cette langue, à la fois rauque et soyeuse. La femme fait un signe de tête en direction du négociateur, pour le saluer, pour lui faire comprendre qu'elle sait qui il est. On dirait qu'Israël envoie ses troupes.

L'homme se dirige vers le salon, pour saluer Stan à son tour. Ce dernier voit qu'il n'a cependant pas sorti sa main droite, enfoncée dans son blouson. Vieux réflexe, Stan accélère vers l'homme au moment où celui-ci sort un pistolet, prolongé d'un silencieux. L'ancien flic parvient à dévier le canon de l'arme en saisissant de sa main gauche le silencieux. Un coup part, étouffé. Du 22 long rifle. Un calibre d'assassin. La balle vient se loger dans la cuisse du négociateur, mais il ne sent rien. L'adrénaline a le pouvoir magique d'inhiber la douleur et de décupler les forces. Comme la colère. *Tu veux me tuer ?* pense Stan. *Mauvaise pioche.* Il porte un coup de poing à la gorge du tueur, qui s'effondre sur lui-même, la respiration coupée. Stan arrache l'arme de la main de l'homme, la prend dans sa main droite, et pose le canon sur le front de l'agresseur qui est tombé sur ses genoux. Il tire. *Bing.* Une fois. Et lâche dans un souffle :

— Perdu.

Comme un réflexe, il se dirige vers le vestibule, en dirigeant l'arme devant lui. Position instinctive du guerrier au feu. La femme n'a pas bougé, surprise de la réaction de Stan. Elle reste interdite, devant Moïse, qui recule en comprenant ce qui se passe. Stan croise le regard de celle qui est venue l'abattre. Sans dire un mot, il tire deux fois. En plein torse. La jeune femme tombe en arrière, le dos contre la porte d'entrée. Un pistolet automatique glisse de sa poche. Stan s'avance toujours. Il lui tire une troisième balle dans la tête. Les douilles qui tombent sur le carrelage du vestibule font un bruit de pièces de monnaie, comme si on avait jeté un peu d'argent à un clochard, couché par terre.

Moïse tonne :

— Les fils de pute ! Ils sont venus nous fumer.

Dans un claquement sec, la porte d'entrée de la maison vient de s'ouvrir, et deux hommes apparaissent en contre-jour. Impossible pour Stan et Moïse de distinguer leur visage, ils sont deux ombres massives qui avancent. Mais le négociateur reconnaît la position du premier, les épaules rentrées comme celles d'un boxeur : la position d'un tireur tenant une arme à bout de bras. Stan se jette sur Moïse, juste à temps pour que la balle tirée par le premier homme ne vienne s'écraser sur le mur derrière eux. Moïse se met à courir vers l'escalier, au fond du vestibule. Malgré sa corpulence, il atteint la porte qui descend au sous-sol en deux enjambées, suivi comme son ombre par Stan. Une douleur aiguë lui traverse la cuisse, mais il la sent à peine, là encore l'adrénaline fait son office. Les deux hommes s'engouffrent dans l'escalier juste avant que de nouveaux impacts de balles ne fassent voler en éclats un des montants de la porte. Pas de bruit de détonation. Des silencieux. Des assassins.

L'escalier est étroit, et Moïse manque de s'écrouler tandis que Stan le pousse vers l'avant. Pas le temps de prendre des gants, les tueurs sont derrière eux. Le négociateur se retourne et tire en direction de la porte, rectangle de lumière qui se détache dans l'obscurité du sous-sol. *Bing. Bing. Bing.* Stan tire à plusieurs reprises pour couvrir leur fuite, faire baisser les têtes. Et puis plus rien. La culasse reste à l'arrière, le chargeur est vide. Il a tiré sans réfléchir. Panique de feu. Maintenant, ils n'ont plus de munitions.

Judith, la femme de la maison, pénètre dans le vestibule, attirée par les bruits inhabituels. Sans même comprendre ce qui se passe, elle reçoit une balle en plein cœur. Le second tueur ne lui a laissé aucune chance, la vieille dame s'effondre sur le carrelage. Apparemment, personne ne doit sortir vivant de la maison.

Dans le sous-sol, mauvaise surprise pour Moïse et Stan : cul-de-sac. Seules deux minces ouvertures laissent apparaître la lumière du jour. Dans la pièce, un capharnaüm. Des cartons. Des meubles. Des bouteilles. Mais rien qui ressemble à une arme. Moïse s'est retourné, pour observer l'escalier tout en s'accroupissant derrière une pile de boîtes en bois. Refuge dérisoire contre des armes à feu. Stan s'est aussi caché derrière un vieux frigo. Les deux hommes font silence pour essayer d'entendre ce qui se passe là-haut. Mais les tueurs sont des pros. Pas de chuchotements. Aucun de bruit de pas. Juste la lumière du sous-sol qui s'allume, pour révéler la position des fuyards. L'interrupteur est au bas de l'escalier, impossible pour Stan de l'atteindre sans s'exposer. Mais l'ampoule est à portée : avec son arme vide en guise de marteau, il la fracasse d'un coup. L'obscurité revient, avec la protection toute relative qu'elle apporte. En guise de réponse, une main apparaît dans la lumière de la porte, en haut, et trois coups de feu étouffés viennent rappeler à Stan qu'il n'a pas le contrôle de ce qui se passe.

Un regard suffit aux deux hommes pour s'accorder sur la situation : cela ne sent pas bon du tout. Ils sont pris au piège dans un sous-sol sans issue avec deux tueurs à leurs trousses.

Une nouvelle détonation. Énorme, celle-là. Suivie d'une deuxième. D'une troisième. Mais aucun impact dans le sous-sol. Le bruit a été assourdissant, on dirait que les tueurs ont changé de calibre. Quelques secondes de silence. Et la voix de Nathalie.

— Vous êtes là ?

Stan et Moïse se regardent, avant que le négociateur ne réponde :

— Oui ! Tout va bien ?

— Moi oui. Mais pas Judith.

Moïse s'est relevé et monte l'escalier en trombe. Stan sent tout à coup un picotement dans la jambe. En baissant les yeux, il voit son pantalon couvert de sang. Il remonte à son tour vers le vestibule, gêné par la lumière qui l'oblige à plisser les yeux. Au sol, deux hommes gisent sans vie. Derrière eux, Nathalie tient le 45 mm du négociateur entre ses mains. Elle a l'air étonnamment calme. Sans un mot, Stan s'approche d'elle, et reprend doucement l'arme. Moïse, accroupi, essaie de trouver en vain le pouls de Judith.

Stan se dirige alors vers la porte d'entrée de la maison, laissée grande ouverte par les tueurs. Il passe rapidement la tête, son 45 mm en main. Il y a peut-être des renforts. Mais rien de suspect. Ni voiture ni passant.

— Elle est morte, lâche Moïse en fermant les yeux de Judith.

Nathalie se met à trembler, comme si elle prenait conscience de ce qui vient de se passer. Le négociateur se retourne, et malgré la douleur de sa cuisse, revient sur ses pas pour prendre la femme dans ses bras.

— Tu nous as sauvés, Nath.

Moïse s'est relevé. Calmement, Stan le regarde et demande :

— Tu as des compresses ? Et une voiture ? On déménage.

Chapitre 77

Région parisienne. 8 octobre 2023

Les gouttes de sang s'écrasent mollement sur le tapis de sol de la voiture. Épaisses, sombres, comme de l'encre qui sort d'une plume quand on presse sur la cartouche. La blessure est profonde. Moïse s'inquiète.

— Ça va ? Tu veux qu'on aille à l'hosto ?

— Roule. Regarde autour de nous, c'est un bordel monstre, on ne va pas aller aux urgences, et je te rappelle que je suis recherché par la police. Ça va aller, la balle a traversé le muscle. Quelques strips et c'est bon.

Tout en parlant, Stan compresse la plaie, pour essayer de poser les bandes autocollantes malgré les mouvements de la voiture. Sur la banquette arrière, Nathalie n'a pas prononcé un mot depuis qu'ils ont quitté Aubervilliers. Elle vient de tuer deux hommes. Il faut un peu de temps pour revenir à la normale. Si tant est qu'il y ait une normale, aujourd'hui.

Moïse roule vite. Il est agacé, tout chez lui l'indique. Il conduit nerveusement, il respire fort. Et surtout il ne parle pas. Ce qui est un signe particulièrement marquant chez l'Israélien. Stan perce l'abcès :

— Je croyais que les juifs ne se dénonçaient pas entre eux.

Moïse tourne la tête, sans ralentir.

— Ceux-là n'étaient pas du Mossad.

— Qu'est-ce qui te faire dire ça ?

— Leurs flingues : ils ont des numéros de série. Tu ne trouveras jamais un numéro sur les armes des tueurs du Mossad. Et leurs téléphones.

— Tu as les a récupérés ?

— Oui. Ils ne sont pas sécurisés comme ceux qu'on utilise au service. J'ai pu les déverrouiller sans problème.

Stan reste dubitatif. Les dernières heures lui ont rappelé qu'il fallait se méfier de tout le monde, et surtout de ces interprétations. L'Israélien sort un portable de sa poche, et le tend à Stan. Celui-ci s'en saisit ; l'appareil est déverrouillé sur la page d'accueil.

Stan fouille dans l'appareil, ouvre les applications. Moïse sourit et lâche :

— Regarde les photos.

Stan s'exécute. L'appli se lance, et apparaissent alors des photos d'une jeune femme, visiblement prises à Paris. La jeune femme que le négociateur a tuée. Moïse continue :

— Il y a des photos personnelles. Beaucoup. Aucun agent du Mossad ne travaille avec un téléphone plein de photos personnelles. C'est contre toutes les règles du service, et c'est même dangereux. Cette femme n'est pas un agent.

— Et l'autre téléphone ?

— Celui du gars ne contient pas de photos, mais son WhatsApp est rempli de messages, avec des noms et des numéros en clair. Ça non plus, ce n'est pas Mossad. Ils se sont montrés déterminés, mais ce ne sont pas des pros. Et si cela avait été des agents du service, nous serions morts tous les trois. Eh oui, moi aussi, siffle Moïse en réponse à la remarque précédente de son boss.

Tout en parlant, l'Israélien tend l'autre téléphone à Stan.

— Regarde le dernier message WhatsApp.

Le négociateur appuie sur l'icône verte de l'appli de messagerie, et la ligne du haut de la rubrique « Discussions » indique l'adresse de la rue Heurtault.

— Pour confirmer ce que je dis, aucun agent n'aurait gardé ces messages. Il les aurait effacés tout de suite, conclut l'Israélien.

Stan ouvre la discussion, et la ligne qui précède celle qui indique l'adresse de la maison dans laquelle étaient réfugiés les deux hommes et Nathalie est explicite : *« Faites le ménage. »* Alors que le négociateur s'apprête à regarder les autres fils de messages, le téléphone vibre et une phrase apparaît : *« Le Duc veut savoir si c'est fait. »*

— Tiens, on dirait que le Duc s'inquiète de notre sort.

Moïse tourne la tête, pour voir de ses yeux le message de celui qui semble avoir tout organisé. Stan répond, laconique : *« C'est fait. »* Puis lâche :

— Et voilà, mon ami. Tu viens de mourir. Comme moi.

Il aurait bien aimé sourire pour marquer encore plus l'effet de sa dernière phrase, mais la douleur est plus forte que son sens de l'humour. Moïse perçoit la grimace de son patron.

— Tu es sûr que tu ne veux pas voir un médecin ?

— Non, ça va aller. J'ai ce qu'il faut à la campagne pour me soigner.

— Et toi, Nath, ça va aller ?

La jeune femme répond oui de la tête. On dirait qu'elle a encaissé le coup. Elle se redresse pour se rapprocher de la banquette avant.

— Stan, tu ne crois pas que c'est risqué d'aller là-bas ? C'est ta base arrière. Elia va peut-être y envoyer du monde, non ? Ou les flics ?

Le négociateur esquisse un sourire malgré tout, pour rassurer son amie.

— La police a autre chose à faire que de nous courir après. Quant à Elia, je te rappelle que Moïse et moi sommes morts. Et elle ne sait même pas que tu es avec nous. Mais tu as raison, nous allons être prudents en arrivant sur place.

Sans attendre de réponse, Stan s'enfonce dans le siège, pour essayer de dormir un peu et oublier la douleur.

Chapitre 78

Île Maurice. 8 octobre 2023

La femme de ménage vient de finir la chambre dans laquelle Elia a posé ses affaires. Une Mauricienne, de la communauté indienne. Dorée, aussi bien sur sa peau que dans son regard. Elia a échangé quelques mots avec elle, mais elle a rapidement décroché, le créole ayant trop vite pris le dessus sur le français. La discussion s'est terminée par un sourire. Universel, celui-là. Pourtant, Elia n'a pas le cœur à la joie. Leur opération contre Oct'Oil fonctionne, mais à quel prix ? Il faut qu'elle sache. Elle sort de la chambre pour rejoindre la grande pièce commune de la villa. Un long couloir puis quelques marches la séparent de l'immense hall, à moitié ouvert sur l'extérieur.

Sofiane est là, debout, les mains dans le dos. Face à la vue imprenable sur l'océan Indien. Comme pour contempler son œuvre, comme s'il pouvait voir d'ici les dégâts que leur attaque a causés sur la barge d'Oct'Oil. La maison est idéalement placée pour observer l'immense horizon bleuté. Situé dans un complexe sécurisé, elle ressemble à toutes les autres villas de luxe de Trou-aux-Biches. Et c'est exactement ce que voulait Sofiane : pour tous les voisins, ce sont des touristes qui viennent chercher la chaleur et la tranquillité de Maurice.

Elia s'approche à pas feutrés. Comme à son habitude. Mais pas assez pour surprendre le commissaire de police, qui se retourne vers elle. Sofiane a la mine grave. Sombre. Pas la peine de rentrer dans les explications, Elia a compris. Mais elle ne peut pas laisser planer le doute, cette question qui lui tord le ventre depuis des heures.

— C'est Stan ?

— Oui, répond Sofiane.

— Alors ? interroge Elia avec une pointe d'espoir.

— Je suis désolé.

Elia ne peut empêcher les larmes de monter. Sofiane pose ses deux mains sur les épaules de son amie.

— Je suis désolé, répète-t-il. Il était trop dangereux. Tu le sais.

Le coup est brutal. Elia ne peut plus prononcer un seul mot. Le silence est terrible. Il écrase de son poids les épaules de Sofiane, qui tente de rajouter :

— Ne dis rien à Lara pour l'instant.

Elia plonge ses yeux dans ceux de Sofiane. Les larmes de tristesse ne parviennent pas à cacher les larmes de colère. Une colère contre elle. Contre Sofiane. Contre leur attaque. Même si elle savait que la mort de Stan était inéluctable, elle n'était pas prête.

— Son père est mort. Tu penses vraiment que je vais pouvoir le lui cacher ? Elle est comme lui, elle sent les choses. C'est un animal. Un félin, qui attaque avant d'être attaqué. Comme Stan.

— Fais au mieux, alors. Il ne faut pas la perdre.

— Je t'ai laissé faire, je suis aussi responsable que toi. Je vais gérer Lara.

Le regard de Sofiane s'échappe vers sa gauche. Furtif. Inquiet. C'est forcément Lara qui vient de sortir du couloir du fond, pour entrer dans l'immense pièce de la villa. Inutile pour lui de préciser que la jeune fille se dirige vers eux. Il lâche : « Je vous laisse », avant de tourner les talons.

Le hall est grand, et la chambre de Lara se trouve du côté le plus éloigné, dans le dos d'Elia. Cela lui laisse quelques secondes pour reprendre ses esprits. Dérisoire. Inutile. Elle est incapable de retenir ses larmes, seuls les sanglots restent encore sous contrôle. Elia a déjà eu à affronter l'annonce de la mort. À dire à des parents que leur enfant s'était éteint dans la nuit. Être médecin, c'est aussi accepter la mort comme une hypothèse de travail. La verbaliser est une épreuve. Mais avec le temps, on se blinde. Pourtant, Elia ressent le trac de la première fois. Encore quelques secondes pour réfléchir, pour trouver les mots. Les larmes ne s'arrêtent pas. Et ce sanglot, qu'elle ne peut retenir.

— Elia ?

La voix de Lara est tremblante. Elle a perçu le sanglot. La gorge d'Elia est nouée. Impossible de mettre des mots sur ce qu'il vient de se passer.

— Non ! Elia ! Non !

Les cris de Lara déchirent le silence du hall, résonnent comme dans une église. Elia ne peut que se retourner pour voir le visage de la jeune fille tordu de chagrin, fripé par la douleur d'avoir compris.

Chapitre 79

Bourgogne. 8 octobre 2023

Stan fait glisser les doigts le long de son écran de portable pour activer son système de vidéosurveillance. Encore une fois. À côté de lui, Moïse s'impatiente :

— Alors ? Tout va bien ?

Le négociateur ne répond pas. Il sait que cela a le don d'énerver l'Israélien. Et surtout, il veut être sûr. Nathalie s'est endormie sur la banquette arrière, elle émerge doucement. Stan passe d'une caméra à une autre. Observe.

— Non, c'est bon. On peut avancer.

La voiture se remet en mouvement doucement sur le chemin de campagne le long duquel les deux hommes s'étaient arrêtés. Encore quelques kilomètres avant de se poser. En sécurité. Mais Moïse n'est pas rassuré.

— Tu es sûr qu'il n'y a pas de surprise ?

— Tu veux dire comme des tueurs du Mossad ?

— Stan ! Je t'ai dit que…

— Oui, je sais. Au point où nous en sommes, il ne nous reste que l'humour. Et ma maison. Rien ne bouge sur les caméras. Et s'il y avait un comité d'accueil, ils auraient déclenché les alarmes silencieuses.

Au loin, sur les hauts d'un promontoire, une forêt se dessine au fur et à mesure que la voiture approche. Nathalie n'est pas rassurée. Elle est déjà venue plusieurs fois dans cette maison ancienne qui sert de refuge à son patron. C'était il y a longtemps. Mais jamais elle n'avait eu à se méfier en arrivant. Autour, le calme verdoyant de la campagne contraste avec le chaos qu'ils ont laissé à Paris. Comme si la vie ici n'avait pas encore été informée des fusillades. Des bateaux en perdition. Des morts.

Stan passe la main sur sa cuisse. La douleur est encore là mais elle se dissipe peu à peu. Un regard à gauche, puis à droite. Au cas où. Moïse tourne vers la droite, pour s'engager dans l'impasse qui mène chez le négociateur.

Stan prend son portable et tape un code sur l'appli activant son portail. Tandis que les battants s'ouvrent lentement sur une allée boisée et laissent deviner les murs d'une maison à une centaine de mètres, un e-mail de notification. LinkedIn. Et un nom : Douglas Morton. Le négociateur interroge :

— Douglas Morton ? Ça vous parle ?

— Douglas ? Ce n'est pas le jeune chez Oct'Oil ? Le responsable des services informatiques ? interroge Nathalie.

— Possible.

— Qu'est-ce qu'il veut ?

— Je ne sais pas. Il a envoyé un message sur mon profil LinkedIn. Et les notifications arrivent sur mon adresse e-mail anonyme.

— Tu t'es reconnecté à tes profils ? demande Moise.

— Non. Juste Discord et mon adresse anonyme.

Moïse jette un regard suspicieux à son boss. Il sait à quel point il est facile de remonter quelqu'un qui surfe sur les réseaux. Stan tente de le rassurer.

— Cette adresse e-mail est sur une messagerie cryptée, avec un faux nom. Et puis on nous croit morts, je te rappelle.

— Mouais, grommelle l'ours israélien.

En quelques clics, Stan est sur la messagerie du réseau social professionnel. Et effectivement, le message confirme la première impression de Moïse :

« Monsieur Monville, je suis Douglas de chez Oct'Oil. Nous avons perdu le contrôle de plusieurs bâtiments dans le golfe de Guinée. Les dégâts sont importants. L'attaque est identique à celle de votre exercice. Appelez-moi, j'ai besoin de comprendre ce qui se passe. J'ai trouvé Vanessa. »

Et un numéro de téléphone.

Tandis que la voiture se range sous le carport devant la grande bâtisse en pierres, Stan appelle le numéro indiqué sur le message LinkedIn. Quelques sonneries et une voix, reconnaissable à son accent :

— Allo ?

— Douglas ?

— Oui.

— Stanislas Monville. Tu m'as envoyé un message.

Un silence, qui laisse imaginer la surprise du Nigérian. Ou la peur.

— Je ne sais pas si j'ai bien fait de vous contacter.

— Douglas, ce qui se passe est plus grave que ce que tu imagines. Dis-moi pourquoi tu voulais me parler.

Encore un silence. Décidément, l'ingénieur n'est pas rapide. Il finit par lâcher :

— J'ai identifié l'attaque.

— Attends, je mets le haut-parleur, je suis avec Moïse et Nathalie que tu as rencontrés chez Oct'Oil. Dis-nous ce que tu as trouvé.

— La dernière fois, Moïse m'a parlé d'une Vanessa. Vous m'avez dit que votre hacker était le meilleur, et que sa Vanessa était très forte.

— Eh bien ? insiste Stan.

— Je l'ai retrouvée. Dans le fichier qui a servi à prendre le contrôle des systèmes de géopositionnement de nos navires, il y a ce prénom mentionné dans le code. Une seule fois. Votre hacker a voulu signer son attaque. Et il a écrit « Vanessa » dans une ligne de code.

Stan sourit. Comme il ne l'avait pas fait depuis les dernières heures. Moïse reprend la main :

— Tu as identifié son protocole ? Cela veut dire que tu peux l'arrêter ?

— Oui. Et non. Je peux arrêter le brouillage des points de géopositionnement et reprendre le contrôle des navires. On n'arrêtera pas les marées noires mais on pourra éviter la propagation.

— Alors, où est le problème ?

— Les fichiers se dissimulent en permanence, l'attaque ne s'arrête pas. Je sais que je cherche un fichier avec le mot « Vanessa », mais il me file entre les doigts. Toutes les secondes, il change d'emplacement dans le système. Si j'arrivais à le trouver et à le supprimer, il serait réinjecté immédiatement. Le truc est trop fort pour moi : je l'ai trouvé une fois, mais maintenant impossible de le trouver encore pour le détruire. Pour remettre les systèmes en marche, il faut arrêter l'attaque depuis l'endroit où elle est lancée.

La joie a été de courte durée. Mais c'est une avancée malgré tout. Stan reprend un peu le contrôle des évènements.

— Douglas, garde ton téléphone avec toi. Je vais voir ce que je peux trouver. Ne donne le numéro avec lequel je t'appelle à personne, ok ?

— Ok.

— Je reviens vers toi vite. Bien joué.

La nuit commence à assombrir la forêt qui entoure le lieu. Les deux hommes se regardent. Un air de sérénité sur le visage de l'Israélien. Le négociateur interroge :

— Ton avis technique ?

— C'est bien d'avoir identifié le malware. Maintenant, il faut arrêter l'attaque pour rétablir les systèmes.

— Et tu penses qu'on peut trouver d'où elle est produite ?

— Je ne sais pas.

— Si tu devais mener une telle opération, tu te mettrais où ?

— Dans le monde entier. Il suffit d'avoir un lieu tranquille avec de la place. Beaucoup d'électricité. Et un très bon réseau satellite.

— Et par ces biais-là, on ne peut rien trouver ?

— Non, il y a trop de lieux potentiels. Rien qu'en Europe, tu as tous les data-centers, les banques, les universités, les start-up de la tech. Il faut connaître le pays, la ville. Sinon, on va courir après des fantômes.

Stan fait la moue. La moue caractéristique qu'il affiche quand il est embarrassé mais que son cerveau s'active à plein régime. Jusqu'à trouver une idée. Un moyen d'avancer.

— Ok. Je sais à qui je vais demander. Et je vais réactiver mes contacts auprès du COS[1].

1. Commandement des opérations spéciales.

Chapitre 80

Île Maurice. 8 octobre 2023

— Pourquoi ils ont fait ça ?

La voix est brisée. Creuse. Elia perçoit chaque tressaillement de Lara. Chaque crispation de ses muscles. Elle n'a jamais ressenti cela, comme si Lara était de son sang. De sa chair. De sa trempe.

— Ils ont voulu l'arrêter, mais ton père ne s'est certainement pas laissé faire.

— Mais il a été flic, lui aussi ! Pourquoi ils l'ont tué ?

Quand le sentiment d'injustice s'allie au sentiment d'impuissance, inutile d'essayer de contrôler l'émotion. Autant laisser filer. Elia le sait, mais voir Lara dans cet état lui est impossible.

— Je ne devrais pas te dire ça, mais ce qui est en train de se passer n'est pas terminé. Il va y avoir une suite.

Assise sur son lit, la jeune fille n'a pas réagi. Les yeux dans le vide, elle tord un mouchoir entre ses doigts. Elia sait qu'impliquer Lara n'était pas prévu à ce stade, mais c'est la seule façon de redonner un peu de sens à tout ce qui se passe. Et de racheter, autant que faire se peut, la culpabilité d'avoir laissé tuer l'homme de sa vie. Devant l'absence de réaction de sa belle-fille, Elia s'assoit à côté d'elle. Tout en dégageant doucement la mèche de cheveux qui lui barre le visage, elle poursuit :

— Lara. Ton père ne doit pas être mort pour rien. Tout ce système doit s'arrêter.

— Quel système ?

— Tout ça. Les politiciens. La police. Les gens.

Lara tourne sa tête vers sa belle-mère, le regard vide. Sans un mot.

— Il faut que tu te reposes, je vais aller dormir un peu moi aussi. Sauf si tu veux que je reste avec toi.

Lara inspire longuement.

— Non, c'est bon, j'ai besoin d'être seule.

— D'accord. Mais dis-toi que tout n'est pas fini. Nous allons franchir une nouvelle étape. Dans quelques heures. Un ou deux jours, au plus tard. Nous avons commencé quelque chose de grand, Lara. De nécessaire. Tu verras…

Chapitre 81

Île Maurice. 8 octobre 2023

La vibration se répète. Lara émerge du sommeil pâteux dans lequel elle est tombée, épuisée d'avoir pleuré, d'avoir maudit, d'avoir juré. La nuit est tombée sur Maurice et le bruit des insectes du soir accompagne la danse des geckos sur les murs de la chambre.

Son téléphone est éclairé, plusieurs notifications s'affichent. Dont une depuis Discord. Sans réfléchir, la jeune fille saisit l'appareil, le déverrouille et se connecte sur le serveur. Une simple question apparaît :

« Spano ? »

Impossible que ce soit son père. Il est mort. C'est un vieux message. Sûrement arrivé en retard. La tristesse ne l'a pas quittée, cette bouffée de chaleur fétide l'envahit encore. Elle a raté le dernier message de son père. Le dernier échange qu'elle aurait pu avoir avec lui. Peut-être qu'il voulait lui demander de l'aide ? Peut-être aurait-elle pu le sauver ? Lara jette son téléphone sur le lit. Inutile de se faire encore plus de mal. Putain de décalage horaire, de réseau pourri. Elle expire, se force à vider ses poumons. Elle ne parvient pas à se sortir ce dernier message de la tête. Il faut dormir. Pour ne pas devenir folle.

Elle reprend machinalement le téléphone. Elle regarde l'heure du message. Vingt-trois heures douze. Le message est tombé il y a quatre minutes. C'est un piège. Forcément. Quelqu'un essaie de l'identifier. Son père l'avait prévenue. Sofiane est malin, il essaie certainement de la pousser à la faute. Ne faire confiance à personne. Mais son cœur s'emballe. Sa respiration aussi. Garder un espoir, c'est une question de survie. Elle tape frénétiquement :

« Pourquoi Spano ? »

Pas de réponse. Évidemment. Et une vibration :

« La BD. »

Le cœur de Lara s'affole, sa tête va exploser. Encore une question :

« Quelle BD ? »

« Celle que je t'ai rapportée d'Argentine. »

Qui d'autre peut savoir ? Personne à part son père et elle ne sait qui est Spano et d'où vient ce surnom.

« Papa ? »

Les caractères se mélangent, Lara doit s'y reprendre à plusieurs reprises pour écrire correctement ce simple mot, sa vision se brouille. Et la réponse qui la libère :

« Oui, chérie. Je vais bien. »

Cette fois, les larmes sont chaudes. Brûlantes. Merveilleuses. Lara ne peut s'empêcher de pousser un cri, étouffé par son instinct, mais tellement bon. Elle prononce à voix basse :

— Papa…

Comme si Stan pouvait l'entendre. Mais il l'entend, c'est sûr. Lara sent d'un seul coup la chaleur de ses bras autour d'elle. Elle sent son odeur, son souffle contre la peau de sa joue. Elle n'a plus peur, il est revenu la protéger. Bientôt la chercher. Comme toujours.

« Elia m'a dit que tu avais été abattu par la police. »

« Désolé, il fallait brouiller les pistes. Mais je vais bien. »

« Je vais tuer cette pute. »

« Non. Tu ne vas tuer personne. J'ai besoin de toi. »

Lara entend la voix de son père prononcer cette phrase. Et insister :

« J'ai besoin que tu sois mes yeux et mes oreilles. J'ai besoin que tu sois posée. Forte. Comme tu as su l'être jusqu'à présent. »

Quelques secondes pour respirer bruyamment.

« Ok. Partie remise. »

« L'opération qu'Elia a montée ne s'est pas arrêtée. Il faut que je sache d'où les attaques informatiques sont lancées. Peut-être depuis Maurice. Il faut que tu l'apprennes rapidement. »

Lara doit garder son calme, se montrer plus maligne. Plus manipulatrice qu'Elia.

« Elle m'a dit qu'il allait y avoir une suite dans quelques jours. Je vais essayer d'en savoir plus. Sofiane est impliqué aussi. Je crois même que c'est lui qui dirige tout. »

« Sofiane ? »

« Oui. Il est ici. Julie aussi, et d'autres personnes. »

Quelques secondes de silence, avant un nouveau message de Stan.

« Sois prudente. Ils sont capables de tout. »

Il n'y aura pas de réponse. Lara s'est déjà déconnectée du serveur. Elle est en mission, désormais.

Chapitre 82

Bourgogne. 8 octobre 2023

— Tu penses que c'est quoi, la suite ?

Nathalie est installée dans le canapé du salon. Sa question reste sans réponse. Stan, assis dans un fauteuil, est absorbé par ses pensées. Sa peur. Colossale. Qu'il doit garder pour lui. Debout derrière eux, l'Israélien croit bon de rajouter :

— Gonflé d'avoir impliqué Lara là-dedans, quand même.

Parfait pour culpabiliser un peu plus Stan.

— Je sais, mais maintenant, nous avons quelqu'un dans la place.

— Oui, c'est une chance, ponctue Moïse en s'apercevant de sa maladresse. Et tu en penses quoi, de la suite dont Elia a parlé à Lara ?

— Je ne sais pas. Quand je l'ai vue pour la dernière fois à l'appartement, ce n'était plus la femme que je connaissais.

Stan a les yeux dans le vide. La pièce est plongée dans l'obscurité, et seule la lueur du feu dans la cheminée découpe les traits de son visage fatigué. Nathalie poursuit :

— Lara t'a dit que Sofiane était impliqué ?

— Oui.

— Tu penses qu'il joue quel rôle ?

— Sofiane est un stratège. Il organise, il planifie. Il décide.

— Et ce n'est pas bon ?

— Il est fort. Certainement un des meilleurs agents que je connaisse. La suite, ça peut être n'importe quoi.

Stan s'est rapproché de l'âtre, pour remuer les bûches et relancer les flammes qui réchauffent doucement la vieille maison endormie. Sofiane impliqué dans tout cela. Il n'a rien vu venir.

— Elia a voulu faire payer à Oct'Oil la mort de ses parents. Mais cela va au-delà, j'en suis certain. Elle a dit qu'elle voulait faire une expérience, remettre les gens dans l'adversité.

— Elle veut faire s'effondrer le système, lâche Nath. Comme Joshua. Comme les Kuzuka.

Le téléphone de Stan sonne. Une série de bips, et une vibration. Un appel sur Signal.

— C'est François, mon ami du commandement des opérations spéciales, indique Stan pour rassurer Moïse.

Le négociateur décroche et met le téléphone sur haut-parleur.

— Salut François.

— Salut Stan. Tu es en sécurité ?

— Oui. Ne t'inquiète pas.

— J'ai vu les infos sur Argenton, on sait tous que ce sont des conneries, ce qu'ils ont dit sur toi.

— Je sais. Merci, vieux frère. Et toi, comment ça va ?

— Nous sommes sous pression, tu t'en doutes. Les autorités sont soit absentes, soit en panique. Ordre plus contrordre égale désordre. Tu sais de quoi je parle.

Stan sourit, il a tellement prononcé cette phrase.

— François, j'ai besoin de toi.

— Je me doute que si tu as activé nos vieux réseaux, ce n'est pas juste pour prendre des nouvelles.

— Ce qui se passe en France, le scandale Argenton, les fusillades avec la police, les attaques sur les navires d'Oct'Oil, tout ça est organisé.

— On s'en doute. Les services sont là-dessus. Toutes les unités du COS sont en alerte depuis que tout ça a débuté. Les autorités politiques ont été mises à l'abri, nous avons été alertés par plusieurs services européens que les groupes de protection ou de gardes du corps pourraient être infiltrés par des membres de l'organisation à la manœuvre dans tout ce bordel. Il y a eu une quinzaine d'assassinats de dirigeants en Europe depuis vingt-quatre heures.

Stan réfléchit. Intègre. Digère. Il reprend :

— Ma femme est impliquée, et un ami, Sofiane, ex-DGSI.

— Ça aussi, nous sommes au courant.

— François, il y a une grosse organisation derrière tout ça. Quelqu'un qui se fait appeler le Duc. Leur but est de déstabiliser le pays.

— Tu ne veux pas me rejoindre au CPCO[1] pour qu'on te débriefe ?

— Non, impossible.

— Je m'arrange avec les flics, si tu veux.

— Ce n'est pas le problème. Lara est avec eux.

— Impliquée ?

— Infiltrée.

1. Centre de planification et de conduite des opérations.

— Tu as infiltré ta fille ?

— Écoute, c'est plus compliqué que ça. Ce que je sais, c'est que leur attaque n'est pas terminée et je pense que le point de départ de l'attaque informatique est à Maurice. Lara y est actuellement, avec Elia et Sofiane. Tu peux monter une opération là-bas quand on aura identifié précisément le lieu ?

François laisse échapper un rire.

— Stan ! Les choses ont changé depuis que nous sautions des avions. Le COS peut monter des opérations secrètes, mais pas clandestines. Impossible de faire quoi que ce soit sans avoir le *go* des autorités et une bonne raison. Une très bonne raison. Et on ne l'aura jamais en nous fondant simplement sur les informations de ta fille.

— Tu ne penses pas que le chaos qui a lieu en France et en Europe en soit une ?

— Nous sommes mobilisés sur la projection intérieure des forces spéciales pour sécuriser les points névralgiques du pays.

Stan sent que François rumine.

— Stan, j'ai un détachement de commandos marine à La Réunion. Il doit y avoir quatre cent cinquante kilomètres côte à côte, soit deux cent cinquante nautiques. C'est le rayon d'action max de nos ECUME[1]. Si tu veux, je les envoie récupérer Lara, ils peuvent être à Maurice dans cinq heures. C'est la seule chose que je peux faire. On a des émeutes aussi à La Réunion, je crains que d'ici à demain, les équipes soient mobilisées sur place et ne puissent plus bouger.

1. Embarcation commando à usage multiple embarquable.

Nathalie, qui a écouté la conversation, fait un signe de la tête sans équivoque. Il faut sortir Lara de ce piège. Sans tarder. Et l'occasion est trop belle.

— Merci François, tu es un frère. Mais j'ai besoin de Lara là-bas. On n'a pas fait ça pour s'arrêter avant d'avoir tout tenté pour stopper ces dingues.

— Tu n'as pas changé, frérot. Fais attention à toi, je reste en stand-by pour la suite. Si besoin…

Stan lève les yeux vers Nathalie, comme pour attendre son approbation. Pour avaliser le risque qu'il vient de prendre. La psychologue sourit.

— Tu sais ce que tu fais, alors c'est la bonne décision.

Chapitre 83

Île Maurice. 8 octobre 2023

Lara n'a pas vraiment dormi. La joie de savoir son père vivant ne l'a pas emporté sur la peur qui la hante désormais. Ne rien laisser paraître, feindre la tristesse, l'effondrement. Quand son cœur exulte de joie. À moins que ce ne soit la colère qu'elle éprouve pour sa belle-mère. Quoi qu'il en soit, il ne faut rien laisser paraître.

Elia est déjà sur la terrasse. Assise face à l'océan, une tasse de café posée devant elle. De grandes lunettes de soleil cachent des yeux qu'on devine rougis. Lara s'empresse de mettre les siennes. Une bonne parade pour masquer ses émotions. À son approche, sa belle-mère se tourne vers elle.

— Bonjour, Lara.

— Bonjour.

— Tu veux un café ?

— Non, merci. Je n'ai envie de rien ce matin.

— Je comprends.

Lara s'est installée à côté de sa belle-mère, pour éviter le face-à-face qui pourrait la trahir. Malgré ses lunettes, Elia ne peut cacher ses traits tirés. Elle encaisse le choc de la perte de celui qui était l'homme de sa vie. Cela la ferait presque passer pour sympathique aux yeux de Lara. Mais son père a besoin d'en savoir plus sur la suite. Il lui a souvent répété que pour ne pas subir, il fallait être à l'initiative. C'est ce qu'elle va faire.

— Tu sais ce qui m'a permis de trouver un peu d'énergie, cette nuit ?

— Dis-moi.

— L'envie de vengeance. Je veux faire payer à ceux qui ont tué mon père.

Elia sourit mais ne répond pas. Lara doit aller plus loin.

— J'ai envie de participer à la suite. À ce dont tu m'as parlé hier soir.

Elia termine sa gorgée de café et se tourne vers la jeune femme.

— Je n'aurais pas dû te dire tout cela. Si Sofiane l'apprend, nous allons avoir des ennuis toi et moi.

— J'ai déjà des ennuis, non ? Je ne sais pas ce que vous organisez, mais je veux en être.

— Non. Laisse tomber, clôt sèchement Elia en se tournant vers l'océan.

Lara a été trop directe. Maladroite. Il faut parfois prendre son temps quand on veut aller vite. La jeune fille se lève doucement.

— Il faut que j'accepte la mort de mon père, souffle Lara.

— Ce sera long. Mais nous allons y arriver.

— Oui. Il faut que je l'abandonne. Que j'abandonne l'espoir de le revoir un jour. Comme tu l'as fait avec ton fils.

La phrase est tombée comme un coup de hachoir sur un billot. Avec le même effet sur la conversation. Elia déglutit, Lara perçoit la crispation de ses mâchoires.

— Qu'est-ce que tu veux dire par là ?

Touché. Provoquer pour déclencher une réaction. Provoquer pour fissurer la carapace. Elia a relevé ses lunettes, pour être certaine que la jeune femme puisse voir ses yeux quand elle se tourne vers elle. Lara ne lâche pas :

— Ton fils. Tu as abandonné l'idée de le revoir. Il faut que je fasse pareil avec mon père. Que je sois aussi forte que toi.

— Je sens comme un reproche dans ta phrase. Tu penses que j'ai abandonné mon fils ?

— C'est un peu ce que tu as fait, non ? Et c'est bien, tu avais ta vie à mener de ton côté.

Elia sourit. Un sourire amer. Elle baisse ses lunettes sur ses yeux. Comme pour terminer cet échange. Lara n'est pas parvenue à la déstabiliser. Il faudra trouver autre chose.

La jeune fille tourne les talons pour se diriger vers la cuisine de la villa. Après quelques pas, la voix d'Elia se fait entendre :

— Je n'ai pas abandonné mon fils, Lara.

La carapace se fendille. Lara ne peut pas laisser passer l'occasion. Elle revient sur ses pas, et s'assoit cette fois face à sa belle-mère.

— C'est-à-dire ?

— J'ai revu mon fils. Et je vais le revoir bientôt.

Lara esquisse un sourire. Parce qu'elle a obtenu une réaction. Et pour laisser croire à Elia que cette nouvelle lui plaît :

— Tu vas le revoir ?

Paraphrase. Une vraie négociatrice.

— Oui. Bientôt, lâche Elia, énigmatique.

— Tu ne peux pas me laisser comme ça. Je te considère comme ma seconde mère, tu sais, et là tu m'annonces que je vais peut-être voir un grand frère ?

Elia sourit, ses yeux fatigués par une nuit de larmes s'éclairent. Lara a touché juste en jouant sur la fibre du clan, du sang. Cela a toujours été le vœu de sa belle-mère, former une vraie famille avec Stan et elle.

— Lara, je te fais confiance, alors tu gardes ça pour toi.

— Je suis une tombe, tu devrais le savoir.

— C'est mon fils qui est à la manœuvre. Noé. C'est lui qui a monté l'attaque contre Oct'Oil.

— Tu plaisantes ?

— Non. C'est un génie de l'informatique. Il a créé un programme pour pirater les navires d'Oct'Oil.

Lara fixe Elia. Ses yeux s'humidifient, comme elle sait si bien le faire. Sa belle-mère accroche son émotion, ses yeux se mettent aussi à briller. La fierté de son fils ? La confirmation qu'elle et Lara sont liées, presque par le sang ? La jeune fille enfonce le clou :

— Tu n'imagines pas comme je suis contente. Malgré la mort de Papa.

— Je le vois. Ça me réchauffe le cœur.

— Il est là ? Je peux le voir ?

Elia fait non de la tête, son sourire s'estompe.

— Non, il est loin. Pour l'instant. Je te l'ai dit, ce n'est pas terminé.

Lara voudrait en savoir plus. Mais interroger à ce moment-là serait dangereux, trop visible.

— Ne m'en dis pas plus, si tu penses que je ne dois pas savoir, ne dis rien.

Elia se tourne vers la jeune femme, se penche en avant pour se rapprocher d'elle.

— Tu es avec nous, désormais. Au point où nous en sommes, tu as le droit de savoir. En mémoire de ton père. Oct'Oil n'était qu'une sorte de test. Pour nous assurer du bon fonctionnement de l'attaque. La seconde phase doit mettre à bas l'industrie pétrolière. Dans le monde entier. Une attaque beaucoup plus longue. De grande envergure.

Lara est captivée par les propos de sa belle-mère. Du moins, c'est ce qu'elle doit montrer. Elia continue :

— Nous allons mettre à l'arrêt tous les navires, tous les tankers qui transportent du pétrole, et cela sur toute la surface du globe. Nous allons attaquer toutes les raffineries de la planète. Tout arrêter.

— Sérieux ?

— Nous devons arrêter tout ce gâchis. Sans pétrole, les choses vont devoir changer.

— Mais comment tu peux faire ça ?

— C'est Noé qui fait ça. Il brouille les signaux des bateaux, il crée le chaos. Ensuite, son équipe piratera les usines, les raffineries, jusqu'aux stations-service s'il le faut.

— Un truc de dingue ! lâche Lara.

La jeune fille accompagne sa phrase d'un mouvement de tête admiratif. Mais il ne faut pas lâcher.

— Ton fils va changer le monde. Tu dois être fière de lui.

— Je le suis. Pourtant, je suis mal à l'aise. C'est compliqué pour moi, parce qu'il y aura malgré tout de la casse, des dégâts importants. Mais c'est un mal nécessaire.

— Je comprends. Et Noé, qu'est-ce qu'il en pense ?

— Il est comme nous, il sait que pour faire bouger les choses, il faut taper fort.

— Il te manque ?

— Oui. Terriblement. Heureusement, tu es là.

— Il nous rejoint bientôt ?

— Je ne sais pas. C'est Sofiane qui va décider de la suite. On attend que toutes les personnes importantes pour nous soient à l'abri.

— Tu n'as pas peur pour Noé ?

— Non, ça va. Il est à Tallinn. En Estonie. Un peu loin de ce qui se passe en France. Et il faut bien que son équipe termine le travail.

Masquer les fuites émotionnelles de joie. Ne rien laisser paraître. Lara doit garder le contrôle.

— J'ai hâte de le voir. Je ne le connais pas encore, mais c'est tout comme, termine Lara. Je vais me chercher un café, tu en veux un ?

— Non, merci.

En quelques pas, Lara entre dans la cuisine de la villa. Tout en actionnant la machine à café, elle saisit son téléphone. Elle déverrouille son accès Discord, et tape le message :

« Tallinn. Estonie. Une équipe. Ils vont attaquer les raffineries de pétrole partout dans le monde. »

Moins de trente secondes plus tard, la réponse de Stan :

« Top ! Pourquoi les raffineries ? »

« Arrêter la distribution de pétrole. Partout. Elia est folle. »

« Tu es sûre de toi ? »
« Oui. »
« Pas d'adresse à Tallinn ? »
« Non. »

Lara ne parlera pas du fils de Lara. Ce n'est pas le moment.

Chapitre 84

Bourgogne. 8 octobre 2023

Le téléphone sonne une seconde fois. Stan regarde Moïse.

— Tu es sûr de ton coup ?

— Oui. Avi Koresh est un de mes cousins. Colonel du Mossad. Fais-moi confiance.

Une voix grave. En hébreu. À laquelle Moïse répond de même, avant de passer au français.

— Avi, je suis content de t'entendre.

— Moi aussi, Moïse. J'ai été informé de ce qui s'est passé. Désolé pour l'abri de la rue Heurtault. Tu sais que ce n'est pas nous, n'est-ce pas ?

— Oui, je sais. Il y a plus grave.

— Je me doute. Quand on voit ce qui se passe en France et en Europe, nous sommes tous inquiets.

— Tu peux l'être. Les attaques des intérêts de la société Oct'Oil ne sont que le début. Dans quelques heures, ce seront les navires et les raffineries du monde entier qui seront victimes de pirates. On sait toi et moi quelles seront les conséquences.

Le colonel garde le silence. Moïse se tourne vers Stan et souffle, en posant la main sur le téléphone pour ne pas être entendu :

— Israël a dans le passé travaillé sur les conséquences d'une attaque informatique massive sur les raffineries des pays du Moyen-Orient. Avi était responsable de l'étude.

La voix de l'officier du Mossad coupe l'explication de Moïse.

— Comment sais-tu que les raffineries seront attaquées ?

— Je te passe mon patron, il va t'expliquer.

Stan saisit l'appareil et poursuit, sans plus de présentations.

— Nous avons une personne infiltrée parmi ceux qui mènent les attaques qui touchent la France.

— Qui est-ce ?

— Je ne peux pas vous en dire plus sur cette personne. Mais ses informations sont fiables.

Stan entend des chuchotements de l'autre côté du téléphone. Le colonel Koresh n'est pas seul. Moïse les perçoit aussi et fait signe de la main de continuer. Rien d'anormal, le Mossad prend au sérieux ce qui se passe. Avi reprend :

— Si ce que vous dites est vrai, nous avons effectivement un problème. Mais en quoi pouvons-nous vous aider ?

— Nous avons identifié la ville depuis laquelle se déroule l'attaque. Nous avons besoin de vous pour neutraliser les hackers.

— Rien que ça ? Mais pourquoi ferions-nous cela ?

Stan se crispe. Mais il sait mieux que personne qu'il faut du temps pour convaincre quelqu'un. Y aller doucement. Pour induire le changement. Malheureusement, cette fois, le négociateur n'a pas le temps.

— Colonel, comment défendrez-vous votre pays sans carburant pour vos avions ou vos blindés ? D'après vous, quels sont les pays qui ont le plus de réserves de pétrole autour de vous ? Israël importe cent pour cent de son pétrole. Vos raffineries d'Haïfa et d'Ashdod sont sur la liste des hackers. Vous croyez que les pays hostiles à Israël ne profiteront pas de la situation ?

— Moïse, tu as vu la liste ? Nos raffineries sont parmi les cibles ? interroge le colonel.

Sans hésiter, Moïse lâche :

— Oui. Haïfa et Ashdod. Parmi les premières cibles.

Moïse vient de mentir. Sans sourciller. Pour convaincre Avi.

— Si nous devions prendre au sérieux votre information – et je ne dis pas que nous allons le faire –, vous n'en savez pas plus sur Tallinn ? Pas d'adresse ?

— Non, coupe Moïse. Mais au vu de l'ampleur de l'attaque, l'équipe de hackers se trouve dans un lieu qui consomme une énergie monstre. Depuis au moins deux jours. Certainement plus. Si tu considères cela, tu devrais restreindre les recherches.

Encore un silence. Et la voix du colonel :

— Je dois passer des coups de fil. Je vous recontacte.

Chapitre 85

Bourgogne. 8 octobre 2023

La télévision tourne en continu. Même sans le son, il n'est pas difficile de comprendre que peu de choses sont sous contrôle. Les altercations avec la police, les atermoiements des politiciens de tous bords, les tentatives d'explications des pseudo-experts des chaînes d'information. Stan ne les suit même plus. Il pose son regard sur les grands arbres, devant la baie vitrée du salon. De grandes tiges grises, décharnées, qui commencent à perdre leurs feuilles pour mieux s'étirer vers le ciel. Le bruit de la cheminée réchauffe le cœur, mais l'inquiétude le glace. Le négociateur n'est pas patient. Il n'a pas encore repris le contrôle des évènements, et cette situation le mine autant que l'angoisse qu'il éprouve en pensant à Lara.

Moïse entre dans la pièce. Avec son énorme col roulé, on dirait qu'il part au ski.

— Je viens d'avoir Avi Koresh.

— Alors, interroge Stan, qu'est-ce qu'ils en pensent ?

— Ils font plus qu'en penser. Ils estiment que la menace est réelle. Le service technique a repris les informations que Douglas a captées et que je leur ai fait suivre. Apparemment, le protocole de Matthias est terriblement efficace.

— Et ?

— Ils montent une opération pour Tallinn.

Stan est presque soulagé. Si le Mossad prend cette affaire au sérieux, cela veut dire qu'il n'est pas fou.

Nathalie entre dans la pièce. L'espace d'un instant, Stan la revoit, presque au même endroit. Quand ils s'aimaient. Avant Elia. Nath perçoit cette pensée dans les yeux du négociateur. Elle sourit en penchant un peu la tête. Pour l'interroger du regard. Mais Stan est déjà revenu à la réalité.

— Comment vont faire les équipes du Mossad pour localiser l'équipe ?

— C'est déjà fait. Une ancienne banque, qui consomme beaucoup trop d'électricité. Il ne m'en a pas dit plus mais ça a l'air sérieux.

— Tu sais comment ils vont procéder ?

— En pays étranger, ils ne vont pas y aller par quatre chemins.

— Arrestations discrètes ?

— Éliminations discrètes.

Stan hoche la tête. Cette opération et ce qui va se passer à Tallinn ne lui appartiennent plus. Mais il a encore une chose à faire. Son téléphone est déjà déverrouillé. Quelques manipulations, et une sonnerie.

— François ? C'est Stan. Tu as toujours une équipe à La Réunion ?

Chapitre 86

Tallinn. 9 octobre 2023

Bogdan remonte la rue Heina en rentrant la tête dans son blouson. Le vent glacial qui se faufile dans les rues de Tallinn a poussé la plupart des passants à se calfeutrer chez eux. L'après-midi tire à sa fin et l'obscurité renforce la sensation de froid. Qu'est-ce qu'il ne ferait pas pour un kebab et des frites bien chaudes ?

L'Ukrainien cherche la clé de la porte d'entrée de l'ancienne banque au fond de la poche de son épais blouson. Tout cela sans faire tomber les sacs en papier contenant les kebabs et qui commencent à se tacher de gras de tous les côtés. À peine a-t-il poussé la porte qu'un voile se pose sur ses yeux. Une pression forte, ferme, sans appel. L'homme qui se trouve derrière lui a placé une épaisse pièce de tissu sur son visage et serre de toutes ses forces pour l'empêcher de crier. De tourner la tête. Bogdan sent une masse le pousser à l'intérieur du hall. Il n'a pas eu le temps d'allumer l'entrée, et seul le réverbère de la rue donne quelques traits de lumière à l'intérieur. L'homme l'écrase de tout son corps et le force à s'allonger, face contre terre. L'Ukrainien a lâché ses sacs de nourriture pour mettre ses bras vers l'avant et amortir la chute. L'étreinte du tissu sur son visage ne faiblit pas, et sa nuque est complètement enserrée dans cet étau.

De longues secondes. Puis le silence. Haché par le souffle de l'homme, fort. Rauque. Et une phrase, en anglais, presque susurrée à son oreille :

— Combien êtes-vous là-dedans ?

Bogdan est tétanisé par la situation. Il ne réalise pas que l'homme attend une réponse.

— *Combien êtes-vous là-dedans ?*

L'homme n'est pas là pour plaisanter. La pression sur la nuque est insoutenable. Bogdan lâche :

— Neuf !

L'Ukrainien commence à suffoquer. L'homme va forcément relâcher la pression, maintenant qu'il a donné l'information. Mais la pression s'accentue encore. Le jeune hacker sent ses os se tordre. Jusqu'au craquement. Le corps de Bogdan se relâche instantanément, comme une marionnette dont on aurait brutalement coupé les fils. On vient de lui couper la vie.

L'homme relâche l'étreinte du lourd bandeau qu'il a utilisé pour aveugler, bâillonner, maîtriser et tuer. Il lève la tête, regarde autour de lui. Personne n'apparaît. Il se relève sans bruit et se dirige vers la porte, pour laisser entrer une dizaine de silhouettes sombres.

Les membres du commando chuchotent. L'un d'eux s'approche de la porte blindée qui se trouve au fond du hall. Laissée ouverte. L'excès de confiance tue parfois. Sans bruit, la colonne pénètre le long couloir plongé dans l'obscurité. Seuls les halos verts qui encadrent les lunettes de vision nocturne que portent les assaillants sont visibles dans le noir. Une autre porte blindée. Fermée, cette fois. L'homme de tête fige la colonne d'un geste de la main. Depuis l'arrière, un opérateur remonte le commando sans bruit et vient s'accroupir devant la serrure de la porte. Il ouvre lentement la trousse qu'il porte accrochée à sa cuisse gauche et en sort deux instruments, semblables à des outils de chirurgien. Il les insère dans le trou de la serrure et commence son œuvre. De longues secondes s'écoulent. Derrière lui, les respirations s'accélèrent. Tous le savent : plus le temps d'ouverture est long, plus le risque de perdre l'initiative est grand. Quelqu'un pourrait sortir, une lumière pourrait s'allumer d'un coup.

Accroupi devant la porte, le spécialiste de l'effraction lève son pouce en l'air. La serrure est prête à céder. Un mouvement de tête du leader lui indique qu'il peut actionner le mécanisme. La colonne est prête. Un léger claquement métallique confirme que la porte est désormais ouverte. Mais personne ne bouge pour l'instant. Seul un fin rai de lumière provenant de la grande salle apparaît dans le couloir. Sans bruit, celui qui a déverrouillé la porte se glisse vers l'arrière et le leader s'approche de l'ouverture. Il saisit dans son gilet tactique une caméra endoscopique qu'il glisse dans l'interstice de la porte. La fine tige de métal pénètre dans la pièce, comme un serpent argenté. L'homme actionne la tête de la caméra, qui s'oriente dans tous les sens. Il observe quelques secondes, retire la caméra et saisit le terminal de communication accroché le long de son avant-bras. Quelques mots. En hébreu :

— Neuf personnes. Hackers. Le lieu est le bon.

Quelques secondes plus tard :

— Neutralisez la menace. Nettoyage ensuite.

La sentence est tombée. Il est temps pour l'exécution. Le leader prend une grande inspiration, par le nez. Pour gonfler ses poumons. Complètement. Parce que lorsqu'il va rentrer, il sera en apnée. Comme à chaque fois. Malgré lui. Sa main droite se crispe sur la poignée de son M-TAR 21 spécialement modifié pour ce genre de mission. Comme les autres membres du commando, il relève ses lunettes de vision nocturne pour ne pas être ébloui quand il rentrera dans la pièce baignée de lumière. Il lève sa main gauche grande ouverte, pour la refermer ensuite en forme de poing. Le poing de la mort.

De son épaule droite, le leader pousse la porte de la grande salle dans laquelle personne n'a rien entendu. Profitant de l'effet de surprise, il progresse sur quelques mètres, les épaules rentrées, sa silhouette diminuée au maximum. Derrière lui, le bruit du reste de l'équipe qui pousse la porte, comme un feulement. Et un bruit caractéristique : *flop*, *flop*, *flop*. Une rafale de trois coups au travers d'un silencieux Rotor 43. Une autre rafale de trois à côté de lui. Puis encore une autre. Le nettoyage a commencé.

*

À cinq mille kilomètres de Tallinn, le colonel Koresh saisit son téléphone. À l'autre bout, on décroche :

— Moïse ?

— Oui, Avi ?

— Opération terminée. La menace est définitivement neutralisée. L'attaque informatique aussi.

— Je passe l'info à mon patron.
— Merci pour ta confiance, Moïse.
— Merci pour la tienne.
Pas besoin de longs discours. L'expert du renseignement raccroche et se dirige dans le salon de la maison de la forêt. Stan, assis sur un fauteuil, termine de refaire le pansement de sa cuisse. Nathalie boit une énième tasse de thé.
— Alors ? C'était le bon endroit ? demande le négociateur.
— Oui. Le Mossad a neutralisé l'équipe. Définitivement.
Stan hoche la tête. Il inspire profondément, avant de vider ses poumons. Et de lâcher :
— Préviens Douglas. Je pense qu'il a un peu de travail devant lui.

*

Pendant ce temps, à Tallinn, un immeuble du quartier Telliskivi est la proie des flammes. Nettoyage. L'équipe d'Astana ne verra pas le jour se lever.

Chapitre 87

Île Maurice. 9 octobre 2023

Le bruit sourd a fait sursauter Lara dans son sommeil. Comme un meuble qui tombe sur le sol. Avant qu'elle n'ait le temps de s'interroger plus avant, un nouveau bruit vient la ramener à la réalité. Quelqu'un tape lourdement à la porte de sa chambre.

— Lara ! Ouvre !

C'est la voix de Sofiane. La voix des mauvais jours. La jeune fille se lève rapidement pour déverrouiller la porte. Dans un geste réflexe, elle saisit son téléphone et le glisse sous son oreiller avant de laisser entrer Sofiane. À peine a-t-elle ôté le loquet qu'il pénètre dans la pièce. Sans un regard, il s'approche de la table de nuit. Visiblement, il cherche quelque chose.

— Ton téléphone ! Où est ton téléphone ?

Si Lara était encore un peu endormie, le ton et l'attitude de Sofiane auraient terminé de la réveiller. Malgré la surprise, la jeune femme se ressaisit immédiatement.

— Je ne sais pas, il est resté dans le salon, je pense.

Mais Sofiane n'est pas d'humeur badine.

— Arrête de te foutre de ma gueule ! Donne ton téléphone !

L'homme que connaît Lara depuis qu'elle est enfant a changé de visage. Il n'est plus le policier posé qui parle avec sagesse. Il a dû se passer quelque chose de grave pour qu'il se mette dans un pareil état.

Le bruit des coups et les cris du policier ont réveillé toute la maison. Elia apparaît dans l'encoignure de la porte, ses boucles blondes ébouriffées.

— Sofiane ! Qu'est-ce qui se passe ?

— L'équipe de Tallinn a été attaquée !

— Quoi ? lâche Elia. Qu'est-ce qui s'est passé ?

Sofiane se retourne vers elle. Son visage est déformé par la colère.

— J'ai essayé de joindre Astana sur place, mais aucune réponse. Même chose pour Matthias. J'ai appelé nos amis de la police de Tallinn. Le commissaire Nügano m'a dit que l'immeuble de la rue Heina était en flammes.

En un instant, Elia semble voir son monde s'écrouler. Encore une fois. Elle réalise qu'elle a parlé à Lara, qu'elles ont eu une conversation la veille au sujet de Noé. De l'Estonie. Elle fonce vers la jeune fille, la saisit par les épaules, la secoue.

— Lara ! Qu'est-ce que tu as fait ? Tu as parlé de Tallinn à quelqu'un ?

Sofiane s'approche d'Elia, menaçant.

— Quoi ? Tu lui as parlé de Tallinn ?

Elia ne regarde pas Sofiane, et continue à secouer Lara.

— Qu'est-ce que tu as fait, Lara ? Dis-moi que ce n'est pas vrai !

La jeune fille tente de retenir ses larmes, mais c'en est trop. Trop pour la petite fille qu'elle est et qui ne veut qu'une chose, retourner chez elle et que tout s'arrête. Lara se met à sangloter. À trembler de tout son corps. Comme un aveu. Qu'Elia comprend tout de suite.

— C'est Stan, c'est ça ? Ton père est vivant ?

À côté d'elles, Sofiane s'est mis à tourner en rond, comme un fauve acculé. Son calme l'a définitivement quitté. Il est nerveux. Et donc dangereux. Il attrape Lara par le col de son tee-shirt.

— Donne ton téléphone !

En larmes, submergée par la peur, Lara est incapable de réagir. De parler. Sofiane le voit. Il pousse brutalement la jeune femme sur le côté et fouille son lit. Il trouve tout de suite le téléphone négligemment caché sous l'oreiller. Sans dire un mot, il le présente devant le visage de Lara pour le déverrouiller. Il pianote sur l'écran, et constate que l'application Discord est active. Il tend le téléphone à Lara.

— Déverrouille ton Discord !

Mais la jeune fille ne peut pas répondre. Sa gorge est nouée, serrée par le stress et les sanglots qui ne s'arrêtent pas. Comme si elle savait que c'était fini. Qu'elle allait mourir. À côté d'eux, Elia s'est mise à marcher en long et en large. Ses yeux sont rivés vers le sol. Elle imagine peut-être ce qui a pu arriver à son fils ? C'en est trop pour Sofiane. Le policier sort une arme qu'il portait sous sa chemise. Un Glock 26 en 9 mm. Petit et efficace. Le back-up des agents de terrain. Sans hésiter, il pose le canon de l'arme sur la tête de Lara. La jeune fille ne bronche pas. Dans sa tête, elle est déjà morte.

Elia se retourne vers Sofiane.

— Qu'est-ce que tu fais ? Tu es dingue ?

— Elia ! Tu réalises que nous avons perdu l'équipe de Tallinn ? Que toute l'opération s'arrête là ?

Elia s'approche du policier et place son visage à quelques centimètres du sien.

— Et toi, tu réalises que mon fils était là-bas ? Et Astana ! Lâche cette arme, il y a eu assez de morts aujourd'hui !

Sofiane semble s'affoler. Ses yeux passent d'Elia à Lara. Ses mâchoires se crispent. Il hurle encore une fois sur Lara :

— Déverrouille immédiatement cette application !

Lara s'est résignée. Elle ferme les yeux. Elle attend le coup de feu. *Pling !* Un bruit de verre cassé. Trop léger pour que ce soit une vitre que l'on brise. La jeune fille ouvre les yeux doucement. Devant elle, Sofiane est debout, son arme à la main. Il a baissé son regard vers sa poitrine. Une tache rouge au niveau du cœur, qui s'étend doucement comme le ferait une fleur qui s'ouvrirait au lever du jour. Deux autres bruits. *Pling. Pling.* Sofiane s'affaisse vers l'arrière, dans le coin de la pièce. Son arme tombe au sol. Les balles ont traversé la fenêtre de la chambre, laissant trois boutonnières de verre dans la vitre. En un instant, trois hommes pénètrent la pièce en criant :

— Armée française ! Au sol ! Au sol !

Tels des diables sortis de nulle part, deux commandos marine saisissent Elia et Lara et les allongent sur le sol, sans ménagement. Le troisième fait un rapide tour de la chambre, son arme pointée vers l'avant, et s'approche du corps de Sofiane pour s'assurer qu'il n'est plus une menace. Après quelques secondes, il se tourne vers la porte pour sécuriser ses collègues. Le militaire qui maintient Lara s'adresse à elle :

— Votre nom ?

Lara reprend ses esprits. Elle qui se voyait morte il y a encore quelques secondes vient de revenir à la vie. Elle bredouille :

— Lara.

— Comment vous appelle votre père ?

— Comment ? balbutie-t-elle.

— Votre père vous donne un surnom. Quel est ce surnom ?

Le militaire est étonnamment calme. Rassurant. Malgré le lourd équipement qui pèse sur elle et le froid d'une arme qu'elle sent contre son dos, Lara se sent en sécurité.

— Spano. Mon père m'appelle Spano.

Le commando se tourne vers les deux autres, et annonce :

— J'ai l'invitée. On décroche.

Puis, en appuyant sur le contacteur de sa radio :

— Alpha à tous. On a l'invitée. On sort par la porte est.

Alors que les membres de l'équipe des forces spéciales se préparent à quitter la pièce, une voix fige tout le monde :

— Vous n'irez nulle part !

Elia a ramassé l'arme de Sofiane et menace le militaire qui la maintenait au sol et qui s'est redressé pour rejoindre son binôme. En un éclair, les trois commandos marine se sont retournés, braquant sur elle leurs pistolets automatiques. Trois points verts de visée laser criblent la poitrine d'Elia, comme s'ils dansaient sur son tee-shirt blanc. Quatre points verts désormais. Le sniper qui a neutralisé Sofiane depuis l'extérieur est aussi revenu dans la danse.

Le temps s'est arrêté. Personne ne bronche. Aucun souffle. Aucune respiration. Et puis la voix de Lara :

— Non ! Ne tirez pas !

Le visage d'Elia est effrayant. Sa main crispée sur le Glock 26 de Sofiane. Sourcils froncés et cheveux hirsutes lui donnant un air de sorcière. Un déluge de feu devrait s'abattre sur elle. Mais rien ne se passe. Lara continue :

— Ne tirez pas ! S'il vous plaît, ne tirez pas.

Les quatre militaires continuent de braquer leur arme sur la poitrine d'Elia. Le leader, de sa main faible, appuie sur le connecteur de sa radio.

— Alpha à tous. Stand-by. Omega, tu confirmes : stand-by ?

La voix du sniper grésille dans l'oreillette du leader, mais tous l'entendent :

— Omega, reçu. Stand-by.

Comme dans un western, chacun se demande qui va tirer le premier. S'il a bien fait de ne pas ouvrir le feu. Qui sera vivant et qui sera mort à la fin. La voix de Lara comble le silence :

— Elia. S'il te plaît. Pose ton arme. Je t'en supplie.

En face, la femme n'a pas sourcillé. Son visage est tordu de douleur. De peur. De rage. Son arme est toujours dirigée vers les militaires. Lara poursuit. Comme si elle avait entamé une négociation. Dans une pièce de dix mètres carrés, au milieu de quatre personnes armées et un mort. Elle se souvient des paroles de son père, de ses conseils. Parler. Doucement. Verbaliser l'émotion. Donner le rythme.

— Elia, on est tous morts de trouille. Je t'en supplie. Pose cette arme. Tu l'as dit toi-même, il y a déjà eu assez de morts aujourd'hui. Et viens avec moi. On s'en va. On rentre. On rentre à la maison.

Lara sourit, malgré la peur. Elle tend la main à sa belle-mère. Qui la regarde, au fond des yeux. Qui sent que la jeune femme parle avec son cœur. La main est toujours crispée sur le Glock. Lentement, Elia la dirige vers le bas, et pose le pistolet sur le sol.

— Va-t'en, Lara. Pars d'ici.

— Viens avec moi. Il n'est pas trop tard.

— Pars. S'il te plaît. Laisse-moi, Lara.

Lara ne lâche rien. Il faut qu'elle parvienne à convaincre Elia. Il n'est pas question que cela se termine autrement.

— Viens, Elia. S'il te plaît. On rentre.

Elia hurle :

— Pars ! Va-t'en ! Loin d'ici !

Avant d'avoir pu répondre, elle sent le commando marine qui la tient resserrer son étreinte. Le leader annonce une nouvelle fois à la radio :

— Alpha à tous. On sort !

Sans qu'elle puisse réagir, Lara est exfiltrée de la pièce sans ménagement. Elle a juste le temps de voir Elia s'effondrer sur le sol avant de s'enfoncer dans la nuit bleutée de l'île Maurice avec l'équipe des forces spéciales.

*

Les embruns sont froids comme le vent. Le soleil commence à peine à éclairer l'horizon, enveloppant l'équipée d'une obscurité qui se réduit de seconde en seconde. L'épais blouson dans lequel on a emmitouflé Lara est ce matin le plus confortable des vêtements. Du moins, c'est ce qu'elle ressent. La chaleur de la polaire, l'odeur du Cordura qui lui rappelle les vêtements tactiques de son père avec lesquels elle jouait quand elle était petite.

À bord de l'embarcation, les cinq hommes ressemblent à tout sauf à des touristes. Gueules carrées, gros bras, chaussures d'intervention. Ils sont calmes. Presque souriants. Et si un doute subsistait, les nombreuses armes automatiques que Lara peut apercevoir sous une toile finiraient de la convaincre qu'elle a affaire à des hommes des forces spéciales.

Le Zodiac Hurricane ZH-930, l'ECUME comme disent les commandos marine, fend l'océan plein ouest, en direction de La Réunion. Dans quelques heures, elle sera à l'abri. Les vagues frappent sur l'étrave et les soubresauts du bateau donnent un rythme presque musical. Stan a encore fait des merveilles, une exfiltration menée de main de maître. Mais Lara n'est pas sereine. Trop loin de la terre. Trop loin de son père. Elia qui s'effondre sur le sol. Sofiane abattu. Et la fatigue nerveuse qui lui donne envie de pleurer. Mais pas question de craquer maintenant. Pour l'instant, elle est l'image de son père dans les yeux de ces militaires. On ne se donne pas en spectacle chez les Monville.

Chapitre 88

Paris. 16 octobre 2023

— Vous êtes qui ? DGSE ? interroge le négociateur.
— Est-ce vraiment important de savoir qui je suis ?
— Non.

Stan a repris sa tasse de café. Calmement. Des gestes lents. En accord avec l'ambiance feutrée et le décor minimaliste de ce bureau de Balard. Le Pentagone à la française, niché dans le XVe arrondissement de Paris, le long du périphérique.

Une semaine déjà que Stan et Lara se sont retrouvés, sur le tarmac d'une base aérienne près d'Orléans. Stan a été longuement débriefé, après les retrouvailles avec sa fille. Lara aussi a passé du temps avec des agents qui l'ont assaillie de questions pour comprendre. Elle est aujourd'hui au calme, dans la maison de campagne de son père. Avec Moïse, que tout le monde a oublié. Même le Mossad. Avec Nathalie, dont personne ne sait qu'elle était là, ni qu'elle y est encore.

Dans les rues, des carcasses de voitures calcinées et des vitrines de magasins recouvertes de panneaux de bois rappellent un chaos récent. Un chaos pas encore maîtrisé, à en croire les véhicules militaires et les colonnes de voitures de gendarmes qui occupent les grands axes parisiens. Les radios et les chaînes d'information ont aussi commencé à reprendre le contrôle sur ce que peuvent savoir les citoyens de ce qui s'est passé depuis huit jours. On parle encore des marées noires du golfe de Guinée, mais les images sont rares. On dirait que tant que le pétrole ne vient pas engluer les cormorans bretons, ce n'est pas si grave que cela. On parle aussi du scandale Oct'Oil, des magouilles du pétrole. Mais plus du scandale Argenton. Les communicants ministériels ont réussi à débaptiser la crise. Beau boulot. Seul Jonchay reste voué aux gémonies. Personne pour défendre son honneur ou son image. On a trouvé le coupable.

Stan a été convié à une rencontre informelle, comme ils ont dit. Avec un homme en costume. La cinquantaine. Cheveux grisonnants. Ancien sportif, certainement. Un homme important, au vu des ronds de jambe que lui ont faits François et un autre colonel en lui présentant Stan.

— Monsieur Monville. À moins que je puisse vous appeler Stan ?

— Appelez-moi comme vous voulez, lâche le négociateur en reposant sa tasse de café.

L'homme sourit. Comme s'il connaissait la réponse avant même de poser la question. Comme si on lui avait fait un portrait de Stan et de son manque d'empathie naturelle pour les hauts fonctionnaires et les huiles de l'administration. Dans un coin de la pièce, un autre homme. Plus jeune. Même profil. Même costume. Le plus âgé continue :

— En premier lieu, nous sommes ravis que votre fille ait été exfiltrée et ramenée chez nous. Par chance, une équipe du COS se trouvait à La Réunion et nous avons pu…

— Je vous arrête tout de suite. Arrêtez de dire « nous ». Vous n'êtes pour rien dans le sauvetage de ma fille. Évitez les discours ronflants et allez droit au but. Qu'est-ce que je fais là ?

L'homme sourit une nouvelle fois. Et s'appuie lentement sur le dossier de son fauteuil, derrière lequel une baie vitrée laisse voir une cour carrée, vide en ce matin froid.

— L'équipe d'exfiltration du COS qui a ramené votre fille a aussi récupéré le téléphone portable du commissaire Sofiane El Khouli. Très intéressant. Nos équipes techniques l'ont fait parler, du moins en partie, et il apparaît que M. El Khouli était l'instigateur et le chef d'orchestre de tout ce bordel. Pour la faire courte.

— C'est court et exact.

— Nous avons pu également démontrer que ni vous ni votre agence n'étiez impliqués dans tout cela. Tout comme Pascal Argenton, Marc du Jonchay, et Arthur de Lamarre.

Stan ne dit rien mais n'en pense pas moins. Arthur de Lamarre innocent ? On dirait que les énarques ne doivent surtout pas être mêlés à l'affaire. Les loups ne se mangent pas entre eux.

— Marc du Jonchay est innocent, confirme le négociateur. Mais les médias disent le contraire.

— Nous ne pouvons malheureusement pas démentir.

— Laissez-moi deviner : il va avoir une commission d'enquête, un rapport bien épais, et Jonchay portera le chapeau. Un chapeau bien trop grand pour lui.

— Disons qu'Oct'Oil sera… responsable.

— Encore un beau rapport bidon.

— Winston Churchill disait ne croire aux rapports officiels que lorsqu'ils les avait lui-même falsifiés.

— Il parlait des statistiques, mais l'esprit est le même, rectifie le négociateur.

Dans les yeux des deux hommes, chacun lit que l'autre n'est dupe de rien. Deux animaux qui s'épient, se toisent, se testent pour savoir jusqu'où l'autre est prêt à aller.

L'homme poursuit :

— Nous ne pouvons laisser penser que tout cela est lié. La fusillade de la Bastille, le scandale Oct'Oil, l'attaque informatique. Pour le grand public, tout cela ne doit être qu'une coïncidence. Nous commençons à peine à reprendre le contrôle de la rue, nous avons besoin de tout sauf de révélations tonitruantes.

— Et vous avez peur que je parle. À la presse. Ou à d'autres.

Derrière son bureau, le mystérieux interlocuteur sourit encore. Comme quand on vous démasque au poker, que le joueur adverse voit que vous bluffez. Dans ce cas, inutile de continuer à faire croire que vous avez la main.

— Exactement. Nous ne sommes pas inquiets, à proprement parler, mais si vous pouviez nous rassurer sur…

— Soyez rassurés, vous et ceux pour qui vous travaillez. Personne, ni de mon équipe, ni moi, ni ma fille, n'ira s'épancher sur ce qui s'est passé ces derniers jours. Inutile donc d'organiser une série d'accidents de voiture, je crois que vous en avez déjà quelques-uns sur la conscience.

Difficile à ce moment pour Stan de ne pas penser au récit d'Elia, à la mort de ses parents. Mais il ne faut pas laisser la colère se transformer en agressivité.

L'homme se lève lentement pour venir s'asseoir sur le coin du bureau, en face du négociateur.

— Cependant, nous n'avons aucunes nouvelles de votre épouse. Elia Eisenberg.

— J'ai été débriefé pendant trois jours, vous n'avez pas eu accès aux relevés d'interrogatoire ?

— Si, mais je n'ai rien lu sur votre épouse.

— Vous n'avez rien lu car je n'avais rien de particulier à dire sur elle.

— Votre fille non plus, d'ailleurs. Elle nous a parlé du commissaire El Khouli, mais rien sur votre épouse.

— C'est qu'il ne doit rien avoir de particulier à mentionner à son sujet, convient Stan en portant sa tasse de café à ses lèvres.

— La question qui nous tarabuste, c'est de savoir s'il y a d'autres personnes infiltrées dans les sphères du pouvoir. Infiltrées par cette organisation dont vous avez parlé et dont nous avons de plus en plus de traces. Le Duc, par exemple.

— Vous l'avez dit vous-même : ni moi ni mon agence ne sommes impliqués dans tout cela. Je n'en sais pas plus que vous ou que ce que j'ai déjà dit aux agents qui m'ont débriefé. Je suis un ancien agent de terrain. Un ancien flic. Vous le savez, bien sûr, quelqu'un comme vous ne reçoit pas quelqu'un comme moi sans avoir lu son dossier, y compris ce qui n'est pas dans le dossier. Alors, je vous ai dit ce que je sais. J'ai accepté de vous voir parce que François me l'a demandé et c'est à lui que ma fille doit la vie. Mais si vous pensez que j'ai des révélations à faire, vous vous trompez. Ni à vous ni à la presse. Dossier clos.

L'homme fixe le négociateur, qui soutient le regard. Chacun est sûr de lui. Chacun sait que l'autre sait. Chacun sourit à l'autre.

— Bon, je crois que nous en avons terminé, conclut l'homme au costume.

Au fond de la pièce, la seconde personne s'est rapprochée et fait un signe de tête au négociateur, qui s'est levé pour aller vers la sortie du bureau rejoindre François qui l'attend dans l'antichambre. En lui ouvrant la porte, l'homme lâche :

— Stan, comme on dit dans les films, si vous aviez de nouvelles informations, n'hésitez pas à nous prévenir.

— Et je ne dois pas quitter la ville, non plus ?

L'homme sourit une dernière fois en guise de réponse au négociateur, qui quitte la pièce sans rajouter un mot.

Dans le bureau, le plus jeune s'est rapproché de celui qui est visiblement son supérieur.

— Pourquoi ne pas lui avoir dit qu'une seconde équipe du COS avait ramené sa femme de Maurice ?

— Je préfère que M. Monville ne sache pas que son épouse est entre nos mains. Il va essayer de la retrouver et les remous qu'il va causer en la cherchant vont faire sortir de leur trou ceux qui ont organisé tout ça. À ce moment-là, nous verrons qui est qui. L'organisation qui se cache derrière ces attaques est efficace. Donc dangereuse. Coordonner ces actions demande beaucoup de préparation, des moyens financiers colossaux et surtout des ressources techniques qui nous dépassent. Nous parvenons à peine à calmer la rue, il ne faudrait pas que quelque chose d'autre vienne jeter de l'huile sur un feu qui ne demande qu'à repartir. Je crains que tout cela ne soit qu'un début.

L'homme se relève pour retourner s'asseoir derrière son bureau. En s'enfonçant dans son fauteuil, il lâche :

— Il faudrait trouver un contact à l'intérieur de cette organisation, pour le retourner.

— Ou infiltrer quelqu'un ? propose le jeune homme.

— Vous avez une idée ?

En s'asseyant dans un des sièges devant le bureau de son patron, il poursuit :

— Lara Monville. Pour les commanditaires de cette attaque, elle est en fuite. Personne ne sait que nous l'avons exfiltrée. Sofiane El Khouli est mort, et Elia Eisenberg est hors circuit.

— Son père ne donnera jamais son accord.

— Sauf s'il ne le sait pas.

Les deux hommes croisent leurs regards jusqu'à ce que le plus âgé tranche.

— On peut toujours essayer. En attendant, vous mettez Stanislas Monville et tout son entourage sur surveillance.

— Bien, monsieur. Je m'en occupe.

Épilogue

Quelque part en Israël

Les deux Defender ont quitté la base aérienne de Palmachim en trombe, escortés par deux véhicules de l'unité Shaldga, les forces spéciales de l'armée de l'air israélienne. À l'arrière du 4 x 4 de tête, le colonel Koresh se tient à la poignée de la porte pour résister aux soubresauts de la route. Le soleil de ce début d'après-midi est brûlant, et malgré la climatisation, tout le monde transpire à grosses gouttes.

Dans le véhicule d'Avi Koresh, deux agents du Mossad. Jean, polo civil et gilet tactique sur le dos. Pistolets mitrailleurs à la main. Assise sur le siège du fond, une personne est cagoulée. Ses mains sont maintenues par des menottes en plastique, serrées l'une contre l'autre. Elle porte des vêtements clairs. Secoué par les à-coups du véhicule, son corps ondule de gauche à droite en fonction de l'état de la route accidentée.

Après presque une heure de chaos, l'équipée arrive devant une large bâtisse ancienne, adossée à un aplomb rocheux, devant laquelle deux agents montent la garde. Vêtements civils, gilet tactique, lunettes de soleil et casquette de base-ball. Un peu plus loin, sur un promontoire, un autre agent veille, à l'ombre d'une pierre saillante. Le soleil est brûlant et un léger vent soulève une poussière ocre qui recouvre déjà les pare-brise des véhicules arrêtés. Rapidement, on fait descendre la personne cagoulée. Dans le second Defender, d'autres individus suivent la procession qui pénètre rapidement dans le bâtiment.

L'air est tout d'un coup plus frais, comme si les lourdes pierres qui constituent la maison avaient emprisonné la fraîcheur de la nuit. Quelques bruits de chaises que l'on bouge, et puis le silence. Dans une grande pièce sombre, deux personnes cagoulées sont désormais assises sur des chaises rudimentaires. Le colonel Koresh arrache l'une après l'autre les deux cagoules, laissant la lumière de la pièce agresser les prisonniers. Lentement, Astana et Matthias ouvrent les yeux. Tentent de percevoir des silhouettes en face d'eux.

— Bienvenue, chers amis. Je suis heureux de vous accueillir dans cette maison qui va devenir votre demeure pour quelque temps.

Astana baisse la tête. Le souvenir d'être attachée de la sorte l'assaille une nouvelle fois, comme une histoire qui recommence. Elle se met à sangloter. Matthias, de son côté, a levé les yeux vers celui qui vient de lui parler. Son cerveau va vite, il n'a pas fallu longtemps pour qu'il reprenne ses esprits. Le colonel Koresh poursuit :

— J'aimerais en savoir plus sur votre protocole Vanessa qui a fait quelques dégâts, m'a-t-on dit.

Matthias relève sa tête. Ses yeux sont encore plissés, la lumière est inconfortable.

— Je vous dirai ce que vous voulez savoir. Sur le protocole Vanessa. Sur d'autres choses aussi. Mais je veux que ma mère nous rejoigne. Elia Eisenberg. Vous savez qui elle est. Si vous la ramenez ici, je vous offre mes services.

Photocomposition Nord Compo

Achevé d'imprimer en février 2023
par CPI BRODARD & TAUPIN (72200 La Flèche)
pour le compte des Éditions Calmann-Lévy
21, rue du Montparnasse, 75006 Paris

PAPIER À BASE DE
FIBRES CERTIFIÉES

CALMANN LEVY s'engage pour l'environnement en réduisant l'empreinte carbone de ses livres. Celle de cet exemplaire est de :
600 g éq. CO_2
Rendez-vous sur
www.calmann-levy-durable.fr

N° d'éditeur : 5633798/01
N° d'imprimeur : 3051717
Dépôt légal : février 2023
Imprimé en France.